JN270409

ゴッホ殺人事件

上

高橋克彦

講談社

ゴッホ殺人事件　上巻　目次

装幀　多田和博
写真　熊切圭介
ゴッホの死後、上着のポケットから
発見されたテオ宛の書簡
肖像写真　アフロフォトエージェンシー

ゴッホ殺人事件

上巻

プロローグ

その絵は、他の多くのキャンバスとともに薄暗い倉庫の中に立て並べられ、白い大きな布で覆《おお》われていた。五十枚近くある他の作品の色調は恐ろしく暗くて陰鬱《いんうつ》だ。けれど、筆遣《ふでづか》いと構図は呆《あき》れるほどに達者で一枚一枚が存在を訴えかけている。ほとんどはオランダの貧しい農民の暮らしと荒涼《こうりょう》たる風景を主題としたものである。厳しい顔で夕暮れに種子蒔《たねま》く人、腰を曲げて畑の邪魔をしている木の根を掘り起こしている人、馬鈴薯《ばれいしょ》以外に目ぼしいもののない食卓について黙々《もくもく》と祈りを捧《ささ》げている家族、風の吹きすさぶ畑を不安な表情で見守る人、収穫した馬鈴薯の袋を重そうに担いで遠ざかって行く人、どんよりとした曇り空の下に堂々と屋根を広げる農家、畑の草むしりに余念《よねん》のない娘たち、馬車の荷台に揺られながら疲れ果てた顔で眠る女、仕事の合間に薄いスープで暖をとりながら、恐らくは今年の収穫について辛《つら》い予想を口にしあっている男たち、土と汗で汚れた分厚《ぶあつ》い胸板《むないた》を丁寧《ていねい》に拭《ぬぐ》っている若者……どれもこれも重くせつない。

その中に在《あ》って、たった一枚だけその作品は明るいブルーと黄金色に輝いている。まるで別人の手になるもののように思えるが、画家の名は同一である。きっと描かれた時代が異なるのだろう。筆遣いもまったく別だ。慎重に、しかも祈りを込めて一本一本の線を引いているように感じられる他の作品と違い、ある意味では幼い子供が描き殴ったような荒々しさが画面から伝わってくる。それに画面の真ん中にぽつんと佇《たたず》んで寂しそうな笑いを見せている男の姿《すがたかたち》形も農民ではない。黄金色に輝いているのは麦畑なのに、都会風の洒落《しゃれ》た帽子を被《かぶ》り、涼しげな白いスーツを身に纏《まと》っている。男の背後には真っ青な空が広がっている。なんという青さだ。白い雲が渦《うず》を巻いて流れている。こんな青い空と白い雲は他の作品には断じて見られない。一見すると清々《すがすが》しい夏の麦畑と思えるのだが、色遣いに反して、この作品が他のどれよりも沈痛《ちんつう》で悲しく見えるのはなぜだろう？

それが青空の一番上に染《し》みのように広がりはじめている雨雲の恐ろしいほどの黒さと、男の後ろを飛び交う烏《からす》のせいだと気付くまで時間はかからない。他の作品にもむろん黒い雨雲や夜の暗がりは描かれている。いや、むしろそういう作品が大半だ。なのに我々がそこに見るのは生活の苦しさと自然の厳しさだけであって、それ以上のものではない。逆に雨雲の後には晴れた空が予感され、夜の闇《やみ》の先には朝の眩《まぶ》しさが感じられる。その希望がこの一枚にはどこを捜しても見当たらないのだ。雨雲はますます画面を浸蝕《しんしょく》し、やがて全体を覆い尽くすだろう。烏はどんどん前に飛んで来て中央に立っている男の運命を狂わせるに違いない。その目で眺めると、端正《たんせい》な顔立ちで綺麗《きれい》な口髭《くちひげ》を蓄《たくわ》えた男の表情にも迫《せま》り来る死が窺《うかが》える。これは死の肖像だ。腰から下を埋め尽くす麦は死者の群れである。やがてこの男も麦となって果てて行く。構図は極端に異なるが、タロット・カードの死神の図を彷彿《ほうふつ》とさせる。

これはどちらの責任なのだろうか。

モデルとなっている男の湛《たた》えている悲しみと煩悶《はんもん》の大きさのせいなのか……それとも、この作品を描いた画家の絶望がすべての光景を地獄と化しているのか。

きっと両方である。

キャンバスに向かいながら画家は死の予感に怯《おび》え、泣きながら死を追い払おうと黄金色や澄んだ青を呪文《じゅもん》のごとく塗りたくったのだ。モデルとなった男もまた、そういう画家の怯えを感じ取り、それで笑顔を浮かべることができなかった。死は避けることのできない早さで二人に近付いている。

男の右腕は後ろに回されていて見えない。

だが達者な画家の腕は大雑把《おおざっぱ》な描線《びょうせん》にもかかわらず腕の激しい緊張を捉えている。なにかがその腕に握られているようだ。

それがこの作品に漂う死の予感に繋《つな》がるものではないのか？　死神が大きな鎌《かま》を持っているように、この男もなにかを持っている。

それがなんであるのか……知っているのは画家とこの男の二人だけだ。

キャンバスの裏側の木枠《きわく》には茶色い事務封筒がセロファンテープで貼り付けられている。その中には書物からコピーしたと思われる手紙の一文らしきものが入っている。

愛する弟と妹よ、ヨーからの手紙は、ぼくにはまことに福音《ふくいん》のように、君たちとともに過ごした数時間が因《もと》となっておきた苦悩から、ぼくを解放してくれた。あれはまことにぼくら一同にとって、辛すぎる試練の時間だった。ぼくらみなが、ともどもに日々のパンをうることの危険にさらされているのを感ずるとき、それは小さなことではなかった。またそれよりも他の理由で、ぼくらの生命のもろさを感じたとき、それはとうてい小さなことではなかった。こちらへ帰ってからも、やはり非常に悲しく、君たちを脅《おび》やかし、おなじくぼくの身の上にものしかかってくる嵐をたえず感じるのだった。どうしたらよかろうか——もちろん、ぼくはたいていは、ほんとうに元気でいるようには努力する。しかし、ぼくの生活もまた根こそぎ脅やかされ、ぼくの梯子《はしご》も、またゆらいでいる。

ぼくは君の重荷になることを、君が厄介《やっかい》な荷物としてぼくを感じることを——全然ではないが、いくらかは——恐れていた。ところがヨーの手紙は、君が、ぼくはぼくで君とおなじく労苦と困難とのなかにいるのを理解していてくれることを明らかに証拠だててくれる。かえるとすぐ、ぼくはまた仕事にとりかかった——画筆はともすれば指からはずれそうになったが、ぼくは自分の欲求をはっきりと知り、あれ以来三枚の大きなキャンバスをかきあげた。

どれもみな曇り空の下にある広漠《こうばく》とした麦畑で、ぼくは悲しみと極度の淋しさを表現するのに仕事から逸脱《いつだつ》する必要はなかった。ぼくは君たちになるべく早く、これらの絵をみせたい——なぜなら、そのなかにはぼくが言葉でいえなかったこと、ぼくが田園にみる健康と慰藉《いしゃ》とを君につげるものがあることを考えると、一刻も早くパリにいる君たちの手もとへ、これらの絵を、とどけたいと思う。つぎの三枚目は、ドービニーの庭園で、ここへきてからぼくが深く考えつづけてきた絵だ。

ぼくは計画された君の旅行が、いくらかでも君に慰安《いあん》を与えるように、心から祈っている。赤ん坊のことを、たびたび考える。ぼくは君が絵の制作に神経の力を全部そそぐよりは、子どもたちを教育する方がいいにきまっていると思うが、しかし、そのときぼくは、あともどりをするにも、なにか他のことを欲求するにも、あまりに歳をとりすぎている。——少なくともそういう気がしている。あの欲求はもうぼくを離れた——そのための精神的な苦痛はまだのこっているが——

混乱に満ちた文章である。だが文面から判断して、この作品を描いた画家の文章と見て外《はず》れてはいないはずだ。なぜこの手紙のコピーが添えられているのかは分からない。

ふたたび画面に目を戻す。

画面の左下にはあっさりとした書体で画家の名が記されている。

ヴィンセントとだけあって姓の方はない。

他の作品もすべてそうだから、この画家の特徴なのであろうが、唯一つ、他の作品と違う点があった。珍しく日付が付け足されているのである。

1890・7・27

恐らくはこの画家にとって特別な意味を持つ日付のはずである。

第一章　復　活

1

　夏の爽《さわ》やかな風が首筋や額の汗をたちまち乾かして行く。太陽は真上にあって輝いているのに風が冷たいのは湖のほとりのせいだ。しかもスイスのレマン湖の水はアルプスの氷河が溶け込んだものなのでことに冷たい風を生み出す。エアコンの効いた車から下りてシヨン城の駐車場に立った二人は、車の中よりも快適な風に迎えられて珍しく微笑みを浮かべたが、直《す》ぐに厳しい目に戻すと城の入り口を目指した。二人にとってスイスはむろんはじめてではなかったが、このモントルーの町のシヨン城を訪ねたことは一度もない。二人の目の前には雄大なパノラマが広がっている。細長い湖の対岸に屏風《びょうぶ》のごとく連《つら》なっているのはフランスアルプスだ。湖は青い空をそのまま映《うつ》してコバルトブルーに輝いている。その絵葉書のような光景の中心に九世紀に建てられたシヨン城の尖塔《せんとう》が突き出ている。湖岸から湖に迫《せ》り出した形の城はお伽《とぎ》の国の城そのものに思える。誰もが足を止めて絶句する美しさなのに、二人の男たちはまるで駅でも眺めるかのような無表情さで入り口に向かうと入場券を買い求めた。窓口の女がパンフレットの何種類かを指で示した。ここはスイスでも有数の観光地なのでパンフレットもフランス語以外のものがいくつか作られている。

「いらない。西の中庭はどっちだ?」

流暢《りゅうちょう》なフランス語で一人から訊《たず》ねられて窓口の女は少し驚いた顔をした。黒い髪に浅黒い肌。二人はどう見てもエジプト辺《あた》りの人間に思える。もっともスイスには百三十万人も外国人が暮らしているから不思議ではない。観光客という先入観があったので意表をつかれただけのことである。女は西の中庭への道順を手短に教えた。

二人はシヨン城のあちこちに掲《かか》げられた案内板などに目もくれず西の中庭を目指した。中庭にはだれの姿もない。

四方を建物に囲まれて日陰となっている中庭はさらに涼しかった。二人は中庭の片隅に置かれてあるベンチに腰を下ろして、ようやく小さな吐息《といき》を洩《も》らした。

「なかなかいいところじゃないですか」

古びた壁を見上げながら若い方の男が言った。年輩の男も、そうだな、と頷《うなず》いた。

「天気もいい」

若い男はにやにやとして、

「こんな日に捕《つか》まるのは嫌《いや》でしょうね。のんびりと昼寝でもしていたいような午後だ」

「そう簡単に運べばいいがな」

年輩の男は中庭の入り口から目を動かさずにいる。

「大丈夫でしょう。ジュネーブの連中がマークしているはずです。なにかあれば昨夜のうちに連絡が入っている」

若い男は請《う》け合った。

その若い男の脇腹《わきばら》を肘《ひじ》で軽くつついて年輩の男はベンチから腰を上げた。背の高い男が一人、中庭に現れて二人に目配《めくば》せした。二人がここで待ち合わせていた男である。

「ムッセルトさんですな」

年輩の男は名だけを口にして確認した。

「アムステルダム検事局のムッセルトです」

ムッセルトは年輩の男に頷いた。

「私はアジム。こっちはサミュエル。サムで結構。どうもご苦労さまでした」

アジムは先乗りへの礼を言った。ムッセルトはほぼ同世代と聞いている。すると四十五、六のはずだが四十前にしか見えない。

「あなた方になんと言えばいいのか……」

ムッセルトは苦渋《くじゅう》の顔をした。

「なにか？」

「ハルダーが死にました」

アジムとサミュエルは思わず顔を見合わせた。信じられない。

「なんでそれをもっと早く？」

アジムは頬《ほお》をひきつらせて質《ただ》した。聞いていればイスラエルから無駄足を踏まずに済んだのだ。サミュエルも睨《にら》み付けた。

「死んだのは今朝のことです」

二人はますます困惑に襲われた。

「いったいだれがやつを？」

サミュエルは詰め寄った。

「殺されたものなのか、ただの事故なのか、今の時点ではなんとも……まだモントルーの警察が調査の最中でね。ハルダーの乗っていた車が崖《がけ》から落ちて運転手ともども死んだ」

ムッセルトはサミュエルに応じた。

「殺されたに決まっているでしょう。我々の手が及んだのを感付いたんですよ。ハルダーを捕らえれば、その口から他の仲間の居所が知れる。それを恐れての殺しだ」

「まあね。私も偶然とは見ていないが……それならハルダー自身がまた逃亡すればいい。あれほどの金持ちだ。逃げる方法ならいくらでもありそうなものだ」

ムッセルトは言って小首を傾《かし》げた。

「例の荷物については？」

アジムはサミュエルの高ぶりを制してからムッセルトに訊ねた。

「それはまだ。屋敷に行って見なければ分かりません。私は遠巻きにしてハルダーを見守っていただけで一度も接触していない」

「では行くしかないですな」

「まずいでしょう。モントルー警察はなに一つ知らない。ハルダーが果たして我々の睨み通りの人物であるかもはっきりしていない。下手をすれば国際問題となる」

「確信があればこそあなたもオランダからわざわざここへ来たんじゃないんですか？」

アジムは、いまさらという顔で言った。

「確信はない。だが、ナチスの戦犯に関してなら、たとえ五パーセントの確率でしかなくても我々は世界のどこへでも出向く。それはあなた方でも一緒でしょう」

「…………」

「ハルダーが怪しい人物であるのは否定しない。一九四二年にピーター・メンテンの下で美術部嘱託《しょくたく》として働いていたマコト・ハルダーという日本人と混血のオランダ人が居たらしい証言も得ている。その当時二十五から三十の歳だとしたら現在は八十一から八十六。ヒロシ・ハルダーは八十三。年齢的には合致《がっち》している。しかし……どうして堂々とハルダーの姓を用いているのか。ナチスの戦犯指名を受けていないにしても、あまりにも大胆過ぎる。私たちが扱った連中はすべて完全な偽名を用いていた。そこが気に懸《か》かる」

「経歴にも重大な疑惑がある」

アジムは内ポケットから書類を取り出した。目の前のムッセルトが調べたものだ。それによると若い頃はロンドンに住んでいたことになるのだが、下宿や勤務先の貿易会社が大空襲で消滅してしまったために、それを立証するものがすべて失われてしまっている。戦後の経歴は確かなものだけに、ぽっかりと空《あ》いた戦時中が余計目立つのだ。

「あの当時のロンドンでは珍しくない」

調べたムッセルトが苦笑いして、

「せいぜい十パーセント。その程度のことしか期待せずに私はやって来た」

「九十五パーセントですよ」

サミュエルは首を横に振った。

「無関係な人間なら我々の網にかかってきません。我々は別のルートを追いかけていてハルダーにぶつかった。オランダ人と分かってそちらに照会を依頼してみたら、おなじハルダーという名の男が浮かび上がって来た。しかもピーター・メンテンの側で働いていた人間。我々が追っていたのも美術品です。こんな偶然があると思いますか？」

それは確かに、とムッセルトも認めた。ピーター・メンテンはオランダ人でありながらナチスの将校となって同胞の迫害に荷担した男で、オランダの敵と呼ばれている。ユダヤ人の虐殺《ぎゃくさつ》ももちろん行なっているのだが、最も憎まれている行為は美術好きのヒトラーやゲーリングの寵愛《ちょうあい》を願って、オランダの美術品を押収《おうしゅう》したことである。オランダの保有していた名品の大半がこうして世界へと散逸《さんいつ》してしまったのだ。むろんこれはメンテン一人の力でできることではなく、彼は美術部を設《もう》けて多くの目利《めき》きを雇い入れた。命令によってしたことなので雇われた者たちは戦犯とはならなかったが、ある意味では同罪であろう。その中の一人にマコト・ハルダーが含まれている。

「当初は分からなかったが、あの荷物はピーター・メンテンがパリのゲーリングから依頼されて集めた美術品に違いない。終戦のどさくさで結局は宙に浮き、メンテンの一派がそのまま隠し持っていたんですよ」

アジムが付け足した。

三月《みつき》ほど前にアジムが所属するモサドに匿名《とくめい》の情報が寄せられた。それより一年前にベルギーのアンヴェルスの港からスペインのマドリッドに送られた大量の荷物を調べろというのである。日付と貨物船の名もきちんと記されていた。アジムとサミュエルがその担当となって荷物の追跡がはじまった。モサドを指名しての情報であればナチス絡《がら》みのものと睨んでいい。はじめは雲を摑《つか》むような話であったのに、その荷は次第に明確な形を取りはじめた。荷はおよそ五十箱。大きさは大小さまざまだが、平らな箱の形状と、荷を運んだ人間からの証言で油絵の額《がく》と想像された。厳重な梱包《こんぽう》が施《ほどこ》されている割合に保険の額が些少《さしょう》なのも疑惑を増した。高額の保険をかけるためには内容を明らかにする必要がある。それを避けて最低の損害保険だけにしているに違いない。つまりはだれの目にも触れさせたくない品物というわけだ。荷が転々と、まるで痕跡《こんせき》を消す目的としか思えないくらいに素早く移動しているのも怪しい。マドリッド、マルセイユ、そして今度は陸路でローマ、最後に辿《たど》り着いたのがここモントルーである。モントルーからは二ヵ月動いていない。受取人はヒロシ・ハルダー。オランダ国籍を持つ居留《きょりゅう》外国人だ。オランダ人のことならアムステルダム検事局に調査を頼むのが早くて確実だ。モサドに負けぬくらいオランダはナチス戦犯の告発と逮捕に情熱を傾けている。その中枢《ちゅうすう》がアムステルダム検事局なのである。

その結果、ハルダーからメンテンへと繫がる線が見えてきた。メンテンが関わっているなら荷が美術品という睨みにも合致する。

そしてついにモサドとアムステルダム検事局が合同でハルダーの尋問《じんもん》を決行することとなった。まずはジュネーブ警察にハルダー監視の協力を頼み、ムッセルトが先乗りとしてモントルーに入っていたのだが……。

「偶然のわけがない」

サミュエルは憮然《ぶぜん》として繰り返した。

「敵は我々の動きを察知している。ヒロシ・ハルダーはマコト・ハルダー。死んだのも事故じゃない。仲間に殺されたんですよ」

「とにかく行くのが先だ。まだ事故か殺しか分からないにしても……もし仲間の仕業《しわざ》なら例の荷が案じられる」

アジムは中庭を歩きはじめた。

「名乗るのはよした方がいい」

ムッセルトも諦《あきら》めた顔で並んだ。

「だったらそっちで訊《き》いてくれ。ハルダーの屋敷に居るのは白人ばかりだろ」

アジムはムッセルトに言った。サミュエルも自分も紛《まぎ》れのないイスラエルの民であるが、色の浅黒さからインド人辺りと間違えられることが多い。どんなにさり気なく接近しても、主人が死んだ直後では警戒されるだろう。ムッセルトは少し考えてから頷いた。

ムッセルトの運転する車を見失わないようにサミュエルも速度を上げる。ムッセルトの車はモントルーの町の方角に一度戻ってから右に折れて山道に入った。わずかも走らないうちに坂道の勾配《こうばい》がきつくなる。山が湖の間近まで迫り出しているのだ。

「なるほど、この崖から落ちては無理だ」

左の深い崖を見やってアジムは納得した。

「落とすだけで確実に殺せるということでしょう。面倒な手間が要《い》らない」

サミュエルは殺しと決め付けている。

「だが……ムッセルトの言うことも理が通っている。ハルダーは小物と違うぞ。貿易会社を興《おこ》して大成《たいせい》した人物だ。引退して別の人間に座を譲ったとは言え、会社の株を相当に持っている。別荘もフィレンツェとサンタモニカに……そんな大物を仲間があっさりと見限ると思うか？　まず逃がそうとするよ。大事な資金源を失うことになる。それに……いかにもハルダーそのままで通してきたというのも不思議だな。メンテンは六〇年代後半からなにかと取り沙汰《ざた》された男だ。自分にも飛び火すると思うのが当たり前じゃないか。合法的に名を変える方法がないわけでもない。こっちは追い詰めるのに夢中で気付かなかったが、確かに首を捻《ひね》りたくなる」

「まったく別人のハルダーだと？」

サミュエルは鼻で笑って、

「じゃあ例の匿名の情報はなんだったたんです。我々の耳に入れたからにはナチス以外に考えられない。殺される理由なんかは、それこそいくらでもありますよ。殺す側の人間にとってはね。あのムッセルトにしたって、例の荷物を押収すれば考えを変えます。必ずオランダから奪われた絵が出てくる」

前の車から目を放さずにサミュエルは口にした。アジムも小さい頷きを繰り返した。

ハルダーの屋敷は二人の想像を遥《はる》かに越える大きさだった。ホテルでも買収して造り替えたとしか思えないほどたくさんの窓が並んでいる。門から玄関までも相当に距離がある。

都合も聞かずにムッセルトは門を潜《くぐ》り、車を玄関の前まで乗り入れた。使用人が慌《あわ》てて現れた。ムッセルトは乱暴に車のドアを閉めて屋敷の二階を見上げた。アジムとサミュエルもムッセルトの傍《かたわ》らに立つ。

「ハルダーさんとお会いしたい」

ムッセルトは使用人を睨み付けた。

「あの……主人は今朝お亡くなりに」

おどおどと使用人は応じた。

「それは……知らなかった。ではハルダーさんの遺産相続人でも構わない。通してくれ」

「あいにくとここにはどなたも……居るのは私と同様、使用人ばかりです」

使用人はムッセルトの命令口調に押されて、名さえ質してこない。遺産相続人という言い方で役人と思っているのは間違いない。

「二月ほど前にここへローマから届けられた荷物を承知だな。その荷を見せて貰《もら》いに来た」

「あの……どういうことでしょう？」

さすがにそれには怪訝《けげん》そうな顔をする。

「今日のところは数を照合して保管を厳重にして貰うだけだ。あとは遺産相続人と我々が直接相談する。詳細は君と無関係だ」

「荷物と申しますと？」

「五十点ほどの絵画だ。大きなものもある」

アジムが脇から言い添えた。

ああ、と使用人は頷いて、

「あれは十日ほど前にトラックで……見知らぬお方が引き取って行きました」

「もうここにはないのか！」

アジムはつい声を荒らげた。使用人は何度も頷いた。嘘ではないらしい。

「くそっ！　また後手《ごて》に回った」

アジムは思わず毒づいた。自分たちが考えていた以上に大きな裏がありそうだ。が、それがなんであるのか見当もつかない。

「荷物を預かっていた場所に案内してくれ」

ムッセルトは冷静な顔で使用人に命じた。

2

話は十日ほど前に遡《さかのぼ》る。

スイスから遠く離れた日本。東京。

杉並区大宮《おおみや》の大宮八幡宮《はちまんぐう》にほど近い閑静《かんせい》な住宅地で、自殺と思われる老女の遺体が通いの家政婦によって発見された。老女の名は加納聡子《かのうさとこ》。六十坪の一軒家に一人住まいで、奥の和室の鴨居《かもい》に紐《ひも》をかけ、ひっそりと死んでいた。遺書は見当たらなかったが、和室の箪笥《たんす》の上には何冊かの預金通帳と印鑑が並べられ、部屋も片付けられている。聡子の年齢は七十二。家政婦の話では近頃めっきり食欲が落ちていたと言う。なにか不安や悩みでも抱えていたのか。他に特別な不審も見られなかったので警察は自殺と判断を下した。

遺体の発見は午前中で、その連絡を受けて午後の五時には仙台在住の長男夫婦が杉並署に駆け付けた。変死扱いとなるので遺体は警察が預かっている。

「お気の毒でした」

遺体の確認を済ませてふたたび顔を見せた長男に担当の神田《かんだ》英介《えいすけ》は軽く頭を下げて応接コーナーのソファに誘った。名刺はさきほど貰っている。加納正樹《まさき》。四十八歳で仙台の病院に勤務している精神科の医師だ。医師であるなら警察と同様に死には慣れているはずだと思ったが、加納は動転していた。自分の母親で、しかも自殺となればそれも無理からぬことかも知れない。その上、一人暮らしをさせていたという後悔もあるのだろう。

「本当に自殺でしょうか……」

加納は暗い目をして神田に質した。

「なにか恨《うら》まれているような心当たりでもありますか？」

それに加納は激しく首を横に振って、

「そんな母ではなかった、と思います」

「現金や預金通帳もそのままです。今のところまったく怪しい線は出ておりません。ご遺体の解《かい》剖《ぼう》……の結果を待つだけですが、外傷も見当たりませんでした。自殺と判断する以外にないと思われますがね」

「理由は？」

「さあ……」

それはこっちが聞きたい。神田は苦笑を堪《こら》えて加納に茶を勧《すす》めながら、

「体の加減でもよくなかったのでは？」

「それなら私に真っ先に言うと思います」

加納は真っ直ぐ見詰めて返した。なるほど、それはそうだろう。息子が医者なら気楽に病状を電話で訴えられる。

「失礼ですが、気鬱になられていたとは？」

「それも思い当たりません。最後に話をしたのは四日前ですが……妹がひさしぶりに戻って来ると言って喜んでいました。それが少し延期になったので、がっかりしたことはあるでしょうが、まさかそんなことで……しっかりした口調でしたから」

「妹さんは実家《さと》帰りで？」

まだそこまでは神田も把握《はあく》していない。

「いや、パリで仕事を。独り身です」

「何歳になられます？」

思わず神田は訊ねた。

「四十五になります……知らせを受けて電話を入れたら留守だった。今頃留守録を耳にして途方に暮れているでしょう。パリならどんなに気が急《せ》いても簡単には帰れない。あるいはまだ知らないことも……いつもあちこち動き回っている」

「それは……お察しします」

「東京を引き払って仙台に移るよう母を何度も説得しました。今はまだ元気でも、あの歳で一人暮らしは寂し過ぎる。真夜中に目を覚ますと母のことをしょっちゅう思った」

　加納は言ってうなだれた。

「ご自分の方で仙台への転居を拒《こば》まれていたわけですね」

「そうです。仙台には家内の実家がある。それで遠慮していたんでしょう。妹も二、三年に一度は半年ほど日本に戻る。東京の家を残しておきたいのもあったんでしょうがね」

「だったら帰国を楽しみにしていたのも分かります。最初はいつ戻る予定で？」

「一月《ひとつき》後でした。それが仕事の関係で四月《よつき》後くらいになるだろうと……」

「四月後ならだいぶ先の話ですね」

　それほど待ち望んでいたとしたら失望も大きい。加納は否定したが、原因のいくつかにその失意が関わっているのは確かだろう。母親と娘の仲のよさはまた特別なものだ。神田の妻も毎日のように電話で話している。三ヵ月も延期となって頼りの糸が切れた思いだったに相違ない。

「経済状態についてはいかがです？」

　全部の通帳を合わせると千五百万近い預金があったのだから貧しいわけがないと知りつつ神田は念のため質した。

「私の方で家政婦の支払いを。妹も送金していましたし、年金もある。贅沢《ぜいたく》をしなければ余裕があったはずです」

　神田も頷いた。家政婦の話もそれを裏付ける。質素な暮らしで預金にはほとんど手を付けていない。むしろ振り込まれる年金がそのままプールされている。妹の送金だけでやり繰りしていたと思われる。

老人の自殺の原因の大方は病気を苦にしてのことか生活の困窮《こんきゅう》にある。その二つに心当たりがなければ首を傾げたくもなるが、と言って殺されたとは考えにくい。老人の一人暮らしを襲うのは必ず物盗りである。箪笥の小引き出しの中に二十五万の現金が見付かっている。それを犯人が見落とすわけがない。

人の心は複雑だ、と言うしかない。

息子の加納が知らない理由があるのだ。たとえばそれは聡子が月に二度ほど出掛けていた歌会の集まりでの人間関係かも知れないし、突然の寂しさに襲われての発作的自殺ということも有り得る。遺書がなかったのもそれなら頷ける。加納が自殺に納得しかねているのは実の息子だからなのだ。反対に加納が医師であればこそ聡子も相談できなかったということさえ考えられる。重い病気、癌《がん》などを自分で想像していたら、怖くてなかなか口にはできなかったのではないか？

「お預かりしていたものをお返しします」

神田はソファから立つと聡子の通帳などを手にして戻った。一人暮らしなので家政婦立ち会いの下で通帳や貴金属を一応預かっていたのである。

「ご面倒をかけました」

加納はそれらを眺めて泣きそうになった。

「これは？」

加納は封筒を持って怪訝な顔をした。

「通帳の脇に置かれてありました。貸金庫の鍵《かぎ》です。お一人なので盗難を案じられてのことじゃありませんか」

「母が貸金庫?」

ますます加納は戸惑いを浮かべた。

「新宿のF銀行の貸金庫です。通帳の方はM銀行とS銀行ですが……支店では不安に思われてのことでしょう」

「なにが入っているんです?」

「分かりません」

神田は苦笑した。そこまで立ち入る権限はない。脱税の捜査ではないのだ。

「一度も聞いたことがないな」

「この頃はずいぶん貸金庫を利用する人間が増えています。封筒の中には暗証番号もちゃんと記入した紙が」

言われて加納は中身を取り出した。

「母の字と違う」

「銀行の人間が書いてくれたんですよ」

「わざわざ貸金庫を使うほどの物を母が持っていたとは思えないんですが……」

「では妹さんのものでも頼まれて預かっていたんじゃないですか」

なるほど、と加納も頷いた。

「それに金目《かねめ》の物とも限らない。泥棒のことより火災や家人の目が心配で日記やポルノ写真などを預ける人間もいるとか。親の骨壺を持ち込んで貸金庫に入らなかったという笑い話も聞きました。それほど大した保管料でもないらしいですからね」

「なにが入っていたか報告しなければ？」

「いやいや、結構です」

神田は手を軽く振って、

「それはご家族の問題ですんでね」

「そうですか」

加納は安堵《あんど》した様子で頭を下げた。

「辛いことでしょうが、ご遺体のお引き渡しは明日になります。なにかありましたら遠慮なく私のところへ問い合わせを」

神田は話を切り上げた。

「もし妹さんと連絡がつかない場合でも……」

「それは大丈夫です。パリを留守にしているだけで、どこで働いているかは簡単に捜し出せると思いますから」

「どういうお仕事なんです？」

「美術品の修復を。古い教会の壁画や美術館に招かれて働いているようです。日本ではそういう仕事があまりない」

「それは凄《すご》い」

神田は本心から言った。パリでの仕事と聞いてバッグや陶器などの輸入に携わっているのだろうと、なんとなく思っていたのだ。

「向こうではさほど珍しい仕事でもないとか。別れた亭主が向こうで美術専門の出版社をやっていたので、そのつてで仕事を貰えるようになっただけですよ」

「でも、よほどの腕がないと」

「自分が描くわけではないですからね」

加納はようやく小さな笑いを見せた。


やはり自殺と確定された母親の遺体を引き取り、無事に葬儀を済ませた加納は、五日後に新宿のF銀行を訪ねた。母親の死亡は前日に電話で知らせてある。面倒臭いことを言われると思ったが意外に簡単だった。母親の保険証と加納本人の運転免許証を提示し、それに暗証番号が正しければ問題がないと言う。

窓口に申し出て間もなく、加納は貸金庫室に案内された。八畳ほどの部屋の壁に小さなコインロッカーに似た扉《とびら》が並んでいる。部屋の真ん中にはテーブルと椅子《いす》が用意されていて、そこに抜いた引き出しを置いて出し入れをする仕組みだ。面倒ではないが、警備員の姿が鉄格子《てつごうし》を挟《はさ》んでちらちらするので緊張する。あの母がよくこういうものを利用する気になったものだと、それは不思議に感じた。葬儀に間に合った妹の由梨子《ゆりこ》に訊ねてみたが、貸金庫については由梨子も知らないと言う。

加納は金庫の扉を開けた。

細長い金属の箱を引き出す。テーブルに置いて蓋《ふた》を持ち上げる。中には事務用の書類袋が収められていた。手に取ると軽い。株券や不動産の権利書かなにかだろうか。加納は袋を閉じている紐を解いた。なんとなくどきどきする。

〈なんだ？〉

古い帳簿の断片のようなものが何枚か入っているだけと分かって加納は気が抜けた。テーブルにひろげる。四枚の紙には細かな文字がびっしりと書かれていた。ドイツ語である。一応は大学でドイツ語も学んだのだが、今は病名や基本的な動詞程度しか分からない。一瞬たじろいだものの、単純なものだった。なにかのリストに過ぎない。どうやら絵のリストらしいと、やがて見当がついた。紙は染みだらけで相当に古いもののようだ。

〈なんでおふくろが……〉

こんなものを、と加納は吐息した。貸金庫に預けていたからには大事なものに違いないが、少なくとも加納にはまったく無価値なものに思われた。隠し財産を当てにしていたわけではなかったが、こんなもののために新宿まで足を運んだと思えば腹が立つ。

釈然《しゃくぜん》としない思いを抱えながら加納は新宿駅南口近くのデパートに向かった。新宿に出たついでにそのデパートの二階の喫茶室で妹の由梨子と待ち合わせをしている。喫茶室は混雑していた。入り口の前のイスに腰掛けて席の空くのを待っている人間も多く居る。早いとは思ったが一応覗《のぞ》いて見ると由梨子はもう来ていた。二人用の席で薄い画集を開いてたばこを喫《す》っていた。

「あら、早かったのね」

側に立つと由梨子は顔を上げた。その瞳をまともに受けると、自分の妹なのにどうも照れ臭い。近くの席で由梨子を意識していたらしい学生たちの目が加納に注《そそ》がれる。なんでこんな冴《さ》えない中年男と付き合っているんだよ、という視線だ。昔からそうだった。外国人のように彫《ほ》りの深い整った鼻筋と秀《ひい》でた額が男たちを圧倒する。加納の自慢の妹ではあったが、同時に重荷でもあった。同級生や知人のほとんどが一目見ると由梨子を好きになる。由梨子目当てで露骨《ろこつ》に親しくなろうとするやつまでいた。フランス人と結婚が決まったときは、なんだかほっとしたものだった。おなじ兄妹なのに加納と由梨子は感性も価値観もすべて掛け離れている。

由梨子は組んでいた黒い細身のパンツの脚を崩《くず》さずにたばこをもみ消した。長い髪がさらっと揺れた。四十五とはとても見えない。せいぜい三十五、六といったところだ。

「おまえこそ早かったじゃないか」

メニューも見ずにコーヒーを頼んで加納は由梨子の前に腰を下ろした。

「智子《ともこ》が兄さんによろしくって」

「帰ったのか。なにか御馳走《ごちそう》したのに」

「買い物に付き合わされて疲れたわ。母さんがこんなことになったと言うのに、同情してくれていたのは最初だけ。あとは一也《かずや》君の大学受験の心配と買い物のことばかり。嫌になって早めに別れたの」

智子は葬式に来てくれて十五年ぶりに出会った由梨子の親友だ。

「東京は疲れるな。仙台暮らしが永いとどんどんリズムが合わなくなる。なんでこんなに喫茶店が混んでいるんだ。考えられんよ」

「それに高いわね。コーヒー一杯が八百円」

美味《おい》しくもないのに、という顔をする。

「結局義姉《ねえ》さんは出て来なかったの？」

「ああ。くたびれてしまったらしい。明日は仙台に戻る。今日はのんびりするとさ」

「それで、なんだったの？」

由梨子の目が紙袋に向けられた。

「分からんね。気が抜けたよ。なんでおふくろがこんなものを貸金庫なんかに預けていたものか……まぁ、お陰で吹っ切れたようなところもある。俺の知らないことがおふくろにはいくらもあったんだってな」

加納は紙袋を由梨子の方に押し出した。

「大した症状でもないが解剖の結果では肺機能の衰えが認められた。きっとそれを苦にしていたんじゃないかね。倒れてから俺の世話になるのが嫌だったんだろう」

「その話はもうよさない？」

眉《まゆ》を曇らせて由梨子は紙袋を開いた。もし由梨子が同居していればこんなことにはならなかったかも知れない。それを気にしている。

「なんなのこれ？」

四枚の紙だけと分かって由梨子は怪訝な顔をした。しかもドイツ語だ。

「親父の形見なんだろうな。おふくろに関係あるものとは思えない」

「間違えたんじゃないの？」

「まさか。あの鍵で俺が開けたんだ」

「こんなものを貸金庫に預けるわけがないわ」

由梨子はリストをまじまじと眺めた。

「ドイツ語、読めるのか？」

「少しだけ。でも相当な癖字《くせじ》ね」

「絵のリストみたいだな」

「本当にこれを母さんが？」

「預けたのは一ヵ月前のことだそうだ。健康に自信を失って大事を取ったんだろう」

「どうするの、これ？」

「どうって……まだなにも考えてない」

「私が貰っていい？　パリに戻ればドイツ人の仲間も居る。簡単に読めるわ」

「いいよ。まさか宝のありかを示す暗号でもないだろう。好きにすればいい」

「税務署の方には？」

遺産相続の問題が残されている。貸金庫のことはまだ知られていないはずだが……。

「構わん。なにか言ってきたら俺がちゃんと説明する。税務署が気にしているのは土地のことだけさ。本当にあれでいいのか？」

家と土地は加納が相続することに決めた。由梨子は母親の預金だけに過ぎない。それも三分の一はもともと由梨子の送金をプールしていたものだから申し訳ない気もする。

「いいのよ。どうせ東京に戻る気もないし。あっちの暮らしの方が性《しょう》に合っているの」

「なにかあったときは遠慮なく言え。たった二人の兄妹なんだ。これからは仙台がおまえの家だ。仙台はのんびりできるぞ」

「ありがとう。そうさせて貰うわ」

「その……付き合っているやつはいないのか」

「いないわよ。なによいきなり」

由梨子は笑った。

「どんな暮らしをしているのかと思ってな」

「忙しくしてるだけ。小さな村に二ヵ月も滞在したりしてね。でも退屈しないの。毎日、汚れた壁と向き合っていて、絵が頭に浮かんでくるまで一ヵ月かかることもある。それまで、ただの汚れとしか見えなかった線が重要なものだったと分かったりするのよ。あの喜びを覚えたら他のことなんか……」

「血だな。親父の血が全部そっくりおまえの方に流れ込んでしまったらしい」

「自分の作品を描いていたときよりずっと興奮するわ。来年はイタリアに行けそう。ジオットやチマブーエを任せて貰えそうなの。信じられる？　十年のキャリアしかないのに。もちろんチームでの仕事だけどね」

「確かにそれじゃ日本に戻る気なんかなくなるな。まあそれを聞いて安心した」

「そう言えば、あの絵を見掛けなかったわ」

由梨子は思い出したように口にした。

「あの絵だけはあとで送ってちょうだい。好きだったの」

「おふくろの寝室に飾っていたやつか」

「ええ。ミレーの模写《もしゃ》」

唯一と言ってもいい父親の形見である。若い頃に模写したものだと聞かされている。

「おふくろの寝室にはこの三、四年入ったことがなかったが……あったのか？」

「あったわ。二年前にはね。でも昨日見たら外されていた。兄さんじゃなかったんだ」

「俺は知らん。おふくろだろう」

「だったら家の中を捜せば見付かるわね。まだ半月は日本に居るから捜してみる」

安心したように由梨子は微笑んだ。

「鮨《すし》か天麩羅《てんぷら》でも食って帰るか？」

「駄目よ。義姉さんに悪いわよ。押し付けて私たちばかり遊んでいるみたいに思われる」

「気にするやつじゃないよ」

「美味しいものでもお土産《みやげ》に買って行きましょう。義姉さんにはお世話になった」

「当たり前のことだよ。なんだ急に」

「こういうときに本当のことが分かるの。兄さんは幸せね。私なんかひどい妻だったもの」

「三十過ぎて結婚すりゃ我《わ》が儘《まま》も出るさ。ましてや相手は外国人だったんだ」

「でも三年も保《も》たなかった。いい加減なのよ」

「いいじゃないか昔のことは。別れたと聞かされたときは正直ホッとしたもんだった。言葉が通じないってのはどうもな……いや、そんなに悪い男でもなかったよ。こっちの問題でね。変なこと言っちゃったな」

加納はコーヒーを飲み干して、

「まだ帰るには早い。捜したい本があるんだが、いいかい？」

「専門書？」

「ジャズ関係の本だ」

母親が死んだばかりだというのに不謹慎《ふきんしん》な気もするが、むしろ忘れてしまいたい。

「このデパートの中に大きな書店が入っていたわ。だったらここで待っている」

加納は頷いて席を立った。


由梨子はミルクティーを追加注文して、ふたたび紙袋から紙切れを取り出した。

〈なんなのだろう……〉

読めない苛立《いらだ》ちも加わって不審がつのる。もちろん母は父からこのリストがなんであるのか聞かされていたに違いない。だから大事に保管していたのだ。カラー印刷の技術がまだ未熟だった頃、父は美術館などに頼まれて忠実な模写を手掛けていたと耳にしているから、あるいはそのリストなのかも知れないと思ったが、それならドイツ語で書かれている理由が分からない。父がドイツ語に堪能《たんのう》だったことは知っている。もしかするとこれは父の筆跡なのだろうか。それで母が大事にしていたということは十分に考えられる。しかし、貸金庫に預けるのは大袈裟《おおげさ》過ぎないか。

〈ヴィンセント……〉

その名前がやたらと目につく。特に珍しい名前ではないが、もしこれが模写のリストであって、有名画家のものを示しているのであればヴィンセントとは恐らくヴィンセント・ヴァン・ゴッホのことではないだろうか。他に思い当たる画家はいない。そう考えるとますます不思議だ。その程度のメモが重要であるなどとうてい思われない。ひまわり、というのはドイツ語でなんと言っただろうか。アルルという地名を見付けられないか？　ゴッホに関わることを思い出しながら由梨子はリストを丹念に捜した。まったく見当たらない。

〈1890・7・27……〉

リストの中の一つにその日付らしいものが記入されているのを由梨子は見付けた。由梨子は小首を傾げた。ゴッホには通りいっぺんの興味しか持っていない。だが、その日付のあとに記されているオーヴェールが地名であるなら由梨子も知っている。パリ近郊の小さな田舎町の名だ。

〈オーヴェールって、確か……〉

ゴッホが晩年に暮らしていた町ではなかったか。そこでゴッホは拳銃自殺したはずだ。

〈やっぱりゴッホと関係あるみたいね〉

小さく頷いたものの、なぜこれを母親が大切に保管していたかの解答には繋がらない。父親が病気で死んだのは由梨子が十六のときだったので正直言うと父親のことがよく分からない。大人の話を交わす前に居なくなってしまった。それが今はなんとも寂しい。このリストを目にしていても、なんのことかちっとも想像ができないのだ。

このリストを母親が保管していた理由を突き止めることができれば、稀薄《きはく》だった父親の輪郭《りんかく》が少しでも見えてこないだろうか。由梨子は記憶に残されているミレーの模写を思い浮かべた。おなじような仕事に就《つ》いてからはじめて父の腕が分かった。それと同様にこのリストの謎《なぞ》を解くことは、父がなぜか語らなかった過去の解明に繋がるような気がする。

〈不思議な夫婦だったわ〉

子供ながらに由梨子は感じていたものだった。まるでなにかの影に怯えるようにしていた。それとこのリストが関係しているような気がしはじめた。

「待たせたな」

書店の袋を小脇《こわき》に加納が戻った。由梨子は伝票を手にして席を立った。

「いいよ。俺が払う」

「父さんの若い頃の秘密と関係ありそうね」

由梨子の言葉に加納はぎょっとした。

「そういう大事なものじゃなければ貸金庫になんて預けやしないわよ」

「かも知れんな」

加納も暗い顔で頷いた。

3

三日後。由梨子は国立小劇場の明るい喫茶室でロベールと向き合っていた。ロベールが珍しい文楽《ぶんらく》の通し狂言を観《み》るというので付き合ったのである。文楽など観る人間は少なくなったと思っていたのに客席はほぼ満杯だった。外国人の姿も多い。長い演《だ》し物なので途中に四十分の休憩が挟まっている。客の大半は食事できる店を目指して、喫茶室には若者が目立つ。ロベールは由梨子の中途半端な様子にも気付かずに文楽のことばかり話し続けた。ロベールはこれを観終えたら三十分ほどでフランス大使館に行く用事が入っている。そこで五十人を前にフランス印象派のレクチャーをするらしい。だからこそ六時間もかかる通し狂言に付き合うことにしたのだが、これでは意味がない。

「なにかぼくに相談ごとでもあったのかい」

ようやくロベールも察した。開演時間ぎりぎりにロベールが劇場に駆け込んで来たのでほとんど満足に話もしていない。

「あなたドイツ語得意だったわね」

それにロベールは頷いた。

「じっくり見て貰いたいものがあったんだけど、またにするわ。明日はヒマ？」

「明日は会場に詰めていないといけない。夕方からは役所の人間と約束が入っている」

「忙しいんだ」

「展覧会がオープンしたばかりなんだよ。オルセーからの派遣要員としてはそれが仕事だ。今日だけは特別に許して貰ったんだ」

「あんな簡単な説明で分かるの？」

英語の解説の流れるイヤホンを耳にしての鑑賞である。由梨子も試しに聞いてみたが、大雑把《おおざっぱ》な粗筋《あらすじ》に過ぎなかった。

「雰囲気《ふんいき》が好きなんだ。パリでは五、六年に一度ぐらいしか観られない。日本に来て直ぐに今日の公演の切符を手に入れた。やっと日本に来たという実感がするな。ホテルも街も日本人が居るというだけでパリと変わらない」

「今じゃどこの国だってそうよ」

由梨子は小さく笑った。印象派の画家たちにとって日本は憧《あこが》れの地だったらしい。その印象派の作品を多く蒐《あつ》めているパリのオルセー美術館にロベールは学芸員として勤務している。ロベールが日本に対して画家たちと同様の思いを抱くのも不思議ではない。けれどロベールの目は印象派の画家たちが活躍していた頃の、古い日本に注がれている。

「着物姿の女の子も多い。やっぱり綺麗だね」

それに由梨子も頷いた。ロビーで何人も見掛けた。あれも不思議な気がする。自分は文楽を理解できる日本人なんだと他人に思われたいのだろうか？　単なる正装のつもりかも知れないが、着慣れていないのは一目で分かる。だったら普段着《ふだんぎ》の方が楽なのに。こういう場所を見合いの席にすることもあるらしい。

「いつパリに戻るんだい？」

「あと十日ほどしたら」

「ぼくはまだ二十日も居る。暇《ひま》を見付けて京都に行こうと思っている。一緒にどう？」

「悪いけど、そんな気分じゃないのよ」

困った顔で由梨子は返した。

「お母さんが亡くなったんだったね」

ロベールも神妙な顔付きに戻した。日本人の歳は分かりにくいとよく言われるが、フランス人の男の歳も一緒だ。九つも年下の三十六と聞いた覚えがあるけれど、ときとして二十七、八の青年に見えたり、自分と同世代に感じたりする。今のロベールは若者の顔だった。日本に居るという興奮があるのだろう。

「けど、驚いたよ。まさかユリコから連絡があるなんてね。日本に戻るのはずっと後だと聞いていたから」

「思い出したの、あなたが日本に来ていることを。パリに戻ってからでもいいけど、どうせならあなたでもいいんじゃないかと」

「でも、っていう程度の電話かい」

ロベールは陽気に笑った。

「一八九〇年の七月二十七日。こう言われてなにかピンとこない？」

「なんのこと？　もう一度頼む」

由梨子は繰り返した。

「さあ……見当もつかないな」

「ゴッホが拳銃で自殺を決行した日よ」

そうか、とロベールも即座に頷いた。ゴッホが専門ではなかったはずだが、さすがに印象派を中心とする美術館の学芸員だけある。

「だけど……それがなにか？」

「画集ではどうしても探せなかったんだけど、その日付の入ったゴッホの作品はどういうものなの？　それを知りたかったの」

「自殺を決行した日の日付入りの作品？」

ロベールは目を丸くして、

「そんなの……あるわけないだろ。だいたいゴッホはキャンバスに日付なんか書き込まない」

「でしょ。だから不思議なのよ。よほどの意味があるとしか思えない」

「どこからそんな話を？　意味なんかないさ。そういう絵はないんだから」

ロベールは笑ってコーヒーを口に運んだ。

「でも描いたはずよね。あの日ゴッホは絵の具やキャンバスを持って写生に出掛けている。一枚も描かずに自殺したにしては時間がかかり過ぎている。カーク・ダグラスがゴッホを演じた映画でも、まるでなにかが乗り移ったみたいに描き殴っていた」

「ずいぶん熱心だな。映画まで観たのか」

ロベールは呆れた顔をした。

「まだいい？　だったら見せたいものがある」

「そこまで聞かされて、見ないわけにはいかないだろ。途中になっても、半分は雰囲気を味わいに来ただけなんだから」

ロベールは喫茶室の時計に目を動かした。あと五分で次の幕がはじまる。

由梨子は幅広のショルダーからノートを取り出した。スケッチブックを持ち歩くことが多いのでイタリアに出掛けたときに老舗《しにせ》の専門店に特注で作って貰ったバッグだ。革が柔らかいから気に入って三年も愛用している。

「とにかく見て。話はそれから」

「なんだかテストみたいだ」

笑顔でロベールは由梨子の差し出した紙を手にした。四枚のコピーである。

戸惑《とまど》いつつもロベールは真剣に見詰めた。

その目が横に流れては戻る。由梨子はコーヒーを二人分追加注文した。運ばれてきた熱いコーヒーを渇いた喉《のど》にブラックで少しずつ流し込む。ロベールの目の位置でどの辺りを読んでいるか分かる。だいぶ丁寧に読んでいるらしく、ときどき目を止めて考えている。見ている由梨子の方がどきどきしてきた。まだ若いが自分などより遥《はる》かにゴッホには詳《くわ》しい人間だ。由梨子はたばこに火をつけた。

「ぼくにも一本」

「喫《す》わないんじゃなかった？」

たばことライターをロベールの前に押しやりながら由梨子は微笑んだ。

「このヴィンセントってあるのがゴッホのことなんだな？」

まだ二枚目なのにロベールは苛立った様子で由梨子に質した。

「最後のところにあるわ。その日付がね。その日付からしてゴッホとしか思えないじゃないの。偶然とは思えない」

ロベールは慌《あわ》てて四枚目を探した。見付けて唸《うな》り声を発した。その周辺を丹念に読む。額に汗が噴《ふ》き出ている。ロベールはたばこをくわえて火をつけた。目はコピーから動かさない。次に飛ばしていた三枚目を上に重ねて読みはじめる。そして溜《た》め息を吐《つ》いた。

「どう？」

「こんなものをどこで？」

ロベールは額を上げて訊ねた。

「亡くなった母が大事に保管していたのよ。きっと父が持っていたものだと思う」

「オリジナルはユリコのところに？」

「ええ」

「だったらこいつはこのまま貰っていいよね。もっと詳しく調べてみたい」

ロベールの目が輝いていた。

「感想を聞かせて頂戴《ちょうだい》。これはなんなの？」

「いつだれが書いたものか知らないけど、ゴッホの作品をリスト化したのには間違いないと思う。問題は……この五十点近くが全部ぼくに思い当たらない作品ばかりということだ」

「タイトルがないせいじゃなくて？」

「作品の一つ一つに細かく構図や号数、色調などが記されている。マーゴだったら符合《ふごう》するものを言い当てるかも知れないが……『ひまわり』はないし、『アルルの風景』も含まれていない。オーヴェールのものが一枚きり。こういうリストなんて見当もつかないよ」

マーゴはロベールの同僚でゴッホを専門としている女性だ。由梨子も知っている。

「これは世紀の大発見かも知れない」

「よしてよ。ただのリストじゃない」

「ゴッホの未発見の作品群は無数にあると想像されている。署名をしなかったものも多い。だから反対に偽物《にせもの》も多く出回っている。けれどこれは本物の可能性が強い」

「根拠は？」

核心だけを由梨子は質した。

「これは一九四四年に作られたリストだ」

ロベールは何ヵ所かに見られる数字を示した。由梨子も額を寄せて覗き込む。

「どこかのコレクターか美術館に運び込まれた日付を書いたもんだと思う。すべてが一九四四年に集中している。運び込まれた日付なんて、何年も経てば無意味になる。その当時の記録用だからこれが書き込まれたのさ」

「案外鋭いわね」

由梨子も納得した。そうに違いない。

「一九四四年なんて……五十年以上も昔のことだよ。もしこれが偽物だとしたら、その五十年の間に必ず出回って大騒ぎとなっているだろう。この自殺を決行した日付の入っているだれかの肖像画にしてもね。ぼくらの目や耳に入らないなんてことは有り得ない。それが偽物とは考えられない一番の根拠だ。無名の画家ならともかく、ゴッホなんだぜ。こっそりと金持ちのコレクションに紛れていたとしても五十年のうちにはきっと知れる」

「………」

「一九四四年だと世界大戦の真っ最中だ。恐らく空襲かなにかで作品は失われてしまったんじゃないかな。それ以外にこれらが世に現われなかった理由は説明できない。しかし、幸いにもこのリストは残された。この背後を辿《たど》ればゴッホに関して重大な発見がもたらされる可能性がある」

「背後なんて辿れる?」

「辿れるさ。たとえばユリコの父上の経歴とかを丹念に調べ上げていけばね。一九四四年当時どこでなにをしていたか分かれば、それを手掛かりにどんどん広げていける。このリストがどこで書かれたものかを突き止めるのもむずかしくはないと思うな」

「私の父の過去……」

由梨子の眉が曇った。

「なにかまずい問題でも？」

「ほとんど聞かされていないの。母も教えてはくれなかった。戦争中のことなら……たぶんオランダに居たと思うけど」

「オランダに居たって！」

ロベールは目を丸くした。

「それならますます信憑性《しんぴょうせい》がある。なんで父上はあの時代にオランダなんかに？」

「祖父がオランダ人なの。オランダで生まれたんだから当たり前のことでしょ」

「ユリコにはオランダの血が混じっていたのか。道理で日本人離れしていると思った」

「祖母は日本人。それで戦争が終わってから父が日本にやって来たというわけ。そして母と知り合って結婚した。どういう事情か分からないけど父は帰化して母の姓の加納を名乗ることにした」

「………」

「私も事情を訊く勇気はなかった。父は私が十六のときに癌で亡くなった」

「勇気ってなんだい？」

「十六にもなればいろいろと想像を膨《ふく》らませるものよ。オランダのことを父が口にしないのはよほどのことがあったんだろうってね。母の姓を名乗ったのも不自然だわ。それが戦争に関わっているのも想像できた。知りたいけど、それを突き止めてどうするの？　だからなにも訊かなかった。私の目の前に居る父と向き合うだけでいいと決めたの」

「ユリコはいつも強いな」

「強くなんかないわ。弱かったから目を瞑《つぶ》ることにしたんじゃないの」

由梨子は新しいたばこに火をつけて喫茶室の窓から見える夏の空を見やった。東京にしては珍しくどこまでも青い空だ。

「マーゴに教えたら放って置かないと思う」

ロベールもまた由梨子のたばこを一本抜き取ると口にくわえた。

「覚悟しなくちゃならないわね」

ロベールの言った意味を察して由梨子は小さく笑った。パリとオランダは近い。マーゴはオランダに出掛けて由梨子の父のことを細かく調査するに違いない。

「当分はここだけの話にしようか」

ロベールは優しい口調で言った。互いに一言も口にしてはいないが、戦犯の指名を受けている可能性をどちらも頭に描いている。

「いいのよ。大昔のことだし、父もとっくにこの世には居ないんだから」

「そういうのを強いって言うんだよ」

ロベールは感心した顔で見詰めた。

「だれなんでしょうね？」

「え？」

「ゴッホが自殺する直前に会っていた相手よ。麦畑の写生に行きながら想像の肖像画なんか描くとは思えない。そういうことでしょ？」

言われてロベールはあんぐりと口を開けた。

「確かに……その男が自殺現場の側に居たということだね」

「見たかったわ。それだけは残念」

由梨子は単純にそう思っていたに過ぎなかったがロベールは頭を掻《か》きむしった。

「どうしたの？」

「そういうことなんだ。ゴッホはだれかと会っていた。だけど、だれ一人として名乗りをあげていない。その理由は？」

逆に由梨子に質問する。

「通りすがりの人間だったかも。ゴッホが何者かも知らなければ連絡しようもないわ」

「オーヴェールは小さな村だよ。観光客なんかが訪れる場所でもなかった。そこにきて拳銃自殺という大事件だ。肖像画のモデルになった人間の耳にそれが届かないわけがない。警察に連絡しないはずはないんだ」

「なにを興奮してるのよ」

「その人間はわざとゴッホと会ったことを隠したと言ってるんだよ。ゴッホは確かに筆が速かったと言われている。一日に五枚くらいを完成させるのも珍しくはなかった。それでも一枚に一時間やそこらは確実に費やしただろう。モデルとなった人間がそれを忘れるなんて有り得ないさ」

「………」

「もしかするとぼくの勉強不足かも知れない。絵が見付かっていないだけで、そういう人間が存在した可能性もある。今夜にでもマーゴに問い合わせてみよう」

「それで居ないと分かったら？」

「ゴッホの自殺の謎について鍵を握っている人間ということになりそうだ」

「自殺の謎なんてあるわけ？」

由梨子は首を捻った。ノイローゼが高じての発作的な自殺と決め付けられているはずだ。

「ゴッホが下宿に戻ってからのことは克明《こくめい》に分かっているけど、麦畑でのことはまったく不明なんだよ。ゴッホもそれから二日間生き続けてパイプまでくゆらすほど意識がはっきりしていたのに、なぜか自殺をはかった動機とかをいっさい語らなかった。自殺するまでになにかがあったはずなんだ。マーゴもそれにずっと関心を抱いている」

「マーゴが？　知らなかった」

「ゴッホの専門家ならだれでもそうさ。自殺の原因を探るのはゴッホ研究の基本だ」

なるほど、と由梨子も頷いた。

「となるとますますこのリストの重要性が出てくるな。このリストが本物のゴッホの作品を記録したものかどうかを真っ先に確定しなければならない。そうしてからはじめてゴッホと麦畑で会った人間の存在を追及できる。マーゴなんて、このリストを見たら熱を出しちゃうんじゃないかい」

「そんなに価値があるものとは思ってもみなかった。母はそれを知っていたのかな？」

「知らなかったと思うよ。どんなに凄いことが書かれていたってリストに過ぎない。研究者にだけ大きな意味のあるものさ」

「だったらどうして貸金庫に保管なんか？」

「貸金庫！　そりゃまた念入りだ」

「それも不思議なのよね」

由梨子は小さく吐息した。何度目だろう。

「まさか……これ全部ユリコの家に隠されているなんてことはないよね」

思わず由梨子は噴き出した。

「所蔵目録かも知れないじゃないか」

「ゴッホなのよ。バカ言わないで。全部あったらいくらすると思っているの」

「千億から千二百億円ぐらいにはなるな」

あっさりとロベールは言った。

「兄貴なんてアルバイトしながら医大に通ったわ。私もこうして絵の修復なんかしていない。私の家にないのだけは確かね」

「日本には蔵があるんだろ？」

「そういうことには詳しいのね」

由梨子の笑いは止まない。

「このリストは父上が書いたのと違う？」

「分からない。父の字と似ているような気もするけど断定はできない」

「もしそうだとしたら父上は間違いなくこのゴッホの作品群を目の前にしていたことになる。凄いね。こういうのを見ていたなんて信じられないよ。父上の遺品というのはどうなっているわけ？」

「死んだのは三十年近くも前のことだわ」

「でも母上は残しているかも知れない」

「たとえばどんなもの？」

「日記やこの作品群の写真とかさ。母上の遺品の整理はまだなんだろ？」

「それはそうだけど……あるかしら」

由梨子は思い浮かべた。簞笥《たんす》などはとっくに点検している。庭の物置はまだだが、ちらっと眺めた感じでは古い道具やがらくたばかりだった。

「構わなければ手伝いに行く」

「あなたは展覧会があるじゃない」

「大事なのはどっちか子供にだって分かる」

「本当に写真でも見付かったら……」

「世界を仰天《ぎょうてん》させる発見さ。その写真の権利だけでユリコは大金持ちになる。安く見積もっても五千万から一億にはなるな」

「…………」

「蔵は大きいの？」

「蔵じゃないってば。小さな物置よ」

自分一人で足りる、と由梨子は断わった。母の匂いの染《し》み込んだ家にロベールを踏み込ませたくはない。ただそれだけの理由だ。

「なにか見付けたら教えてくれるね？」

「もちろん。明日にでも探してみる」

「なんだか続きを見る気分じゃなくなったよ。大使館の時間までには三時間もある。どこかで鮨でも食べようか。ここなら銀座も近い。四千円で食べ放題の鮨屋があるそうだ」

「あなたの方が日本には詳しそう」

「だってぼくは観光客だもの。そういうことの情報は事前にチェックしてくる。ユリコもパリではぼくの知らない店をずいぶん知ってるよ。いつだったかクロワッサンの美味しい店を教えて貰った」

「そんなことあった？」

「知り合って間もなくの頃ね。嫌《いや》な日本人だと思った。けど本当に美味しかった」

「本当に嫌味な日本人」

由梨子は笑いを堪《こら》えた。

「あれ以来ユリコには一目《いちもく》置いている。ユリコの修復の技術を知ってはなおさらだ。失われた色や線を復元するのはセンスだよ。指定された色でいいなら看板描きにもできる。どうして日本人にこういう仕事ができるんだろうと不思議に思っていたけど、オランダの血が流れていたわけだ。それで納得できた」

「私は日本人だわ」

由梨子は突き放すように言った。それで若い頃はずいぶん苦労もしている。結局フランスの男と一緒になったのも、その煩わしさから逃げたかったのが理由の一つだ。

「差別したつもりじゃないんだけどね」

困った顔でロベールは続けた。

「ぼくは職業柄、日本の美術にも関心を持っている。そして、色への感性が我々とずいぶん違うことを教えられた。特に浮世絵なんてぼくらの常識では考えられない色を平気で使っている。火事でもないのに空一面を真っ赤に塗り潰《つぶ》したりしてね。それで変じゃないのが不思議なほどだ。ファッションもそうだよ。ケンゾーやイッセイ・ミヤケの色遣いは我々とはまるで違う。デザインよりその違いの方が大きい。復元はセンスだと言ったじゃないか。センスはすなわち感性。その感性の違う日本人であるはずのユリコが、どうして古い時代のヨーロッパの絵画を修復できるのか首を傾げていた。理解することはできる。ぼくらが浮世絵に美を感じるようにね。でもぼくらには浮世絵が描けない。世の中には腐るほど偽物がある。でも、ヨーロッパ人が歌麿《うたまろ》の肉筆の偽物を拵《こしら》えたなんて話は一度だって聞いたことがない。その反対もそうだろ。日本人がレンブラントの偽物を描いたなんてことはあるのかい？」

「確かに聞いたことはないわね」

「それを言っているのさ。日本人の技術が下手だなんて言っていない。ユリコの感性が日本人と違うと言いたかったんだよ」

「そういうことなら謝るわ」

「今のユリコだったらダ・ヴィンチの偽物だって作れるんじゃない？　凄い腕だもの」

「急に持ち上げてもだめよ」

「どうして画家にならなかったんだい？」

「それこそ感性ね。自分の目にはどうしても景色が私の好きな画家たちのようには見えてこなかった。色調が現実より暗く沈んで行くの。それに自分が耐えられなかった」

「そういうものなんだ」

ロベールは感心した顔で頷いた。

「父も画家になろうとして諦めた人だったみたい。模写の腕は物凄いのに、自分の絵となるとなにかが見えなかったんだわ」

「まさにそういう血が流れていたんだな」

ロベールは一人得心《とくしん》していた。

「自分から誘っておいて悪いけど……今日はこれで帰るわ。鮨はまたの機会にして」

由梨子は軽く手を合わせて詫《わ》びた。

一刻も早く家に戻って探したい気持ちになった。父の形見であるミレーの模写もまだ見付けていない。どこかにあるのは確かだ。

〈もし写真が見付かって……〉

大騒ぎとなったらどうなるのだろう。否応《いやおう》なしに父の過去と向き合わせられる結果になるのではないのか？　兄と相談なしに自分一人が進めていいものだろうか。ゴッホの謎より大切なものだってあるのだ。

由梨子はぼんやりと考えていた。

4

「ハルダーの遺産相続人がようやく到着しました」

ホテルのテラスでコーヒーを飲んでいるアジムのところにサミュエルが安堵《あんど》の笑顔を見せて現われた。ヒロシ・ハルダーの相続人はたった一人の孫娘でアメリカの大学に学んでいる。それでこのスイスのモントルーには直ぐに来られない。仕方なく三日を無駄に過ごしていたというわけだ。

「二時間後にハルダーの屋敷で合流しようとムッセルトが。まだ時間はありますよ」

サミュエルも冷たい飲み物を頼んだ。

「ジェイミーと言ったか。二十一の娘ではなんの手掛かりも得られそうにない」

アジムは不機嫌そうに返した。ハルダーの死因も車の墜落事故と片付けられそうな状況だ。運転手の胃からアルコールが検出されている。もちろんアジムやアムステルダム検事局のムッセルトは見せ掛けの事故と確信しているが、スイスの警察の捜査に口出しはできない。どうせ表向きのことなど彼らには関係もなかった。が、事故と決められてしまえば調べはやりにくくなる。ムッセルトは相続人である孫娘の到着に間があることを幸いにロンドンに本社のある損害保険会社の調査員の証明書を手に入れ、その線で孫娘に接近することにしたのだが、アジムたちの立場は不明瞭だ。同僚のふりをするしかない。まあ相手が二十一の小娘ならごまかす自信はある。にしても大した成果が得られるとは思えない。

「本部の方から孫娘の尋問《じんもん》次第では打ち切りにして戻れという指示があった。トラックで運ばれた荷物の行方《ゆくえ》を突き止めるのはむずかしい。スイスならどこにでも向かえる」

人手があって、その上スイス警察の協力が得られるなら別だが、たった二人ではどうにもならない。ナチス絡みの荷物とはだいたい見当がついているにしても、それが果たして重要な物であるかどうかも分からない。本部の判断も当然であろう。

「ハルダーが殺されたんですよ」

サミュエルは不満そうにアジムを見詰めた。

「世界で言うなら一日に二十万以上が死んでいる。荷物を押収できると見たから我々に今度の許可が下りた。このまま当てにならないものを追わせるほどモサドも暇じゃない」

わざとアジムは突き放した。確かにハルダーはナチスの協力者だった疑いが濃い。しかしそれなら殺されたのを幸いとすべきだろう。こちらが手を下さずとも済んだのである。

「スイスに避暑《ひしょ》に来れただけありがたいと思うんだな。こうしてアルプスを眺めながらコーヒーを飲めるなんて……贅沢なものさ」

「ムッセルトに任せてしまうんですか？」

「オランダと関わりの深い事件のようだ。それでいいだろう。競争してるわけじゃない」

「それはそうですがね。ハルダーの存在を突き止めたのは我々です」

「本部が決めることだ。そのときは諦めろ」

アジムは先にテーブルを立つと、

「シャワーを浴びる。一時間後にロビーだ」

サミュエルに付け足した。

サミュエルの運転でアジムはハルダーの屋敷に向かった。急カーブの続く山道を上がる。屋敷の入り口にはムッセルトの車が停《と》まっていた。二人と確認してから門を潜《くぐ》り屋敷まで先導する。

「名前を名乗るだけでいい」

車から下りて扉のベルを鳴らす前にムッセルトは二人に耳打ちした。二人も心得ている。

使用人が扉を開けた。三人の来ることは承知していてフロアに招き入れた。そのまま広い応接間へと案内される。前回はフロアと屋敷の裏手の倉庫を見ただけで、ここに入るのははじめてだ。

サミュエルはとてつもなく高そうなソファに腰を下ろして思わず苦笑した。目に入る調度品や壁の絵に圧倒される。

「ダリか。凄い物を持っているな」

ムッセルトも目をやって唸った。サミュエルも頷いた。確かにあれはダリだ。

「お待たせしました」

そこに若い娘が現われた。この応接間には似合わないラフな服装だった。娘の脇には年輩の男が従っている。ハルダーの顧問弁護士だった。娘が同席を願ったのだと言う。

「ジェイミーです」

ジェイミーは笑顔で名乗ってから三人の正面に腰を下ろした。知的で愛くるしい娘だ。大金持ちのはずなのにミッキー・マウスの時計を腕に嵌《は》めている。

「お気の毒なことをしました」

ムッセルトは神妙な顔で続けた。

「来られた早々にお邪魔して申し訳なく思っておりますが——」

「なんの権限があって裏の倉庫を見たのかね」

弁護士が遮《さえぎ》るようにムッセルトを睨んだ。

「こちらも動転していたものですから。約束した日にハルダー氏が亡くなられたので」

「約束？　私はなにも聞いていない」

「でなければあの日お訪ねしません」

ムッセルトは平然と返した。弁護士は押し黙った。理屈である。

「どういうことなんでしょうか？」

ジェイミーは質した。

「本来の所有者の名をここで明らかにはできませんが、我々はある荷物をベルギーからずっと追いかけていました。何年か前に盗まれた可能性のある美術品です。盗難保険の支払いはすでに済ませてありますが、見過ごしにできる金額ではありません。それで我々も独自に調査を続けていたわけです」

「それを祖父が持っていたとでも？」

ジェイミーはきつい目をした。

「それがその品物であった場合、盗品と知らずに買い取った可能性が強い。それで見せていただく約束をしたのです。ところが……荷物はだいぶ前にまたどこかへ運ばれてしまった。その行方を承知しているはずのハルダー氏も事故に遭《あ》われた。我々としては相続人であるあなたとお会いして荷物に関しての情報を是非とも得たいと思いました」

「私はなにも知りません」

「もちろん。ただ……ハルダー氏の残された書類や手紙のようなものをあなたに見ていただければ手掛かりが見付かるのではないかと」

「そんな権限が君たちにあるのかね？」

また弁護士が割って入った。

「ありません。ですからお願いに来たのです」

ムッセルトは弁護士を無視して頼んだ。

「ここで途切れてしまえば何年かが無駄となります。どこに運ばれた可能性があるのか、それだけが知りたい」

「帰って貰おう。耳を貸す必要はないよ」

弁護士はジェイミーに言った。

「国際問題にも発展しかねない品物です」

アジムはジェイミーに頭を下げた。

「明日……こちらから連絡します」

ジェイミーは頷いて約束した。

「見付けられるかどうか分かりませんが、今夜にでも祖父の書類を調べてみます」

「なかなかしっかりした娘だな」

ホテルに戻るとアジムは微笑んだ。

「期待はできない」

ムッセルトは苦虫を噛《か》み潰した。

「ある程度事情を伝えてスイス警察の協力を得るしかなさそうだ。なにが出て来てもあの弁護士が隠すように指図《さしず》するだろう」

「あの弁護士はなにか承知なのでは？」

サミュエルが口を挟んだ。

「知っている感じじゃなかったな。それなら反対の態度にでる。調べてもなにも出なかった、と我々に報告すれば済むことだ」

アジムにムッセルトも同意した。

「忍び込んでみますか」

「明日を待ってからにしろ」

アジムはサミュエルを睨み付けた。

「どうも歯痒《はがゆ》い感じですね。アムステルダム検事局とモサドが居ながらなにもできない」

「こっちも荷物がなんであったのか摑んでおらんのだぞ。ハルダーが何者であったかも知らん。それでどう攻める？　ハルダーが生きていたとしてもこういう手しか打てなかった。ましてや相手は無縁の娘じゃないか」

アジムはサミュエルの焦《あせ》りを叱った。

そのジェイミーからアジムに電話がかかって来た。

「ノートンさんはそちらに？」

「あなただ」

アジムはムッセルトに手渡した。最初にムッセルトの泊まっているホテルに連絡したらしい。

ムッセルトは怪訝な顔で出た。

「あのあと直ぐに弁護士さんと一緒に書斎の金庫を開けて見ました」

ジェイミーは困惑の口調で続けた。

「お金は無事なようでしたけど……大事な書類が全部なくなっているみたいです」

「………」

「弁護士さんは空巣が入ったに違いないと」

「ハルダー氏がどこかに移したのではなくてですか?」

「書類は亡くなる三日前には確かに金庫にあったと弁護士さんが……祖父の書棚や机の周りにも見当たらないんです」

ムッセルトは唸った。

「空巣なら祖父が亡くなってからのことだと思います。でなければ祖父が大騒ぎするはずでしょ。弁護士さんにも必ず祖父が連絡します。もしかしたらあなた方の追いかけている荷物と関係があるような気がして……」

「警察には?」

「弁護士さんが少し様子を見ようと。万が一祖父が盗品と関わっていた場合……」

「これからまた伺って構いませんか?」

「祖父も本当に事故死なんでしょうか」

ジェイミーは少し怯えた様子で電話を切った。

「面白くなってきた」

サミュエルは腰を浮かせた。

「今の様子なら我々を頼りとしてくれそうだ」

ムッセルトも笑いを浮かべた。


三十分後。アジムたちはジェイミーと向き合っていた。弁護士は前々からの約束を済ませて来ると言って街に出掛けている。その方がアジムたちにもやりやすい。

「間違いなくプロの仕業だ」

ジェイミーから一通り聞いてアジムは断定した。ムッセルトも頷く。

「真っ直ぐ金庫を目指し、わずかの時間で片付けて引き揚げたとしか思えない。あなたの言ったようにハルダー氏が亡くなられた後のことですよ。書類全部を持ち出したのは、なにを狙ってのことか部外者に突き止められないようにしたことでしょう」

「やはりその荷物と関係が？」

「それはまだなんとも。正直なところ我々はこの屋敷に運ばれた品物が美術品らしいと見当をつけているだけで、我々が追いかけているものと同一かも分かっておらんのです。あなたはずっとアメリカに暮らしておいでだ。ハルダー氏からなにも聞いていないでしょう」

ジェイミーは頷いた。

「ハルダー氏にはあなた以外にご身内の方がいらっしゃらないのですか？」

「音信不通になっている兄弟があると聞いたことはありますけど……一人娘だった私の母が亡く

なり、肉親は私一人でした」

「ハルダー氏に兄弟が？」

それは初耳だった。ムッセルトの調べにも記載されていない。アジムは膝《ひざ》を乗り出した。

「音信不通ということはどこかに生きておられるんですかね？」

「知りません。何十年も前から連絡が取れなくなったと母が言っていました。そんなことまで今度のことと関係あるんですか？」

ジェイミーは不審の目をアジムに向けた。

「いや……ただお伺いしただけです。必要があれば我々の方で探してみましょう」

「そんなに大切な荷物だったんですか？」

苛立った様子でジェイミーは言った。

「あなたたちの方がいろんなことを知っているみたい。なにがお望みなんです？　祖父の書斎でも探して見たいんじゃや？」

「…………」

「よろしかったら案内します。私は管理を弁護士さんに任せて五日後にはアメリカに戻ることにしました。屋敷も処分することになります。なにか見付けるつもりなら今のうちよ」

ジェイミーは挑戦的に言った。

「たとえ祖父がなにかと関わっていても私とは無縁のことだわ。祖父も亡くなってしまったし……好きにして構わない」

「だがあの弁護士さんは……」

「ここはもう私の家。私が立ち会っていれば問題はないんでしょう?」

アジムは頷いて許しに甘えることにした。若い娘だ。祖父への疑惑に憤慨《ふんがい》しているのだろう。それで早く決着をつけようとしている。

「書斎だけでも調べさせて貰おう」

アジムはムッセルトたちを促《うなが》した。


大きな書斎だった。左右の壁は天井《てんじょう》までの書架で埋められている。書架の下段には大振りのキャビネットが並んでいる。版画や二十号以下の絵画を収蔵するためのものだと後で分かった。それにしても……小さな村の図書館程度はある。アジムたちは本の量に呆れた。

「祖父は美術書のコレクターなんです」

ジェイミーは冷えきっている書斎のクーラーの温度を調節した。本を守るために常時エアコンが働いていると言う。床をコルク張りにしているのも埃《ほこり》と黴《かび》の発生を防ぐためだ。

「よほど美術がお好きだったんですな」

アジムは見回して吐息した。

「好きな作品ばかり揃《そろ》えた美術館を拵《こしら》えるのが祖父の夢でした。私にも美術の研究に進ませたいようでした。でも私は日本文学の方に」

「日本文学……」

サミュエルは驚いたようにジェイミーを見やった。日本に研究に値する文学があるかどうかも知らない。

「血なんでしょう。祖父の母親は日本人だったんです。なぜそんな大昔に曾祖父が日本人の女性と出会えたのか不思議なんだけど」

ジェイミーは小さく笑った。

「アルバムとかはありませんか？」

アジムはジェイミーに訊ねた。ヒロシ・ハルダーの母親が日本人であるのはとっくに承知している。

「古い写真帳なら机の側のキャビネットにしまってあります」

ジェイミーは頷いてキャビネットのいくつかの引き出しを探した。アジムも並んで覗き込んだ。アフリカ辺りの怪しげな仮面が無造作にしまわれている引き出しもあった。

「おかしいわ……」

やがてジェイミーは首を捻った。

「確かにここだと思ったんだけど……」

分厚いファイルを苛々《いらいら》と捲《めく》る。写真が未整理の状態で並べられているものだった。

「それではないんですか？」

「ええ。古い時代のものはきちんとしたアルバムにして残してあったんです。どうしたのかしら。去年の夏にはちゃんとここに……」

「書類と一緒に犯人が持ち去ったか」

「古いアルバムなんかどうして？」

ジェイミーは目を丸くした。

「そういう可能性もあるというだけです」

アジムはジェイミーと代わって引き出しのファイルを手に取ってぱらぱらと捲った。警察ならこれを押収してじっくり調べられるが、それは許されない。だが、ほとんどはここ二十年以内の写真と思われた。ジェイミーらしき赤子を抱いている老人の写真がある。これがハルダーに違いない。確かに東洋の血が混じっている顔で背も小柄だ。そのとなりに並んでいるのはジェイミーの母親であろう。ジェイミーにそっくりな美人だった。

「お母さまのお名前は？」

「エテル。私が二歳のときに父と離婚して、それから十年もしないうちに死にました」

「お若かったんでしょう？」

「三十五でした。心臓麻痺《まひ》です。睡眠薬の飲み過ぎが心臓に負担をかけたみたい。恋人と喧嘩《けんか》別れした夜のことだった。ばかな人」

ジェイミーは母親の写真から目を外した。

アジムはファイルをさらに捲った。ムッセルトとサミュエルも他のファイルを当たっている。全部が見知らぬ他人の写真ばかりなのだから無駄な作業に思えるが、人間関係を調べる基本でもある。何冊目かのファイルにその封書は挟まれてあった。写真のファイルに封書とは妙である。

「これは？」

アジムはジェイミーに手渡した。勝手に開けて読むわけにはいかない。ジェイミーは封書を開けた。中から二枚の写真が出て来た。手紙らしきものは入っていない。

「絵の写真です」

ジェイミーはアジムに見せた。ムッセルトも脇から眺める。暗い絵だった。どちらも農民の暮らしを克明に描写したものだ。

「古そうな絵だな。ミレー辺りのバルビゾン派の作品に見える」

「バルビゾン派？」

アジムはムッセルトに質した。

「フランスのバルビゾンという名の村から名付けられた一派でね。私も詳しくは知らないが、農村風景をもっぱら描いた。そういう感じの絵と思っただけだよ」

「ミレーと言えば『種子蒔《たねま》く人』か」

その程度しかアジムには思い浮かばないが、確かに雰囲気は似ている。

「高いのかな？」

「さあ……わざわざ写真を残していたのを見れば高いのかも知れない」

ムッセルトも自信なさそうに応じた。

「この写真、お借りできますか？」

アジムはジェイミーに頼んだ。

「それが今度の一件となにか？」

「封書の日付が一年半前になっています」

アジムはスタンプを示した。ムッセルトも慌てて確認する。一年半前と言えば例の荷物がベルギーから運び出された時期に合致《がっち》する。ただの偶然かも知れないが、人物写真ばかりのファイルにわざわざしまっていたことを思えば重要に感じられる。美術の資料を収めるキャビネットは別にある。

「しかも……日本の東京からだ」

薄れたスタンプの文字をアジムは読み取った。日本と聞いてジェイミーも関心を抱いた。

「差出人はサトコ・カノー」

裏にそれだけが書いてある。住所はないのでこの名前から特定するのは厄介だ。

「カノー……」

ジェイミーは眉根を寄せて、

「聞いたことのある名前のような気もするけど……思い出せないわ」

「住所録はありませんか？」

アジムはハルダーの机に目を動かした。

「簡単なものなら机の引き出しに」

言ってジェイミーは直ぐに取り出した。

アジムはざっと目を通した。サトコ・カノーの名は見付けられない。

「どうしてこの女性が祖父にこんなものを」

「女性？　なんで分かります」

「サトコは女性の名です。日本ではね」

ジェイミーは笑ってアジムに説明した。

「名前だけということは親しい関係だな」

ムッセルトの言う意味がアジムにも分かった。それでいて住所録にないのはおかしい。

「そろそろ詳しいことを教えてください」

もどかしそうにジェイミーは訊ねた。

「我々にもなにがなんだか……その荷物がベルギーから運び出されたのと、この手紙の出された時期が接近しているという程度です。もしこの写真がその荷物の一部だとしたら、手紙を出した女性が鍵を握っている」

「祖父は殺されたんですか？」

「我々は警察じゃありませんからね」

アジムは小さく息を吐いた。

「あなたはそう思っているみたい」

敏感に察してジェイミーも吐息すると、

「殺されたとしたらその荷物のため？」

「我々との約束の日にハルダー氏は事故に遭われた。我々の用件はその荷物でした。想像を逞《たくま》しくして繋げるならそういうことになる」

「いったいだれが祖父を！」

「荷物を屋敷から持ち去った連中の仕業とは思いますが……まだ見当もつきません」

正直にアジムは打ち明けた。

「荷物を屋敷から持ち去った連中の仕業ではないのかも知れんな」

ホテルに戻ってルームサービスの夕食を取りながらアジムは不意に思い付いた。

「移動したということは我々の動きに感付いていたということだ。それならハルダーも逃げ出す。なのにハルダーはのんびりと過ごしていた。尋問されても危険はないと判断していた証拠だ。持ち去った連中が急に不安になって殺しに戻ったというのも不自然だ。しかも我々の尋問する予定の当日のことだぞ」

「なにを考えているんです？」

サミュエルも頷きつつ質した。

「殺した人間はムッセルトじゃないのか」

サミュエルはスープを噴き出した。

「冗談はよしてくださいよ」

「ムッセルトは我々より先にこのモントルーに到着していた。なにかを摑んだことも十分に有り得る。互いに協力すると約束はしているが、本音はどうか知らん。例の荷物がなんであるのかムッセルトはだいたい分かったんじゃないのか？　ナチスが押収した美術品だとすれば莫大《ばくだい》な価値を有するはずだ。モサドと組む必要はないと判断しても不思議はなかろう」

「それなら何日もこうして無駄に過ごしますかね」

「我々の目をごまかすためとも思える。別動隊はもう荷物を追っているかも知れんさ」

「…………」

「仲間が殺したのなら、荷物を運んだ日に殺《や》っているだろう。書類にしても、その前に本人へ処分を命ずれば済む。不自然なことが多過ぎる。バルビゾン派だったか……あんな小さな写真一枚で言い当てるのは絵が専門としか思えん。向こうは例の荷物がなんであるのか最初から見当をつけていたってことだろうな。それで専門の男を派遣したんだ」

「そうは見えませんけどね」

「だから怪しいと言うんだ。油断はできん。金庫の書類を盗んだのもムッセルトという可能性が高い。我々をこの一件から遠ざけるつもりで手掛かりをなくしたとも考えられる」

「それじゃ、どうする気です？」

「知らない顔で別れるしかない。写真程度のことでは調査を打ち切れと本部に言われたことにしよう。一度スイスを出て、また戻る」

「戻ってどうします？」

「ハルダーの屋敷に忍び込む。押し込みがムッセルトの仕業なら手掛かりはまだ残されているかも知れん。ゼロからやり直しだ」

「考え過ぎのような気がしますよ」

サミュエルは腕を組んで天井を仰いだ。

「これにはとてつもない裏がある。それだけは確かだ」

アジムは自信を持っていた。

5

由梨子はパリに戻った。母親の居なくなった家はもはや心の安らぐ場所ではなかった。むしろ母親の匂いの染《し》み付いた家の中に居ると耐えられないほどの寂しさに襲われた。これが病気か交通事故などであれば少しは違ったかも知れない。その家で母親が自殺したと思うと辛さばかりが先に立つ。兄に家の管理を頼み、仕事の忙しさを口実にそそくさと日本を逃れたのである。

住まいはモンパルナスのパリ天文台にほど近い閑静《かんせい》な通りにある。別れた夫が慰謝料《いしゃりょう》の代わりに由梨子の名義にしてくれた一人暮らしには広いマンションだ。遊びに出るにはパリの中心から遠くて億劫《おっくう》になる場所だが、由梨子の仕事はどうせ自宅かパリから遠出することが多い。古い田舎町の教会の壁画や持ち込まれた作品の修復がほとんどなので不便さを特に感じない。

せいぜい半月も留守にしなかったのに、そのままソファに腰掛け、成田からずっと我慢してきたたばこに火をつけると我が家に戻ったという安堵に包まれた。無事の到着を知らせようと電話に伸ばした腕が止まった。それを知らせる母親はもうこの世に居ない。黙ってたばこをふかす。涙が溢《あふ》れて頬《ほお》を滴《したた》った。母親の死をあらためて感じた。仙台の兄に電話しようかと思い直したが、この時間なら日本はまだ明け方だろう。

感傷などに耽《ふけ》りたくはなかった。

由梨子は留守録のメッセージを再生した。たいていの知り合いには半月ばかり留守にすることを伝えてある。入っていたのはいくつかの仕事の依頼だった。けれど気が乗らない。たばこを消して、新しいたばこをくわえる。火をつけると女の声が聞こえた。

「マーゴよ。ロベールから電話を貰ったわ。面白いものを見付けたそうね。ここ四、五日はずっと美術館で資料整理。日本から戻ったら連絡をちょうだい。夜も九時頃までは居ると思う。真っ先に私に見せなさい」

一方的に言ってメッセージは切れた。興奮が伝わって由梨子は苦笑した。何度も会っている彼女だが、こうあけすけに言い合う関係ではない。留守録ということもあるのだろうが、なぜかおかしかった。

由梨子はバッグから手帳を取り出すとマーゴの机の電話番号を探した。ロベールから教えられてメモしたものである。

マーゴは直ぐに電話に出た。

「もう戻ったんだ」

由梨子からと知ってマーゴは喜んだ。

「今部屋に戻ったばかり。なんだかあなたの口調につられて慌《あわ》てて電話したのよ」

「空港に出迎えてくれた男でも居る？」

「居ないわよ」

由梨子は笑った。

「それなら今夜は一人ということね？」

「これから出るのは疲れるわ」

「私が行く。ユリコがよければの話だけど」

「ずいぶん熱心じゃない」

「なにか見付かった？」

「ええ。でも大事なものかどうかは……」

「行くわよ。確かモンパルナスの方よね」

「分かった。でも、なにもないわ」

「適当に食べるものを買って行く。簡単な地図でいいから描いてファックスしてよ。一時間半くらいで行けると思う」

マーゴはファクシミリの番号を口にして電話を切った。気負《きお》い込んでいるマーゴの顔が頭に浮かんだ。マーゴも由梨子とおなじ独身のはずだった。歳もおなじくらいではなかったかと思う。初対面のときにジャンヌ・モローに似ていると由梨子が言ったらロベールが笑い転《ころ》げた。それでも若い頃は相当な美人だったに違いない。銀縁の眼鏡と貫禄《かんろく》のある体型が若い頃の面影を隠しているだけだ。

〈一時間半か……〉

半月も留守にしていたせいで埃がうっすらとフロアを白く見せている。疲れてはいるが気持ちは逆に高ぶっている。由梨子は着替えをして掃除《そうじ》をすることにした。と言ってもパリを出る前に掃除をしてあるので楽だ。


一段落ついて旅行カバンの片付けをしているところにチャイムが鳴った。ドアの覗《のぞ》き穴に目を近付けるまでもなくマーゴの声がした。由梨子は笑顔でマーゴを招き入れた。

「ドアのとこまでだれもが勝手に入れるなんて危なくない？」

「古いマンションだもの」

マーゴの買い物袋を受け取って由梨子は応じた。日本では普通のことなのであまり気にしていない。

る。

「中は素敵《すてき》。一人じゃ勿体《もったい》ないよ」
マーゴは広い居間を見渡して褒《ほ》めた。日本で言うなら二十畳ほどのスペースにゆったりとしたソファと大きなテーブルが置かれてあるだけだ。作り付けのマントルピースの上には骨董市《こっとういち》で手に入れた美しい置き時計が飾られている。本棚やオーディオは仕事をする部屋の方に、テレビは寝室に置いてある。この居間は来客との打ち合わせとか、ただぼんやりと過ごすために使ってい
マーゴは壁に飾ってある横尾忠則や福田繁雄、粟津潔などのシルクスクリーンを一つ一つ丁寧
に眺めて頷いていた。彼らの名はもちろんマーゴも知っている。
「どうして版画ばかり？」
促されてソファに腰を下ろしたマーゴは少し首を傾げた。
「大きい作品でも威圧《いあつ》を感じないからよ。この部屋に小さな油絵だと相当に飾らなきゃね。それ
に……油絵は仕事を思い出すわ」
「修復したくなるってわけだ」
マーゴは微笑んだ。
「日本の版画は好き？」
「実は私も蒐《あつ》めているの。幕末の錦絵《にしきえ》のコレクションが切っ掛けなんだけどね。ヨコオの初期の
大判ポスターは高くて手が出ないけど、最近の作品だったら七、八点持ってる。版画はいつの時
代でも日本が最高よ。やっぱり歴史が違うもの」
「だったらロベールの代わりに名乗りを上げればよかったのに」

「自分で休暇を取って行く。ロベールもそろそろ音《ね》を上げてるみたい。鮨とてんぷらも食べ飽《あ》きたとかって言ってたわ。毎日そういう店で接待《せったい》なんだって。それじゃ辛いわよね」

由梨子はくすくす笑った。

「ロベールなんかを接待しても意味がないのに。日本人てなに考えてるんだろ」

「ロベールを口実にしてるだけよ。若いからうるさいことも言わないでしょ。そうして自分たちが遊んでいるの」

「日本には二十年くらい前に行ったきり。ずいぶん変わったんでしょうね」

「私だって日本には滅多《めった》に帰らないから」

由梨子はワインの支度をしながら答えた。マーゴは何種類かのパテとフランスパンに生ハムやトマト、ゆで玉子のスライスしたものを挟《はさ》んだサンドイッチ、そして山羊《やぎ》の乳で拵えたチーズなどを買ってきてくれている。

「ロベールとはあれから何度か？」

「いいえ。彼も忙しかったみたいだし」

「そうそう……お母さま、お気の毒だったわ」

うっかりしていたようにマーゴは悔やみを言って目を伏せた。

「お陰で日常に戻れそう。正直言ってこの部屋に帰ってしばらくは落ち込んでいたの。あのままだったら三、四日は立ち直れないでいたかも……ありがとう。あの元気な留守録で気分が晴れた」

由梨子はワインを注いだグラスを掲《かか》げた。

「なにか見付けたとか言ってたわよね」

マーゴはうずうずした顔で訊ねた。

「雑誌の切り抜き。マーゴには珍しいものじゃないかも知れないけど、母があんなものを読むわけがないし、きっと父が残していたものだと思う。ゴッホの名前が章の頭にあるから、もしかしたらリストと関係してるのかと……」

「持って来た？」

頷いて由梨子は立ち上がると寝室に向かった。旅行カバンの中の大型ノートの間に挟み込んでいる。由梨子は三枚の切り抜きを手にして居間に戻るとマーゴに渡した。

「ドイツ語の論文か。確かにお母さまが切り抜いたものとは考えにくいわね」

「ドイツ語は？」

「だいたいは読めるつもりだけど……」

マーゴは真剣な目付きで読みはじめた。

「これ……いつ頃の切り抜き？」

「分からない。父が切り抜いたとしたら最低でも三十年は前のものだわ」

「ひょっとして……」

マーゴは切り抜きから顔を上げると眉根を寄せて考え込んだ。眼鏡を何度も直す。

「ひょっとして……なによ」

由梨子は苛立った。

「そんな偶然があるかしらと思ってさ」

「…………」

「これ……私が一年前から探していたやつかも知れない。そんな気がしてきた」

「まさか」

「これ以外に切り抜きはなかった？」

由梨子は首を横に振った。

「途中で終わってるのよ。何回かに分けて掲載したみたい。これは一回目。しかも章の途中からで著者の名前も不明ときた」

残念そうにマーゴは吐息した。

「これじゃ肝心《かんじん》の犯人が分からない」

「犯人？」

「間違いなくゴッホについての論文なんだけど、普通の研究とは違う。この著者はゴッホが自殺じゃなくてだれかに殺されたんじゃないかという仮説を立てているの」

由梨子は呆れて苦笑いした。

「最初はだれもそうやって笑うけどね」

「だって……有り得ないじゃないの。ゴッホは拳銃で撃ってから二日近くも生きていたんでしょ。だれかに撃たれたのならそれを口にしたはずだわ。考えられない」

「私も一年前まではまるで頭になかった説だった。でも、言われてみればゴッホの自殺には謎がいくつかある」

「謎？」

「たとえば拳銃。その拳銃をゴッホがどうやって手に入れたかだれも知らない。それまでゴッホが拳銃を持っている姿はだれも見ていないようだから、本当に自殺なら決行の間近に入手したことになる。ゴッホはオーヴェールをほとんど離れていない。そうなると村で買ったか、持っている人間から借りたとしか思えない。なのにそういう証言が一つも出ていないの。ゴッホの自殺を知らなかったということは考えられない。小さな村なのよ。子供たちにまで知れ渡ったはずだわ。売った人間か貸した相手が名乗り出るのが自然よ」

「でも……」

由梨子は反論した。

「ゴッホの病気の治療に当たっていた医師がいるでしょ。ガッシェとか言う」

「ガッシェをゴッホが殺そうとした話？」

「ええ。映画かなにかで見た記憶でしかないけど、あのとき拳銃を持っていたわ」

「ガッシェは見ていないの。ゴッホが激怒《げきど》してポケットに手を入れたので拳銃を持参したのだと思っただけよ。そのあと間もなくゴッホが拳銃で自殺した。だから疑いもなく結び付けたに過ぎない。本当に持っていたら必ずそれをちらつかせたと思わない？　ないからこそポケットに手を入れて脅《おど》かしたと考える方がすっきりとする」

「はっきりと見ていないわけ？」

「だいたいゴッホは精神錯乱《さくらん》と見做《みな》されていたのよ。そういう人間が拳銃を持ち歩いているのを医師が見過ごすと思う？　見ていたら絶対にガッシェが取り上げるに決まってる。脅かしたというのだって怪しい。そういう感じだった、とあとでガッシェが思い出した程度に過ぎないんじゃないかしらね」

「そういえばそうね」

由梨子も納得した。

「ゴッホの日常から見ても拳銃を前々から持っていたとは思えない。彼は生活費のことも考えずに絵の具やキャンバスを買う人間だった。拳銃なんかを買う余裕はどこにもなかった」

「それは分かる」

「前日か当日に買ったとも思えない。ゴッホの自殺の原因は発作的なものだったと言われているにしても、生活苦が底辺にあったことだけは確かよ。そういう状態に追い詰められている人間に拳銃を買うだけのお金があったかどうか。また、それだけのお金があるなら、追い詰められているとは言わない。結局、だれかから拳銃を借りたとしか思えなくなる。なのにだれも名乗り出てはこない」

「不思議だわ……」

由梨子も大きく頷いた。自殺と決め付けていたので、拳銃の入手先などに不審を感じたことなど一度もない。

「拳銃についてはまだあるの」

マーゴはワインで喉を潤してから、

「これが最大の謎ってとこね」

自分でグラスに注ぎ足して続けた。

「ゴッホは麦畑で拳銃を用いてお腹を撃つと、そのまま傷口を押さえながら下宿先に戻った」

「ええ」

「拳銃は麦畑に置き捨てた」

「………」

「その拳銃が百年以上経った今でも発見されていない」

由梨子は戸惑った。それがそんなに大事なことかと首を傾げてしまう。百年以上も前のことではないか。どうでもいいような問題に思える。

「林や藪《やぶ》じゃないのよ。よく考えて」

マーゴは苦笑して、

「麦畑は毎年刈り取られて耕《たがや》される。そんな場所に拳銃が落ちていればどうしたって見付かる理屈じゃないの。警察だって丹念に調べたはずだわ。血の痕跡《こんせき》でゴッホが自殺を決行した場所もだいたい見当がつく。それなのに拳銃は発見されなかった。こんなこと常識で考えられると思う？」

「警察が調べたの？」

由梨子には意外だった。これもまた映画からの認識でしかないが、警察が関係していたという印象は薄い。

「当然のことでしょう。不審死だもの。小さな村の警察だからどこまで徹底できたか疑問だけどさ。それでも決行した現場くらいは突き止めて拳銃を探したと思うな」

「おかしいわ。それで見付からないなんて」

「でしょう。怖くなって遠くへ投げ捨てた場合でも、何年かのうちにはきっと見付かる。それが今もって未発見ということは、もともと麦畑に拳銃がなかったと見る方が合理的」

「つまり……」

「だれかが現場から持ち去ったということ」

マーゴはあっさりと言った。

「それ以外にどう考えられて？」

由梨子は唸るしかなかった。

「謎の二番目はゴッホがお腹を撃った点」

マーゴの口調は滑《なめ》らかになった。

「そのつもりになって考えてみて。もしユリコが拳銃自殺をしようとしたときにさ……ユリコだったらどこを撃つ？」

「こめかみかしら」

咄嗟《とっき》に由梨子は応じた。

「それか口に銃口を突っ込むかよね。大きな腹ならどこを狙っていいか分からない。失敗する恐れがある。自殺者の九十五パーセント以上は頭と口中に向けて引き金を引く。お腹に銃弾を撃ち込んで自殺しようとした人間ってゴッホくらいのもんじゃない？」

言われてみればその通りだ。由梨子は青ざめた。どう考えても不自然である。

「狂言自殺だったら有り得るけど、その場合、普通は饒舌《じょうぜつ》になると思うの。死ぬほど追い詰《つ》められていたのを周りにアピールしたいわけでしょ。でも、ゴッホはどちらかと言えば運命を受け入れるように静かに床《とこ》で過ごした。周辺もだれ一人狂言自殺とは思わなかったみたいだからそれはないと見ていい」

「なんだかぞくぞくとしてきた」

由梨子はワインを一気に飲み干した。絶対におかしい。腹を撃っては苦痛が長引くだけだろう。狂言でない限り考えられない行動だ。

「あの日ゴッホは麦畑でだれかと会った。その人間が拳銃を取り出しゴッホのお腹を撃って逃走した。そう考えると辻褄《つじつま》が合う。拳銃もその犯人が持ち去ったのね」

「じゃあどうしてゴッホは犯人の名を？」

「そこが分からない。親しい相手だったかもよ。だから庇《かば》ったとも考えられる。ゴッホは異常な女性崇拝者という部分があるもの」

「犯人は女？」

「ただの思い付き。ガッシェの娘のマルグリットには間違いなく傾斜していたわ。もし彼女が犯人だとしたら自分の死と引き換えにしても打ち明けなかったと思うな」

「その彼女が怪しいわけ？」

「ドラマチックな展開を想像しただけよ。まぁ、ゴッホはなにかと彼女に付き纏《まと》っていたようだから嫌われていたのは確かね。二十一の女の子には薄気味悪い男としか感じられない。もし散歩の途中でゴッホと出会って、しつこくされたらなにが起きても不思議じゃない。護身《ごしん》用に小さなピストルを持ち歩いていたかも知れないし……ゴッホにしたって自分の恥になることだから自殺だと言い張る」

「それって、マーゴの仮説？」

圧倒されて由梨子は質した。

「この著者もとっくに疑っているわ」

マーゴは切り抜きをまた手にした。

「だから切り抜きがこれだけってのが残念なの。この続きが肝心なのよ。だれがゴッホを殺したのかここには書かれていない」

「さっき、これが探していた論文かも知れないって……」

「そう。実を言うと私の仮説もヒントを与えられてから膨らませたものなの」

「だれから？」

「忘れた。それきり連絡がなし」

チーズをつまんでマーゴは続けた。

「一年ほど前に問い合わせが入ったのが切っ掛けだった。ゴッホに関するものだったので私に回されてきた。戦時中に発表された論文でゴッホが殺された可能性を説《と》いたものがあったはずだと言うんだけど私は初耳だった。オランダで発行された雑誌の名を相手は口にしたわ。オランダならゴッホを研究している人間はいくらでもいる。主要な美術雑誌のマイクロフィルムもオルセーには保管してあるから、そのうち調べてみましょうと言って私は電話を切った。でも、なんとなく気になった。面白そうな話じゃない？　拳銃の謎のことも相手は口にしていたわ。それで早速マイクロフィルムの検索《けんさく》をしてみたの。年代や著者名も曖昧《あいまい》だったので何日もかかったけど、とうとうそれらしいものを見付けた」

由梨子は話に引き付けられていた。

「勇《いさ》んでマイクロフィルムの保管室を探したらどこにも見当たらない。どうやらコンピュータにデータだけ入力されていたようね。うちの美術館はオープンの際に膨大《ぼうだい》な美術品や資料を一気に蒐めたからデータ管理が追い付いていない部分があるの。百人以上もの人間がデータを入力している。それでミスもなかなか発見できない。でも、そういう論文が確かに存在することだけは確認できた。それでずっと探し続けていたってわけ」

「オランダの雑誌なら、そうかも知れない。父は戦時中オランダに住んでいたから」

「間違いないと思うわ。こんな突拍子《とっぴょうし》もない仮説を口にする人間がそう何人も居るとは思えない。けど、がっかり」

結論がないでは意味がない。マーゴは大袈裟な溜め息を吐いた。

「ロベールに渡したリストについては？」

マーゴのグラスにワインを満たして由梨子は質した。これで一本が空になる。

「それこそあのリストにも麦畑のやつが記入されていたわね。しかも決行の当日のもの」

マーゴは慎重な顔で応じた。

「男の肖像画のようだわ。そうすると……その男が犯人という可能性だって……」

「まあね。ロベールにせがんで日本からリストを直ぐにファックスして貰ったんだけど、あの日に描いた作品が含まれていると知って腰が砕けそうになった。しかも麦畑となると紛れもなくゴッホの絶筆。こんなリスト有り得ない、と心の中で何度も叫んだわ。ゴッホ研究者のたいていが首を横に振るに決まってる。でも……有り得るのよ。ゴッホが殺されたという仮説を導入すれば ね。もし犯人が犯行の直前にゴッホに肖像画を描かれていたとしたら、それを人に吹聴《ふいちょう》するわけがないもの。犯行現場に自分が居たことを警察に知らせるようなものでしょ。その絵はたぶん犯人が持ち去ったに違いないわ」

「よく残されていたものね」

由梨子はじっとマーゴを見詰めた。

「どういう意味？」

「だってそうじゃない。犯人にしたら殺害の証拠のようなものよ。持ち帰ったとしても燃やすなりして処分するんじゃないかな」

なるほど、とマーゴは絶句した。そのことは考えてもいなかったらしい。だが、少しの間を置いてマーゴは、

「即死の場合はそうかも知れないけどさ、ゴッホは自力で歩いて下宿に戻れる状態だった。撃った当人も怪我を負わせた程度にしか思わなかったのと違う？　絵の処分を思い付かなかったということも十分に考えられるわ。そのうちゴッホは自殺だと主張して警察も認めた。そうなると危ない証拠ではなくなる。ユリコにだって分かるでしょ。ゴッホの作品の恐ろしいほどの魅力。あれを間近にしていたら燃やすなんて気になれなくなる。ましてや自分の肖像画なんだもの。躊躇《ちゅうちょ》しているうちにゴッホの評価が急速に高まった。ますます処分はできない。そう見ると不自然でもない」

「あなた探偵の素質があるわ」

その解釈に由梨子は感心した。いかにもその状況なら辻褄が合いそうだ。

「世界中のだれもがゴッホを自殺したものと決め付けている。きっと犯人が死んでから身内がそ

の絵を見付けたんだと思うけど、まさかそんな重要な意味を持つ作品とも思わずに手放したんじゃないかな」

「肖像画は男のものらしいのに、どうしてマーゴはさっき女が犯人かも知れないと？」

「ガッシェが娘のマルグリットと散歩していたとも考えられるから」

「…………」

「描かれているのはガッシェでも、直接の犯人はマルグリットということだって」

「どうしてもガッシェの近辺が怪しいと見ているわけね」

「オーヴェールの村に住んでいるゴッホの親しい知人で拳銃を持っていそうな人間となると今の私にはガッシェしか思い付かない。でもガッシェなら以前にも派手な喧嘩をしているわけだし、庇う理由が稀薄《きはく》だわ。弟のテオに耳打ちしそうなものじゃない？　ゴッホが守るとしたら娘の方。それにガッシェなら絵の処分をしなかった理由も分かる。ガッシェは他のだれよりもゴッホの天分《てんぶん》を認めていた人間だもの。おまけに医師だからその程度の傷では死なないと見ていたかも」

「完璧《かんぺき》じゃないの！」

由梨子はすべてに得心がいった顔で頷いた。

第二章　曲　折

1

それから十日を由梨子は仕事に没頭《ぼっとう》した。手をつけはじめていた教会の壁画の修復もあったのだが、そちらには連絡を取ってしばらく延ばして貰《もら》うことにした。パリから電車で三時間も離れている田舎の教会なので、再開するとなれば二十日以上は滞在を余儀《よぎ》無くされる。母を失ったばかりの由梨子にはまだそういう気持ちになれなかった。ただでさえ神経を使う仕事なのに、見知らぬ町で、見知らぬ人間たちとの共同作業は辛《つら》い。自分のアトリエで、前々から頼まれて預かっている作品の修復をするのが一番と判断したのである。個人からの依頼が大半だから二十号前後のものが多く、その点でも気が楽だ。クリーニングだけを施《ほどこ》せばいいものもある。

もっとも、単純作業のように傍目《はため》には映っても、このクリーニングが実は修復家にとって最大の腕の見せどころでもある。剝落《はくらく》した部分の補修は確かにセンスを要求されるが、それは画面に新たな絵の具を足すことなので、万が一失敗したときでもやり直しが利く。その絵の具を消し取って別の色で塗り直せばいい。しかし、クリーニングはオリジナルから汚れを落とすことだ。つまり減らして行く作業なのである。厚く塗ってある絵の具の凹《へこ》みに堆積《たいせき》した塵《ちり》を除去《じょきょ》する程度なら柔らかいブラシを用いるだけで済むのだが、それでも脆《もろ》くなっている絵の具が剝離《はくり》する危険がある。長い歳月によって画面全体が変色してしまった作品を洗うとなると相当に慎重にやらなければならない。変色の原因はほとんどが画面保護の目的で塗り重ねられたニスにある。自然に黄ばんでしまうのだ。ニスはアルコールで拭《ふ》けば簡単に取ることができる。しかし、その分量《ぶんりょう》を間違えればニスばかりか、その下の絵の具まで溶《と》かしてしまう結果となる。それが恐ろしい。少しずつアルコールを用い、それが絵の具まで影響を及ぼさないうちにアルコール中和剤を使って画面を固定する。その果てしない繰り返しによってわずかずつクリーニングしていくのだ。どの段階で終了とするかも修復家の感性に委《ゆだ》ねられる。オリジナルは一枚しかないのだから元との比較はできない。それだけに怖い。そこで止めるべきか、それとももう少しだけニスの被膜《ひまく》を溶かすべきか。いつも判断に迷う。自分では満足のいく結果と信じても、古色《こしょく》が失われたと所有者に嘆《なげ》かれることもしばしばだ。依頼主の方は、とりあえずクリーニングだけ、と気軽に言ってくるが、あとでトラブルが持ち上がるのはたいていこの仕事だ。

けれど、面白いのもこのクリーニングである。くすんでいた色が輝きを取り戻し、当初は想像もできなかったような鮮やかな色彩が現われたりすると自分がまるで神にでもなった気分になる。特に二百年以上も前の、真っ黒な画面から美しい肌色が甦《よみがえ》ってきた瞬間など、感動で泣きたくなってしまうほどだ。

朝から夕方まで根《こん》を詰めて取り組んでも三日に一作品がせいぜいである。蛍光灯《けいこうとう》の下では色が変わるので、なるべくならしたくない。

それでも由梨子は十日で五作品のクリーニングを終えた。珍しく晴天が続いて色に変化の少なかったせいもあるが、仕事に没頭することで母を失った辛さを忘れることができ、それがさらに仕事へ熱中させる結果となったのだ。

仕上がった五点をアトリエから居間の壁に移して茶を飲みながらゆっくりと眺める。こうして離れた位置で見ると全体のバランスがはっきりとする。二点はまだ手を加える余地があるように感じた。やはり急いだ結果が現われている。だが由梨子は深い満足に包まれていた。いずれの作品も由梨子の収入などではとても手が届かないものばかりだ。いや、修復前ならなんとか無理をすれば購入できたかも知れないが、今はその何倍もの価値に跳《は》ね上がっているに違いない。極度の汚れは価値を十分の一以下にも下げる。

電話の呼び出し音が小さく響《ひび》いた。そのままにしていると留守録に切り替わる。少し間を置いて、由梨子が聞いてもたどたどしく感じられるフランス語が伝わってきた。

〈母さんのこと？〉

そう聞こえたような気がして由梨子は慌《あわ》てて受話器を取り上げた。

「ああ、お留守じゃなかったんですか」

男はほっとした口調になった。

「あなたのお母さまはサトコ・カノーさんですね？」

「そうですけど……あなたは？」

「失礼しました。私はアジムと言ってロンドンの損害保険会社の者です」

「…………」

「どうもこう……電話ではなかなかうまく説明できないのですが……スイスに暮らしておられたヒロシ・ハルダーという人をご存じではありませんか？」

「いいえ」

「本当に？」

「はじめて聞く名だと思います」

「十日ほど前に事故で亡くなられましてね」

「あの……どういうご用件ですか？」

由梨子は苛立《いらだ》ちはじめた。

「弱ったな。正直に申し上げますと、こちらもなにをお訊《たず》ねしたらいいのかよく分からないでおるんですよ。私はてっきりあなたがハルダー氏をご存じだとばかり……そのハルダー氏のところに東京のサトコ・カノーという女性から手紙が届いておりましてね、私どもの調査に大きな関わりがあると思ったので日本の支店の方に照会を頼みました」

「それで母のことを？」

「はい。そうしたらつい先頃お母さまが……お気の毒なことでした」

「その手紙を出したのが母だと？」

わざと無視して由梨子は質《ただ》した。

「自殺と耳にして、なんとなく勘《かん》が働いたんです。同姓同名の人は他に十一人あったのですが……どちらも不審死なもので」

「事故と言ったんじゃありません？」

由梨子の胸は少し騒いだ。

「そうなんですがね。実際は事故に見せ掛けた他殺の可能性が強いと見ております」

「分からないわ。どうしてそんな事件と母をあなたが結び付けるのか……スイスと日本では遠過ぎます。母はせいぜいハワイまでしか行ったことのない人なんですのよ」

「別の仕事もあってパリに来ております。ご迷惑とは思いますがお会いできませんか？」

「調査と聞きましたが、どういう？」

「美術品の盗難事件です」

思わず由梨子は息を飲み込んだ。

「もしもし、どうかしましたか？」

「大事な仕事で手が放せないんですけど」

「よろしければご自宅の方に足を運びます」

「これからですか？」

「いえいえ、あなたの方のご都合次第です。私は明日でも明後日でも構いません」

「分かりました。それなら明日の午前中にまたご連絡をください」

もう少し詳しく聞きたいという気持ちを振り切って由梨子は話を終えた。

無縁に決まっている、とは思うのだが、美術品の盗難となると安心はできない。母親が貸金庫に大事に保管していたリストは絵に関するものだったのだ。

さっきまでの満足感はいつの間にか消え去っていた。由梨子は重い吐息をした。

回線の空《あ》いたのを待ち構えていたように電話が鳴った。由梨子は直《す》ぐに出た。

「懐《なつ》かしのパリに帰ったよ」

ロベールの陽気な声が耳に響いた。


アジムはホテルの電話ボックスを出るとロビーに向かった。サミュエルがソファから立ち上がってアジムを迎えた。

「今日は暇になった。せっかくだからオペラでも見るか。なにかやってるだろう」

「留守でしたか」

「居たんだが……ハルダーの名にまったく心当たりがなさそうだった」

「じゃあパリまで無駄足ってわけだ」

「どうかな。盗難の調査だと口にしたら少し驚いた様子が感じられた。なにかあるのは間違いない。明日は会えると思う」

「まぁ、私も的外《まとはず》れじゃないと思います。まだ簡単な調査ですが、死んだサトコの夫がハルダー同様にオランダ国籍を持つ日系人だったのははっきりしている。これで無縁ならあまりにも偶然が過ぎるというもんでしょう。サトコの夫がハルダーの仲間と見ていいはずだ。後ろ暗い付き合いだったんで娘には隠していたってことです」

「しかし……サトコの夫は三十年近く前に死んでいる。そこが引っ掛かる点だな。サトコが夫から秘密を受け継いだとしても、なんでいまさら……当人が亡くなってしまったんで日本に行くのは諦《あきら》めたが、結局は行くしかないかも知れん。あの娘では大した話を引き出せそうにない」

「娘の仕事はなんでしたっけ？」

「美術品の修復。珍しい仕事だ」

アジムはソファに座り直してたばこに火をつけた。サミュエルも取り出す。

「こんな妙な追跡も珍しいですよ」

サミュエルは苦笑いして重ねた。

「先になにが待っているのかまったく見当がつかない。よく上が認めてくれましたね」

「莫大《ばくだい》な美術品を手に入れることができる可能性がある。恐らくアムステルダム検事局もおなじ狙いで動いている」

「その上、死体が二つだ」

「自殺や事故に見せ掛けるのはたやすい。一つだけなら疑わしい程度で終わるが、二つとなれば殺しと見ていい」

「娘はそれを疑っては？」

「いないようだった。よほどのプロが介在《かいざい》しているのかも知れん。日本の警察も自殺と断定した。なかなか面白い事件だ」

アジムは薄笑いを浮かべた。

「どんなストーリーを想像しているんです」

「サトコが夫の遺産を持て余し、ハルダーに相談を持ち掛けた。ハルダーはスイスにそれを運ぶよう命じた。その荷物を別の仲間が横取りしたという線じゃないのか？」

「なるほど、それなら全部が繋《つな》がる」

「こっちの希望的観測だ。さっきも言ったように三十年近くが過ぎているんだぞ。まるで自信はないね。当たっているとしたら、なんでその荷物が日本じゃなくベルギーから移送されたのか……結局はヨーロッパから持ち出せずに、そのままどこかに隠されていたということかも知れないが、サトコはほとんど日本から国外に出たことのない女性らしい」

「その代わりに娘がずっとパリに暮らしているじゃありませんか。パリとベルギーは近い。車でだって行けます」

「そういう感じじゃなかったがな」

アジムはたばこをふかしながら由梨子とのやり取りを思い出していた。なにも知らないと見たからこそ正直に打ち明けた部分もある。

「明日と言ったのは時間稼《かせ》ぎなんじゃ？」

「逃げるためのか？」

「ゼロとは言い切れません」

「そこまで訓練を積んでいる女には思えなかったがな……万が一ということもあるか」

アジムは不安な顔に変えてたばこを乱暴に揉《も》み消すと腰を浮かせた。

「モンパルナスに行って見よう。少し様子を窺《うかが》えば見当がつく」

アジムとサミュエルは由梨子の暮らすマンション近くでタクシーを下りた。夕闇《ゆうやみ》が上手《うま》いぐあいにベールとなってくれる。まだ顔を合わせていないのだから気付かれる心配はないのだが、明日のことがある。

2

目指すマンションはそれほど苦労なしに見付かった。古いが近隣《きんりん》では目立つ建物だった。閑静な住宅街でせいぜい三階建てのアパートが多い。五階のそれは高層建築に入る。何食わぬ顔でサミュエルが中に入った。郵便受けで階と部屋の番号を確認して戻る。

「三階の五号です。通りに面している」

サミュエルは見上げて窓を探した。それらしい窓に明りは見えなかった。

アジムは不吉な予感に襲われた。電話では手が放せない仕事があると言っていた。

「好き勝手に部屋の前まで行けます」

「パリにしては不用心だな」

頷いてアジムは躊躇《ちゅうちょ》なくマンションに足を向けた。もしチャイムを押してみて返事があったらサミュエルに任せればいい。明日は自分一人が会えば済むことだ。

やはり部屋の中から応答はなかった。

サミュエルにアジムは小さく頷いた。廊下はしんと静まっている。背後のエレベーターは稼動《かどう》すれば音で分かる。サミュエルは鍵穴《かぎあな》に道具を差し込んで難無く開けた。

「逃げたんじゃなさそうだ」

するりと忍び込んだアジムは素早く暗い室内を見回して安堵《あんど》の息を吐いた。電話から一時間しか過ぎていない。そのわずかの時間で姿をくらましたとすれば必ず部屋が荒れている。サミュエルはペンライトを動かした。

「シンナーのような臭いがしますね」

「仕事の最中と言っていた」

「ついでだ、探して見ますか」

「いや、一度出よう。この時間なら夕食の買い物かも知れん。三十分待っても戻らないときはまた忍び込む」

アジムはドアをそっと開けて廊下に人の姿のないのを確認した。


サミュエルがふたたびマンションに向かってから四十分が過ぎている。アジムはマンションの入り口を見渡すことのできる物陰で見張っていた。由梨子が戻ったときはマンションのロビーから彼女の部屋に電話をかける手筈《てはず》にしている。のんびりとしたエレベーターなのでサミュエルが逃げるのはたやすい。

だが由梨子は戻って来なかった。

サミュエルが呑気《のんき》な顔をしてマンションから出て来るのを見届けてアジムは微笑んだ。

アジムはサミュエルに見えるように道へ出ると距離を置いて繁華街《はんかがい》に足を向けた。

賑《にぎ》やかなカフェの片隅に二人は陣取《じんど》った。

「その顔だとなにか見付けたらしいな」

うずうずしてアジムは質した。

「ちゃんと撮れてりゃいいんですがね」

サミュエルは服のポケットを軽く叩いた。小型のデジタルカメラを常に携帯している。縦三センチ横二センチ、薄さ一ミリというスマートメディアに記録する方式で、それをPCカードアダプターに挿入して使用すれば瞬時《しゅんじ》にして携帯パソコンで画像を読み取ることができる。

「まぁ、解像力が悪かったときは本部にそのまま転送して修整を頼みますから大丈夫でしょう。あっちならなんでもできます」

それをまた再転送して貰えばいいだけだ。

「なにを見付けた」

パソコンの苦手なアジムは結果を待つよりサミュエルの言葉に頼った。

「絵のリストのようです。彼女の机の上にありました。それ以外にはピンとくるものがなかった。けど、あれは大当たりでしょう」

「絵のリスト……」

「ドイツ語で書かれているばかりかリストのそれぞれに日付が記入されていましてね、ほとんどが一九四四年」

アジムの目が光った。自分たちの追っているものが戦時中にナチスによって押収《おうしゅう》された美術品らしいことは分かっている。一九四四年であれば年代が見事に合致する。

「そいつが我々の探している美術品の正体というわけか」

「ものの見当がついただけで現物がどこにあるかは分かりませんが」

それでもサミュエルは得意顔だった。

「しかし……彼女はなんだってそんな大事なリストを机の上なんかに」

あまりにも無防備と言うしかない。

「我々の想像が半分は当たっていて、半分は外れていたってことじゃないのか？」

「と言うと？」

サミュエルは怪訝な顔をした。

「彼女の父親が美術品の押収に関係していたことは間違いない。ハルダーとの関連ももちろんある。だが、ユリコという娘はなにも知らん。単にリストを母親辺りから預かっているだけだ。もし彼女が事情を少しでも承知ならリストを無造作に扱うわけがなかろう。バッグに入れて持ち歩くこともできる」

「けれど、美術品盗難のことを口にしたら驚いた様子があったと……」

「リストのことを咄嗟《とっさ》に思い浮かべたのさ。意味が分からずとも、全く無縁とは考えんだろう」

「ずいぶん好意的だ」

「警戒している人間の暮らしている部屋じゃない。キーも今なら暗証式のものに取り換えられる。深読みすれば我々に偽《にせ》の手掛かりを与えようとしてのことと考えられなくもないが、我々が接触する可能性まで考慮していたとは思えん。我々がサトコ・カノーの存在を知ったのは偶然じゃないか」

「それはそうですね」

サミュエルも認めた。

「ちらりと見ただけだが、きちんとした部屋だった。この直感が外れるようなら俺もそろそろ引退を考えなくちゃならん」

「だったらどうします？　リストを手に入れた以上、彼女に接触しても無意味じゃありませんかね。それよりは日本に行って母親のことを調べる方が早そうだ」

「父親のことを訊き出す手がある。ずっと昔に死んだ人間のことを書類で辿《たど》るのは厄介《やっかい》だ。娘ならもちろん詳しいことを知っている」

「変だと思われますよ」

「会いたいとは思わんのか」

アジムはにやにやとして訊ねた。大使館を通じて彼女の写真を転送して貰っている。

「美人なのは認めますが、四十五じゃね」

「俺より一つ下だ」

「好きにしてください」

サミュエルはくすくすと肩を揺すった。


その頃、由梨子はパンテオンの裏手に位置する韓国料理店のテーブルに居てロベールとマーゴの二人と食事をしていた。ここはパリでも特に味で評判の店なので混雑している。由梨子たちのとなりのテーブルには日本人の観光客たちが座って騒いでいた。この店には日本語の話せる店員も居る。それで日本人観光客が多いのだ。

聞きたくなくても直ぐとなりなので男たちの下品な話が耳に入る。そのたびに由梨子は錐《きり》で体を刺される思いがした。どうして日本人は外国に出ると無遠慮になるのだろう。言葉が通じないのは暗号を話しているのと一緒だ。その安心がどこかにあるのだろう。それが厭《いや》で由梨子は日本人の多そうな場所には滅多に足を運ばないのだが、今夜はロベールが決めたので仕方なくやって来た。

「おねえさん……」

由梨子は軽い口調で肩を叩かれてとなりのテーブルに顔を向けた。

「日本人……ですよね」

まだ三十前後のにやけた男が手を上げた。カンヌを訪れての帰りらしいことはさっきから耳に入っている。映画の関係者のようだ。

「さっきから気になって……こういうのも縁だから合流しませんか」

「悪いわね。大事な仕事の打ち合わせなの」

由梨子はぴしゃりと退《しりぞ》けた。

五人の男たちは白けた顔をした。

由梨子は無視してマーゴとの話に戻った。

無性に腹立たしかったが、こんなところで喧嘩をしてもはじまらない。五人でビールを二十本以上も飲んでいる男たちだ。下手をすれば絡んでくる。しかし、男たちは案外あっさりと引き揚げにかかった。それもまた情けない。いつから日本人はこんなに軟弱《なんじゃく》になってしまったのだろう。

「厭になっちゃうわね」

男たちが店を出ると店員たちもほっとした顔をする。それを見て由梨子は吐息した。カンヌで娼婦を買った話や、若手女優との付き合いを、わざと聞こえるように口にする連中では店も迷惑していたに違いない。

「何人かはユリコの方ばかり見ていたよ」

ロベールは由梨子にマッコリを勧《すす》めて言った。

「日本人かどうか賭《か》けをしたらしかった」

「よしてよ。料理がまずくなる」

「ユリコは日本人みたいじゃないからな。日本に行くまでは、ちゃんと日本人に見えていたのに、日本にはユリコのような顔をした女性が滅多に居ない」

それにマーゴも頷いた。

「言うなれば東西の美の結晶さ」

由梨子とマーゴは同時に噴き出した。

「日本に行って変になったのと違う？」

マーゴはロベールを軽く睨《にら》み付けた。

「どうして？　別におかしくはないだろ」

「いいけど、今夜は私も居るじゃないの」

「ぼくはユリコに憧《あこが》れているんだ。美術品を愛するような気持ちで言っただけだ」

「そんな声を出さなくたって聞こえるわよ」

辟易《へきえき》した様子でマーゴはその話を止めた。時差ボケもあるようでロベールの酔いが早い。

「マーゴがゴッホに夢中なのとおなじさ」

「そうそう。ゴッホに戻してくれればいいの」

マーゴはにっこりと微笑んだ。

「結局、その雑誌は見付からないわけね」

「オランダの雑誌と言っても、どうやらナチスが関係してたらしくて、図書館なんかが処分したみたいだわ。国の恥だと思ったのかも」

マーゴは悔しそうに由梨子に説明した。

「どうしてナチスが？」

「支配下に置いていたんだから検閲は当然でしょ。それにヒトラーは特に美術品には神経を尖《とが》らせていたの。自分が画学生だったこともあるんだけど、美術が人の心を操《あやつ》ると見ていたみたい。気に入らない作品はなんでもかんでも退廃《たいはい》的だと見做《みな》して美術館からの撤去《てっきょ》を命じた。ナチスが美術雑誌に目を光らせるのも当たり前ってわけ」

なるほど、と由梨子は得心した。そういう状態で刊行された雑誌ならオランダの人間が恥と感じても不思議ではない。

「美味しいケーキをショーウィンドー越しに見せられている気分。ゴッホを殺した犯人はだれか？　その解決編は見付からない」

「でもマーゴの推理が当たっていると思うわ。説得力があったもの」

「推理じゃなくて証明したいのよ。それにはどうしてもゴッホの残した最後の絵を探さないと……毎日今はそのことばかり」

「それと関係があるかどうか分からないんだけど……今日おかしな電話があったわ」

「おかしな電話？」

「美術品の盗難事件を調査している人間が、亡くなった母のことを問い合わせてきたの」

マーゴとロベールは顔を見合わせた。

「やっぱりあのリストが関係してるのかしら」

「それでなんと返事を？」

「たぶん明日会うことになると思う」

「だめよ一人じゃ。それにマンションもだめ。私が付き添ってあげる」

マーゴは真剣な目をして由梨子に言った。

3

「届いたか？」

食堂で待っていたサミュエルにアジムは質《ただ》した。サミュエルの目はまだ眠そうだったが、口元には笑いが浮かんでいる。アジムがテーブルに着くとウェイターが朝食の注文を取りにやって来た。スクランブルエッグにトマトジュースとコーヒー、それにパンだけを頼む。

「狙いが的中しました」

サミュエルは薄い紙をアジムに渡した。サミュエルが由梨子の部屋で撮影した絵のリストらしきものを自国語に翻訳したものである。写真が不鮮明だったので本部に転送し、修整して貰うついでに翻訳も依頼したのだ。この明け方にメールが入ったらしい。アジムは心を落ち着かせてから紙に目を通した。

「ゴッホの作品だと言うのか……」

やがてアジムは小さな唸《うな》りを発した。末尾に本部の見解が添えられていたのである。

「ただし、すべてが作品目録に掲載されていない……」

アジムはその部分を口にして読んだ。

「オランダ時代に描かれたものらしいです。これが本当ならとてつもない宝です。アムステルダム検事局が躍起《やっき》となって当たり前ですよ。ゴッホなら一枚で戦闘機が一機買えるぐらいの価値がある。そいつが五十枚。なんだか身震いがしてきた」

「信じられんな。そんな嘘みたいな話が今の世にあるのか？　これだけのゴッホがずっと眠ったままだったなんて……」

「有り得るそうです。ゴッホは無名のままで死んでしまいましたからね。オランダ時代に大量に描いたはずの作品の大半が未発見ということでした。価値が知られずに埋もれてしまい戦火で燃えてしまったという見方が有力だったらしい」

「ところがナチスが発見して押収していたということか？」

「そう考えるしかないでしょう。実際にナチスはゴッホの作品を退廃的と見做《みな》して押収の対象としています」

「本部の見解か？」

それにサミュエルは頷いた。

「ヒトラーの下に送り届ける前に戦争が終わったというわけだな。宙に浮いたゴッホを押収した連中が隠匿《いんとく》した……」

「もし我々が発見できれば勲章ものです」

「勲章のことはともかく……ゴッホの作品となると面倒になるんじゃないのか？　オランダは当然のこととして所有権を言い立てる。ゴッホでは裏に流しても直ぐに世界に知れる」

「それは我々の仕事じゃないでしょう」

「それはそうだが……あまりにも大き過ぎる仕事だ。少し気が重くなってきた」

「いつもの先輩らしくない。たかが絵じゃないですか。作者がだれであろうと一緒です」

「ゴッホが狙いなら人の一人や二人を殺しても構わんということだな。その意味では得心がいったが……先が思いやられる」

スクランブルエッグとトマトジュースが運ばれて来たがアジムの食欲は失せていた。

「応援は頼んだか？」

「こんな手柄《てがら》をみすみす他の連中に与えることはないでしょう。それに、まだはじまったばかりです」

「まぁ……それもそうだな」

アジムは仕方なく同意した。サミュエルの意気込みも当然のことだろう。

「本部も我々を信頼してくれています。ゴッホと分かったら世界のどこにだって行けますよ。いよいよ運が向いて来た」

「いよいよと言うが……どうやって捜し出す気だ？　あのユリコという女はなにも知らんはずだ。知っていればのんびりとパリで仕事などしているわけがない。結局は手掛かりがなに一つないということだぞ」

「本人が気付いていないだけで手掛かりは彼女の周辺に転がっているかも」

「………」

「少なくとも母親は知っていたはずです。だからこそスイスのハルダーに手紙を出したんじゃありませんか」

「知っていたのは品物の元の隠し場所だ。今は別の連中の手によって持ち出された。俺が言っているのはそのことさ。どこに隠されていたかが分かったところでいまさらなんになる？　こっちは犯罪の裏付けを取っているわけじゃないんだぞ。絵を捜すことだ」

「昨夜は彼女に会いたがっていたくせに」

「彼女を無駄に危険な目に遭わせるような気がしてな……こうなったからには応援を頼んでスイスのモントルーから出直すのが順当じゃないのか？　国境を越えて逃れた大型トラックの行方を突き止める方が簡単かも知れん」

「簡単じゃないですよ。スイスの国境にいったいどれだけの道があるか……四方に通じている。二、三十人で取り組んだところで無駄働きになるに決まっています。やはり彼女に接触してみるのが大事でしょう。応援ならいつでも要請できますからね」

「手柄を焦《あせ》ると失敗に繋《つな》がるぞ」

アジムは暗い目でサミュエルを見やった。若いだけに気負いも当たり前であろう。

「二人も死んでいる。それを忘れるな。下手をすれば彼女を殺す結果になる」

「戦争犯罪者の娘です」

サミュエルは冷たく言い放った。

「まだそうと決まったわけではない。第一、娘には関係のないことだろう」

アジムは不快な思いに襲われた。

「ナチスに協力してオランダからゴッホを奪い取った連中です。それがのうのうと生き延びているなんて……ハルダーの暮らしを見たじゃないですか。身内を無縁と思う先輩の気持ちの方が分からない」

「五十年が過ぎたんだ。おまえも俺も戦争を知らない。それは戦争犯罪者の身内もおなじだ。いつものおまえらしくないな」

「腹が立ってきたんですよ。押収されたのがゴッホと分かってね。押収した連中だってその価値を十分に知っていたはずだ。本当に悪いと思っていたら返還すべきでしょう。なのに連中はずっと隠し持っていた。つまり改心していなかったということになる。やつらの心は五十年前と変わらない」

サミュエルはアジムを睨《にら》むようにして言った。アジムは吐息した。確かに言える。

「そればかりか、こっそりと何点かを処分して生活の資金に当てていたことも考えられます。それでも身内に罪はありませんか？　知らなかったでは済まされないでしょう。その償《つぐな》いはして貰わなければならない」

「分かった。そうかも知れんな」

アジムは苦虫を噛《か》み潰《つぶ》した顔で頷くと、

「予定通り彼女に会ってみよう」

トマトジュースを飲み干した。


それから四時間後。

アジムとサミュエルは由梨子から指定されたカフェに出向いた。オルセー美術館の巨大な建物を間近に望む場所である。昼休みの時間なので混雑していると見ていたが、閑静な店だった。観光客は全員が美術館だけを目的にしているので逆に姿を見掛けない。

「まだ居ないようだな」

コーヒーにサンドイッチを注文してアジムは店内を確かめた。約束の時間には三十分も早いのだから不思議ではない。

「彼女の方もなにかを感じ取っているんでしょうね。でなきゃあっさりと出て来ない」

サミュエルは心持ち興奮していた。まるでアジムの電話を待っていたように由梨子は時間と場所を指定したのである。

「昨日の侵入を気《け》取《ど》られたのかも知れん」

「まさか。ほとんど荒らしていませんせん」

「女というのは敏感なんだ。侮《あなど》れば危ない」

「しかし……それなら反対に拒《こば》むでしょう」

「とは思うがな……昨日の声とはまるで違っていた。それが気になる」

アジムはガラス越しに道に目を光らせながら呟《つぶや》いた。

やがて由梨子が現われた。写真で見ていたより遥かに若く感じられる。それに溌剌《はつらつ》としていた。店に入った由梨子は軽く見渡した。

手を上げて腰を浮かせたアジムだったが、由梨子の目はアジムたちからさほど離れていない席の女に向けられていた。女も笑顔で由梨子を迎えながら席を立った。アジムとサミュエルは思わず顔を見合わせた。あの女は自分たちが席に着くと直ぐに入って来て腰掛けたと記憶している。

〈様子を見ていたってことか〉

なにかまずいことを口にしなかったかとアジムは反芻《はんすう》した。人目もあるので当たり障《さわ》りのない話をしていたはずだが、迂闊《うかつ》としか言い様がない。こんな失態は珍しい。サミュエルも参った顔をしている。

〈だが……〉

意識的な監視であるなら、ずっと知らぬフリをしている方がいい。なにも手の内を晒《さら》す必要などないのだ。あの女が側に座ったのはただの偶然とも考えられる。

〈どういう関係の女なんだ？〉

近付いて来る二人に笑顔で応じつつアジムは必死で動揺を押し隠した。

「ユリコ・カノーさんですね」

アジムは立って由梨子を席に促した。

「こちらは友人のマーゴです。オルセーでキュレーターをしています。彼女と会う約束があったのでこの場所を……同席して貰って構わないかしら」

「もちろんです。こっちがお願いした話ですからね。そうですか、オルセー美術館に勤務とは素晴らしい」

半分は安堵を覚えてアジムは挨拶《あいさつ》した。マーゴは神妙な顔で席に着いた。

「直ぐに我々と分かりましたか？」

「ええ」

アジムたちの服装と年格好は電話で伝えてある。由梨子は笑って頷くと、

「それで……なにを私に？」

畳《たた》み掛けるようにアジムに質した。

「失礼ですけど」

マーゴが由梨子を制して口を挟んだ。

「身分証明のようなものをお持ちだったら見せていただきたいわ」

アジムは本部が用意してくれた身分証を財布から取り出して差し出した。サミュエルもそうする。ロンドンの大手の損害保険会社の美術部調査員ということになっている。偽造が見抜かれる心配はない。しかし問題は自分たちが美術にほとんど疎《うと》いことにある。オルセーの学芸員相手では心許《こころもと》無い。

「大掛かりな美術品の盗難事件だったらいくつか耳にしていますけど……」

マーゴは身分証を戻して訊ねた。

「古い話です。まだだれの耳にも入っていないはずですよ」

アジムは慎重に返した。

「いつの事件？」

「この前の世界大戦のときです」

「おかしいわね。そんな話にどうして損害保険会社が関係してくるの？」

「ある政府筋からの依頼です。私たちの会社は世界の主要都市に支店を開いています。ある意味では警察よりも情報が集めやすい。荷物の動きも正確に摑《つか》むことができます。こういう依頼は決して珍しいことじゃありません。まぁ……確かに五十年以上も前の盗難品の行方を辿る仕事は滅多にないことですがね」

アジムは澱《よど》みなく続けた。質問を想定して用意していた答えだ。

「盗難品はいったいなんなの？」

マーゴが質問を続ける。

「それを答えなくてはいけませんか？」

アジムは頭のうしろをぼりぼりと掻《か》いた。

「ユリコのお母さまがその事件に関わっていると睨んでいるんでしょう？」

「関わっているだなんて……まだなにも分かってはおりません」

アジムは小さく否定した。

「でも……関係者に手紙を出したのが母かも知れないと……」

由梨子がアジムを真っ直ぐ見詰めた。

「ユリコには訊く権利があるわ。それに、あなたの質問に応ずる義務もない」

マーゴはやたらと挑戦的だった。

「分かりました。あなたがオルセーの学芸員と伺って躊躇《ちゅうちょ》したんです。口外を禁じられている事柄ですが、それをそちらも約束してくださるならお話しします」

アジムの言葉にマーゴと由梨子は目を合わせた。マーゴが何度も首を縦に動かした。

「オランダから戦時中にナチスが押収したと思われる美術品です」

思い切った口調でアジムは打ち明けた。由梨子のアパートにそれと思われるリストがあったからには、むしろはっきり口にした方がいいと最初から決めていたのである。たった今、それを渋ったのは策に過ぎない。

「ほとんどがゴッホの作品と思われます」

アジムは二人の驚きの表情の裏にわざとらしさを敏感に感じ取った。これもある程度予想していたことだ。

「ただし、我々はそれ以上のことをまったくと言っていいほど知りません。我々は単に十五ヵ月前にベルギーの港からスペインに送られた大量の荷物の行方を突き止めて欲しいと頼まれただけでしてね。それが盗まれた美術品で、ゴッホが混じっているらしいことは後で分かりました。探っているうちにスイスのモントルーに暮らすハルダー氏に行き着き、そこであなたのお母さまが出したと思われる手紙を発見したんです」

アジムは由梨子に言った。

「その手紙にはなにが書かれていたんですの」

「中身は見当たりませんでした。絵の写真が二枚入っていただけです。恐らく手紙の方は捨てたんでしょう。差出人も名前だけで住所は省《はぶ》かれていました。ハルダー氏と親しい関係だったとしか思われません。そこで東京の消印という手掛かりを頼りに、あなたのお母さまのことを……」

「絵の写真……」

マーゴが興味を示した。

「これです。複写なので色が少し薄れてしまいましたが」

アジムは胸のポケットから写真を抜いてテーブルに置いた。マーゴが手にして眺める。

マーゴの眉がぴくぴくと動いた。

「その小さな写真ではもちろんむずかしいでしょうが……作者の見当はどうです？」

アジムは手応えを感じて膝を進めた。

「仲間はバルビゾン派に似ていると……」

「まだなんとも言えないわ」

と言いつつマーゴの目は二枚の写真から離れなかった。

「ゴッホの作品じゃないですか？」

アジムは口にした。マーゴの心の揺れがはっきりと伝わった。

「雰囲気は似ているわね。その可能性は十分に考えられると思う」

「これまでに見たことは？」

「いいえ。一度も」

「マーゴはゴッホの専門家なんです」

由梨子が言い添えた。

「それはそれは……なんとも不思議な偶然ですね。信じられない」

アジムはあらためてマーゴを見詰めた。となると由梨子もなにかに気付いてマーゴに相談を持ち掛けていたと見るのが正解だろう。

「偶然よ。ユリコと私の付き合いは永いわ」

マーゴは先回りするように言った。

「専門家でしたらありがたい。差し支えなければこの作品を詳しく調べていただけないものでしょうか。オルセーならどこにお願いするより安心できます」

「あなたたちの会社の方がそういう人間をたくさん雇っているんじゃないの？」

「最終的にはその道の専門家に判断を委ねるしかありません。いつもゴッホを追いかけているわけじゃないですからね。多少詳しいという程度の人間ばかりです」

咄嗟《とっさ》の言い訳だったがマーゴと由梨子は信じたらしく頷いた。

「写真では責任が持てない」

少し考えてマーゴは首を横に振った。

「確かにヌエネン時代のゴッホの作風に近い。ミレーの模倣に熱中していた頃だからバルビゾン派と似ているのも当然だわ。でも、調べたところで、今以上のことは言えないと思う。私以外のだれに訊ねたっておなじよ。この写真だけで断定なんかできない」

「さっきは可能性が十分だと」

「本物をこの目で見られたらの話」

「ヌエネン時代と言いますと？」

「そんなことも知らないで担当しているの」

マーゴの目がきつくなった。

「追いかけているのがゴッホらしいと分かったのはつい最近なんです。すみません。こちらも現実にばかりかかりかかりっきりで」

アジムは冷や汗を感じながら弁解した。

「オランダのヌエネン。ゴッホの父親がそこの教会の牧師をしていたの。画家になる決心を固めてハーグに出ていたゴッホは、結局挫折《ざせつ》して両親の家に戻ったのよ。挫折したのは才能の問題と言うより生活の困窮が大きかったんだけど……ヌエネンにゴッホが暮らしていたのは一八八三年の暮れからおよそ二年間。その二年間でゴッホは飛躍的に技量を増した。それまでの作品は素描《そびょう》と水彩が中心だったのに、油彩に熱中しはじめたの。色彩に目覚めたと言ってもいいわ。ヌエネンは後年のアルル時代に匹敵するゴッホの転換期と言ってもいいでしょうね。相変わらずこの時代でも年上の女性と恋愛事件を起こしてゴッホ自身は辛い思いをしていたようだけど……」

「そのときの作風に似ているわけですか」

「これが本当にゴッホのものだとしたら、ヌエネンで描いたものに間違いないわ。これ以降はアントワープに移って、それからパリに来ている。こういう田園風景を描くことはほとんどなくなったの」

「なるほど。そして、それ以前は素描と水彩が中心ということなんですね」

アジムは絵の写真に目を動かした。

「なぜゴッホが混じっているらしいとあなたたちには分かったの？　疑うわけじゃないけど、この絵の写真だけを見てゴッホと感じる人は少ないはずだわ。ヌエネン時代のゴッホは、後年の有名な作風とまるで違う。一見した限りでは、それこそバルビゾン派のだれかとしか思わない」

「当時の押収リストが残されています」

アジムは平然と嘘をついた。由梨子が持っているのだから不審には思われないと判断してのことである。案の定、マーゴは頷いた。

「もちろん膨大なもので、今我々が追い詰めている盗品の中にそのリストに記された作品がどれだけ混じっているか不明なのですが」

「ゴッホは何点混じっているの？」

「五、六十点はあったはずです」

マーゴは吐息した。これでマーゴもあのリストを見ていると断定できる。

「しかし、本当ですかね」

反対にアジムはマーゴに質した。

「なにが？」

「リストを眺めながら半信半疑なんです。他の画家はともかく、ゴッホですよ。五、六十点も押収されたというのに、これまで騒ぎになった様子もない。しかも会社の調べでは全部が作品目録に見当たらないものらしい。つまりは未発見の作品ということですね。そんなことが有り得るものかと思いまして……」

「ヌエネン時代の作品なら有り得るわ」

マーゴは即座に返した。

「色彩に目覚めたと言ったでしょ。親の下に帰って困窮からも一応は解放された。二年間の間、ゴッホはとりつかれたように絵を描き続けた。それがどれだけの量なのか見当もつかない。なのに確認されている作品の数は少ない。研究者の多くは今確認されている作品数の十倍は未発見と見做していいるわ。いいえ、もっと多いのかも知れない」

「そうなんですか」

アジムとサミュエルは唸りを発した。

「ゴッホはなぜかサインをしなかったから見過ごされるケースが大半なの。その当時ゴッホから作品を貰った人間も多いんだけど、ずっと無名だったので大事にされず、捨てられた作品もたくさんあるはずよ」

「ゴッホのものを捨てる……」

アジムは言葉を失った。

「『ひまわり』のような作品だったらサインがなくてもゴッホじゃないかと考える人は居るでしょうけどね。ヌエネン時代の暗い作品だと、今だってゴッホのものと気付かずに屋根裏にしまっている所有者がいくらも居ると思う」

「今でもですか」

アジムには信じられない話だった。

「ナチスは徹底的に美術品の押収にかかったから、五、六十点のゴッホを発見したとしても不思議じゃない。不思議なのは、そのゴッホがどうして五十年以上も隠されたままになっていたかの方」

「それは、世の中に出せば自分たちの過去が明らかになると恐れたんでしょうね。背景を探られればナチスの協力者だったことが発覚します。ほとぼりを冷ますつもりだったんでしょうが、相手がゴッホのために冷めなかった。ゴッホなら大騒ぎになるに決まっている」

「そういうことかも知れないわ」

マーゴもアジムに同意した。

「私の母との関係は？」

由梨子が苛立った様子で口を挟んだ。

「スイスのハルダーという人は何者なんです」

「ですから……ベルギーから送られた荷物の受取人です。しかし、遅かった。我々がそこまで突き止めてモントルーの自宅を訪ねたときには事故で亡くなっていました。その上、肝心の荷物も何日か前に何者かによってどこかへ運ばれてしまった後でした。手掛かりと言えるものは、その写真の入っていた封書一つです。手紙がハルダー氏に届いたのは、その荷物がベルギーから送り出される少し前のことです。その写真が大事に保管されていたことから考えても、無関係とは思われない」

「…………」

「あなたのお父さまは日本に帰化される前はオランダ国籍を持っておられた。そうですね」

由梨子は無言で小さく頷いた。

「すべては我々の推測に過ぎないのですが、オランダで繋がっている。あなたのお母さまがハルダー氏にその写真を送った人だという可能性は高いと思われます」

「でも、父は三十年近くも前に……母だとしても、どうして今になってそんな手紙を」

「そこが我々にも大きな謎でしてね。ほぼおなじ時期にハルダー氏とあなたのお母さまが亡くなられたのも気に懸かる。自殺と伺っていますが、その点についてはいかがです？」

「自殺じゃないとでも？」

由梨子は青ざめた。

「自殺の原因に思い当たることは？」

「なかったわ」

由梨子は呆然としながら応じた。

「でも、警察は自殺だと……」

「ハルダー氏も事故と断定されました。けれどすっきりしない。亡くなったのは我々が会見を約束していた朝のことです」

「自殺じゃないとしたら……母はいったいだれに……信じられない」

由梨子の声は震えていた。

4

「私も偶然ではないと思う」

マーゴは湯気の立っているコーヒーカップを由梨子の前に無造作に置いて言った。皿は用いていない。いつもそうなのだろう。オルセー美術館の中にあるマーゴの研究室の低いテーブルには円《まる》い輪の跡がいくつもついていた。熱いカップをそのまま置くのでテーブルの塗料が剝《は》がれたのだ。

「これが偶然だとしたらでき過ぎよ。ユリコのお母さまが亡くなって銀行の貸金庫から例のリストがでてきた。それとほぼ重なるように、そのリストにあるゴッホを捜し求めている男たちから接触があるなんて、無縁なら有り得ないことだと思うわ」

「偶然じゃなければ……私の母は？」

由梨子は溜め息を吐いてマーゴを見詰めた。

「可哀相だけど、あの男たちの睨《にら》んだ通りだと思う。ハルダーという男からゴッホを持ち去った連中が、その行方を突き止められまいとしてユリコのお母さまの命を奪ったと見るのが……」

「でも、母が先だわ」

由梨子は反論した。ハルダーが先ならまだ納得できる。自殺に得心していたわけではないが、殺されるほどの理由を母が持っていたとはどうしても信じられない。

「ユリコのお父さまとハルダーという男との関係はどうなのかしら？　オランダ国籍を捨てて日本に帰化したそうだけど、ユリコが本当の名前を知らないってのは嘘じゃないのね」

「ええ」

「さっきの二人は信じてないわよ。私もびっくりしたもの。父親の名を知らないなんて」

「私にとっては加納健介で十分だわ。それ以外の名前なんか考えたこともない」

もちろん調べる気になれば分かったかも知れない。戸籍を順に辿っていけば父親の本当の名前を突き止めるのはむずかしくないはずだ。だが、由梨子に分かっているのは母親と結婚するまでの名前が木村《きむら》健介だということだけである。神戸で貿易商を営《いとな》んでいた木村という人間と親密な付き合いがあって、その養子に迎えられる形で帰化したらしい。母の戸籍に入って加納を名乗るようになったときは、父もすでに日本人であったからオランダ名が抹消《まっしょう》されている。もしかして母さえもオランダ時代の父の名を知っていたかどうか。父は決して口にしなかったし、由梨子たちにも関心はなかった。生まれたときから父は加納健介だった。親子の絆《きずな》は血であって名前などではない。

「これ以上は関わらない方がいいかもね」

マーゴはゆっくりコーヒーを啜《すす》った。

「どういうこと?」

由梨子は顔を上げた。

「たとえどんな過去がユリコのお父さまにあろうと、ユリコとは関係がないってこと。いまさらそれを知っても、きっと辛い思いをするだけよ。ゴッホの件は私に任せなさい」

「母が殺されたかも知れないのに?」

「……………」

「できないわ。私には母がなぜ殺されなければならなかったのか知る権利がある。もし父がそれに関係していたとしても、目を瞑《つむ》るなんてことはできないの」

「そりゃそうよね。そういうことだ」

マーゴも大きく頷いた。

「兄に連絡を取って父のことを調べて貰うわ。神戸の木村という人のことだって私はなにも知らない」

「ユリコの生まれる前のことだから五十年も昔よね。分かるといいけど」

それに由梨子も自信なさそうに笑った。

「あの二人にゴッホが見付けられるかな」

マーゴはたばこに火をつけた。

「研究室は禁煙じゃないの？」

「本当はね。ユリコもどうぞ」

勧《すす》められて由梨子もそうした。

「私はユリコのお陰で運を授《さず》かった。ああいう事情なら私の力じゃとても捜せやしない。だれの依頼か知らないけど、そのおこぼれにあずかることができるってわけ。もしその中にゴッホが死の直前に描いた作品が入っていたら……考えただけで胸が高鳴る」

「見せてくれるつもりかしら」

「一点や二点ならともかく、五十点以上となると発見されれば必ず公開される。その前にオルセーが絡まないなんてことはないわよ」

マーゴは当然のように口にした。

「まず本物かどうかの確認が先になる。ここに持ち込まれるのは賭《か》けてもいい」

「ゴッホは鑑定がむずかしいと聞いているわ」

「特徴がはっきりし過ぎて真似るのが楽だからよ。時代も新しいからキャンバスの入手も面倒じゃない。その意味では鑑定に苦労する画家の筆頭ね。サインも滅多にないし……なんと言っても美術館でほとんどの作品を間近に見ることができることが禍《わざわ》いしてるわ。贋作者《がんさくしゃ》はいくらでも研究ができるってわけ。技術だけの問題ならゴッホに迫るのはそれほど苦労じゃないもの。それはユリコが一番に承知でしょ。ユリコほどの腕があれば完璧な模写を作れるはずだわ」

「模写なら……そうかも知れない」

由梨子は認めつつ、

「でも、ゴッホになりきって別の作品を作るとなれば無理よ。修復をしたことがないから分からないけど、眺めただけでは、どうしてここにこの色をおくのか理解できないことが多いわ。独特な気がする」

「私たちも、その『独特』といった得体の知れない感覚を手掛かりにして真贋の判断をするしかない。割合にいい加減なものなのよ。本物か贋物《にせもの》かの判断は一瞬でつく。あとは細かな部分を逆に捜すだけのこと。これが贋物の証拠だとかね。たいていはそれで済むけど……デッサンや習作時代の作品となると大変だわ。独特さが本物にもあまり見られない。私たちがゴッホに対して独特だと思っているのはパリ時代以降の油絵にだけなの」

なるほど、と由梨子も頷いた。現に今でもゴッホと耳にしてイメージされるのは『アルルの風景』とか『ひまわり』だ。

「幸い、贋物のほとんどがそういう油絵だからこっちも苦労しないけどさ。これが例えば二十歳辺りに描いたデッサンだと言われて持ち込まれれば、どんな研究者だって頭を抱えるに決まっている。本物と断定できるものは手紙の中に描かれた素描程度しかないんだもの。比較する作品が少ないからはっきりした返事なんてだれにもできない」

「状況証拠で固めていくしかないわね。絵だけではとても結果を出せない」

「そういう場合は？」

「だったら今度のゴッホだってどうなるか」

「ヌエネン時代のものはむずかしい。それは間違いなく言えるけど、状況証拠はだいぶ揃《そろ》えられるんじゃないかしら。ナチスは嫌いだけどさ、その連中の仕事は確かよ。押収の際のブレーンに当時の一流の目利きを雇っている。ナチスが押収したものに贋作は少ない。ルーヴルがそれを見事に証明してる」

「………」

「ナチス絡みだからこそ信用できるのよ。この時代に五十点の未発見のゴッホだなんて夢物語に聞こえるでしょうけど、私は八割以上は本物に違いないと睨んでいるの。戦前のオランダにはあってもおかしくない」

　そこにノックの音がした。マーゴは灰皿代わりに用いていた浅い皿を自分の机に戻してから返事をした。顔を覗かせたのはロベールだった。ロベールも白衣を着ている。

「水臭いな。戻ってたら連絡してくれよ」

　ロベールは由梨子のとなりに座った。

「したわよ。席を留守にしてた」

　マーゴはまた皿をテーブルに置いた。

「どうだったんだい？」

「やはりゴッホだったわ。ユリコのお母さまが亡くなったのもそれと無縁じゃないみたい」

「冗談だろ？」

ロベールは二人を交互に見詰めた。

「病気を苦にしての自殺じゃなかったと？」

「まだそう決まってはいないけど」

それでも辛そうに由梨子は頷いた。

「日本の警察はそんなに間抜けなのか？」

「もし事実なら、相手の方がもっと上だということね。スイスの事件もおなじみたいなの」

「映画や小説のような話が現実にあると？」

「ゴッホが五十点よ」

マーゴの言葉にロベールは押し黙った。由梨子も頷く。いったいどれだけの価値があるのだろうか。安く見積もって日本円で五百億は下らないはずだ。その三倍と言われても驚きはしない。ゴッホは世界で一番高く値が付けられている画家である。そのためにならなんでもする人間が居ても不思議ではない。

「危険じゃないのか？」

「私もさっきそれを言ったの」

マーゴは困った顔で返した。

「マーゴなら命を賭けても本望だろうけどな。ユリコは巻き込まれただけだろ」

「私の母のことだわ」

由梨子はきっぱりと言った。

「警察に頼むのが一番だ。日本の警察もスイスの事件を知れば自殺に疑いを抱く。ユリコの気持ちは分かるけど、このパリに居て日本とスイスの事件をどうやって追いかける？」

「今日の二人の動き次第よ」

マーゴが割って入った。

「悪い連中には見えなかった。あの二人が上手くゴッホを捜し出してくれれば、黙っていても敵がこちらに近付いて来る。警察に協力を頼むのはその後の方がいいわ。現実にゴッホが出てこない限り信用するもんですか」

「二人とも死んでいるんだ。それを言えば……」

「父の過去と繋がっているらしいの」

由梨子は遮った。

「今はまだこのままの方が……」

「ネオ・ナチとかマフィアが絡んでいたらどうする？　女の冒険がいまじゃ映画の主流だけど、こいつは現実なんだぞ」

「なにもゴッホを追いかけるとは言ってないじゃない。追っているのは今日の二人よ」

マーゴは苦笑した。

「男のくせして臆病ね」

「女の甘さがいつも危険を増大させる。結局は現実を舐《な》めてかかっているのさ」

「私自身が父のことをよく知らないの」

由梨子はロベールを見据えて、

「この状態で警察に預けたくない。あなたの心配は分かるけど、当分はこのままにさせて」

「ぼくに頭を下げられたって困る。これはユリコの問題なんだから」

ロベールは重い吐息を繰り返した。


おなじ頃、アジムも吐息していた。オルセー美術館からさほど離れていない場所にある大きな書店の喫茶室の中である。

「親の名を知らんはずはないと思うんだが、嘘とも思えん。どうにも分からん」

「隠したに決まっていますよ」

買ったばかりのゴッホの画集から目を上げてサミュエルは鼻で笑った。二人はあまりにもゴッホについて知らない。それで知識を仕入れることにしたのだ。自分たちの追っているものがゴッホと分かったのは今朝のことだ。

「なんのために隠す？　我々を舐めたわけじゃあるまい。ちょっと調べれば分かる問題だ。ここで隠せば心証を悪くするだけだぞ」

「我々は警察と違いますよ。嘘をついても罪にはならない。咄嗟の反応でしょう」

「父親が意図的に隠したとも考えられる。確かに我々の調べでも戸籍には帰化名があるだけでオランダ名が見当たらなかった。サトコと一緒になる前に巧妙な手立てを講じたんじゃないのか。ドイツと日本は手を組んでいた。ナチスの協力者を庇《かば》う組織が日本にあったとしてもおかしくはない。そうやって彼女の父親は過去を完全に消したのと違うか？」

「どうしてもユリコという女を庇いたいようですね。まぁ、あれだけの美人なら無理はないです。分かりますよ」

　サミュエルはにやにやとした。

「母親のサトコの方は承知だったとしても、娘には父親の不名誉を口にしはしないだろう」

「嘘じゃなければどうなると？」

「これ以上付き纏うのは気の毒だということさ。父親の過去は我々でも調べられる。戦犯だったと突き付けることもなかろう」

「日本に行く決心を？」

「行くしかないだろうな。パリに来たのは彼女に会うためだった。用事はもうない」

「ヌエネンはどうします？」

「ヌエネン？」

「オランダは車でだって行けます。あらためて、となると面倒じゃないですか」

「ヌエネンに行ってどうする気だ？」

　日本に行きたいと言っていたのはサミュエルの方だった。アジムは首を傾げた。

「リストの説明によれば絵の大半は農村風景だった。本当にゴッホのものなら、場所は当然ヌエネンということになります」

「だろうな」

「実際にこの目で見ておけば絵と対面したときに役立ちます」

「真贋をおまえが決めると言うのか」

「真贋はともかく、ヌエネンを描いたものかどうかぐらいは。うっかりとしていましたが、ハルダーの屋敷から絵が運び出されたことに関しても、我々はそう聞かされただけです」

言われてアジムの目が光った。

「梱包《こんぽう》を開けられて、あの屋敷の壁に飾られていた可能性だってあるでしょう。我々はあの時点で、なにを追いかけていたかさえ知らなかった。ムッセルトの言葉を鵜呑《うの》みにしたに過ぎません」

「おまえにしては冴《さ》えている」

アジムは思わず腰を浮かせた。

「その通りだ。あの屋敷の壁には至る所に絵が掛けられていた。ゴッホが混じっていなかったとは断言できん。くそっ、迂闊《うかつ》だった」

アジムは拳《こぶし》を握り締めた。

「ヌエネンは小さな町のようです。二日も歩き回ればゴッホの世界を把握《はあく》できる」

「そしてモントルーに逆戻りする必要があるな。日本に行くのはそれからだ」

アジムも大きく頷いて立ち上がった。


偶然だがマーゴもヌエネン行きを決意していた。景色を頭に刻み込んでおけば絵が発見されたときに重要な判断の基準となる。

「私も行くわ」

由梨子もいい考えだと思った。ただ二人の捜索の結果を待つよりはずっといい。

「ぼくも行ければいいんだが……日本から戻ったばかりだからなぁ。休みが取れない」

ロベールは思案顔になった。

「危険だとは言わないのね」

マーゴは軽く揶揄《やゆ》した。

「絵はもうオランダから出てしまっているんだ。まさかその心配はないだろうさ」

ロベールは請《う》け合った。

「アムステルダムに連絡した方がいいかな」

マーゴはロベールに相談した。

「ゴッホ美術館にかい？」

「喜んで案内してくれるわ」

「そりゃマーゴの勝手だけど、そうなるとある程度を打ち明けなきゃならなくなる」

「黙って案内だけをさせるのよ」

「そこが女の図々しいところだな。それで平気なら頼めばいいさ」

「二人だけで歩いてきましょう」

由梨子にマーゴも苦笑して頷いた。


二日後の朝にマーゴの運転でヌエネンに向かう約束をして由梨子はマンションに戻った。仕事場にはクリーニング途中の作品がそのままになっている。だが、当分はその気にならない。由梨子は真っ直ぐ仕事場に入り、床に置いてある作品に指先で触れるとアルコール中和剤で処理した部分の乾きを確かめた。一人頷いて作品を棚に戻す。

身軽な服に着替えて大振りのグラスにワインをたっぷり注いで居間のソファに寛《くつろ》ぐ。まだ日本に電話するには早い時間だ。由梨子はゴッホの画集を仕事場から持って来てじっくりと読みはじめた。あらためて感じるのだが、画集などのゴッホには謎など少しも見当たらない。絵の解説が主体なのだから当然とも言えるのだけれど、五十点もの未発見の作品の存在を知った由梨子にはやはり物足りない。ゴッホの真実をなに一つ伝えていない気がしてならない。マーゴは何年も前からゴッホが殺された可能性のあることに気付いていたと言う。それならこの画集の解説を書いている人間だって、もしかしたら、と内心では思っているのかも知れない。だれが考えても不自然な状況だ。なのに、自殺を定説として扱ってゴッホの人生を説《と》いている。一般読者にはそれ以上の関心など不要という判断からだろうか。確かに殺されたからと言ってゴッホの作品の価値が変わるわけではない。世の中はすべてがこういう具合に成り立っているのではないかという気が由梨子にはした。真実の多くは背後に隠されているのである。

時計を眺めて由梨子は仙台へ電話した。兄の正樹は起きたばかりで眠そうな声だった。

「長い話なら夜にこっちからかけるよ。今日は遅刻できない約束が入ってる」

「お父さんの本名を聞いたことがある?」

「なんだよ、いきなり」

正樹の戸惑いがはっきりと伝わった。

「オランダ時代の名前よ」

「いや……聞いたことはあったかも知れないが、まったく覚えていない」

「戸籍を遡《さかのぼ》れば調べられるでしょ?」

「それはどうかな。加納の籍に親父が入ったのは五十年も前のことだぞ。確か親父が帰化したのは神戸だったよな」

「ええ。だからそっちの方に照会すれば」

「大地震があったじゃないか」

「…………」

「きっと面倒だと思うぞ。大昔の戸籍がちゃんと残されているかどうか分からん。そもそも俺は親父が養子に入った家のことをなにも聞かされていない。行き来がなかったとこを見れば、そっちの家もとっくに死に絶えてしまったんじゃないのか？　子供が居なかったから親父を養子に迎えたんだろうし」

「とにかく当たって見てくれない？　私がやりたくても無理なんだもの」

「なんでいまさら親父の本名を？」

「お母さんのこと自殺じゃないと言う人が現われたの」

「…………」

「スイスのモントルーに暮らしていたハルダーという人の名前は聞いてない？」

「知らんな。その人がそう言ったのか？」

「違う。その人も母さんが亡くなった直後に死んだわ。車が崖《がけ》から落ちてね。警察は事故と断定したそうだけど、殺されたのはほぼ間違いないらしい」

「夜に電話するよ。こっちはネクタイを片手で締めながらコーヒーを飲んでる」

「そのハルダーという人も戦時中オランダに住んでいた日系人。お父さんと付き合いがあったかも知れないの」

「だからなんなんだ？　親父ったって、親父は二十八、九年も前に死んでる。それにスイスの事件とおふくろがどう繋がる」

「母さんがハルダーという人に手紙を書いたようなのよ。そういう関係の二人がわずかの間に続けて死んでいる。信じたくないけど、普通じゃないわ。母さんはだれかに殺されたのかも知れない。その謎を解く鍵がオランダ時代のお父さんの行動にある。今日会った相手はそう断言したわ。私もそう思う。だって、お父さんはオランダ時代のこととなると不思議なくらいなにも話してくれなかった。オランダには親戚だってあるはずなのに、外国からの手紙も一度だって見たことがない。兄貴もおかしいとは思わなかった？」

「ちょっと待て。別の電話と代わる」

　切り替えが上手くいかなかったのか回線が切断された。由梨子は受話器を戻した。側に義姉《あね》や甥《おい》たちが居たのだろう。

「まったく朝メシのときに聞く話じゃないな」

　正樹が折り返しかけてきた。

「いいの？」

「仕方ないだろう。もう一度訊くが、親父の昔の名前が分かればどうなる？」

「あとはこっちで調べられるわ。オランダなら昔の資料がたくさん残っているみたい」

「直接訊いたことはなかったが……親父はオランダから逃れて来たんだと思う」

「…………」

「変なのは俺だって分かっていたさ。中学の頃だったが『アンネの日記』を読んでいてな」

「兄貴が？」

「評判だったんだよ。あれにはオランダの町のことがたくさん書かれてる。親父も懐かしがるだろうと思って何度か質問した。親父は返事もしてくれなかった。ばかりか最後にゃ怒鳴《どな》られた。ひょっとして親父はナチスの協力者だったんじゃないかと思った。辛かったぞ……なんだか悲しかったな」

「どうしてそれを私には？」

「言えるか、そんなこと。おふくろだってそのときはおろおろしてた。それ以来、戦争のことやオランダのことを親父に質問したことはない。おふくろも薄々は察してたと思う」

「そう……」

「今度のことって……この前の貸金庫から出て来たリストと関係があるのか？」

「あれは戦時中にナチスがオランダから押収した美術品のリストだったわ。ほとんどがゴッホ。しかもいまだに未発見のものばかり」

「未発見？」

「だれかが隠して今もそのままになっているという意味よ」

「まさか……そいつを親父が持っていたなんて言い出すんじゃなかろうな」

「分からない」

「そんな馬鹿な話は絶対にない。親父とおふくろの苦労を考えりゃ分かることだろうが」

「母さんがハルダーという人に送った手紙の中には、その押収品を撮影したと思われる写真が二枚入っていた」

「勘弁《かんべん》してくれよ。あのおふくろにそんな秘密があるもんか。なにかの間違いだ」

「それを証明したいからこそお父さんのことをちゃんと知りたいの。でも……母さんがあのリストを大事に保管していたことだけは否定できない。辛いのは私もなの」

「俺は信じないぞ。親父とおふくろが共謀してゴッホを隠し持っていたなんてな。俺を医者の大学に進めるためにおふくろがどんなに頑張ったか……俺はおふくろを信じる」

「どんな結果になろうと、やるしかないと決めたわ。私も兄貴もお父さんの過去には知らないふりをして目を瞑ってきた。だから皆に苛《いじ》められても胸を張っていられなかったんじゃないの。私はお父さんが好きよ。どんなことを知ったってそれは変わらない」

「おまえのためにやることなんだな？」

「ええ。お父さんを知ることは私を知ることでもあるわ。今しかそれをやれない」

「分かった。面倒なときは人を雇ってでも親父のことを突き止める。やるしかなさそうだ」

「ありがとう」

「俺にとっても親父だ。それに、おふくろが殺されたと言うなら仇《かたき》を取ってやらないと」

正樹は断固とした口調で言った。

5

「のんびり行きましょう」

マンションまで迎えに来てくれたマーゴは愛用のルノー・サンクの窓を開けて元気な声を張り上げた。いつもは地味な服装なのに今朝は若々しいパンツ姿だ。後ろの席にはコーヒーの保温ポットやサンドイッチを詰め込んでいるらしいバスケットも見える。由梨子はバッグをそのとなりに置かせて貰うと助手席に乗り込んだ。マーゴはスニーカーまで履いていた。本当に張り切っている。

「長旅よ。ジャケットなんか脱ぎなさい」

「どのくらいかかるの？」

「車でなんか行ったことないからね。ベルギーの先だもの。でも迷いはしないわよ。とりあえずはブリュッセル、アントワープと目指して行けばいいんだからさ。アントワープまで辿り着けば一時間やそこらで行けるはずよ。ドライブ・マップを見た限りだとね。ベルギーとオランダの国境近くだからね」

マーゴは車を発進させた。朝の七時前だから道は空いている。パリさえ出てしまえばあとはアウトバーンだ。百二十キロやそこらを保って行けると言う。

「何キロあるわけ？」

「直線距離にして五百キロかな。計算だと四時間。休憩も挟んで五時間もあればきっと着ける。ユリコ、運転できるわよね」

「この車ははじめて」

「平気よ。ぶつけたって惜しくない車だから」

「国境を二つ越えるわけね」

「今夜はアムステルダムまで足を伸ばそうか。今から行けば昼には着くでしょ。二、三時間で見て回れる町よ。夜が退屈そうだな」

「アムステルダムは近いの？」

「二時間以上はかかると思うけどね。でもせっかくだからアムステルダムのゴッホ美術館も見たいじゃない。どうせ行くならそっちの方に泊まる方が……」

「私はいいけど、疲れそうね」

八時間前後は車の旅となる。

「ゴッホ美術館には名物男のキュレーターが居るわ。ゴッホの値段を決める男と呼ばれてる。オークションに出ては買いもしないのに必ず競《せ》り合うの。彼の顔を見付けるとコレクターたちは嫌な顔をする。これで安く買い叩くチャンスはなくなったと言ってね」

「買いもしないのにどうして？」

「ゴッホの価値を守り続けるのもキュレーターの大事な仕事だわ。ゴッホ美術館は二百点以上のゴッホを所蔵してる。全世界で確認されている作品のおよそ十分の一よ。黙っていてもゴッホの価値が下がる心配はないけどさ。もし彼の力で三パーセントでも引き上げられたら大変なことじゃない」

なるほど、と由梨子は納得した。仮に十五億円の作品が三パーセント高く評価されるとなれば五千万近くの高騰《こうとう》だ。その評価は他の作品にもそのまま当て嵌《は》まる。となると二百点を所有するゴッホ美術館の資産は一挙に百億増大する計算となる。頭で考えて由梨子は眩暈《めまい》を覚えた。

「彼はその意味では駆け引きの天才ね。コレクターや美術館がどこまで払う気があるのか見極めて競り合いに出てくる。ある意味では世界で一番ゴッホを身近に見ている人間と言えるわ。彼が競り合ってくるということは本物の保証でもある。だから相手もやっきとなる。噂じゃオークションの主催者が彼の旅費や滞在費を負担してるらしいんだって。もちろん彼は断固として否定してるけど」

「それは違法なんでしょ？」

「まあね。でもよくある話よ。ちゃんと価値の分かっている人間を加えておかないとオークションは安売りの場になってしまう危険が出てくる。反対にくだらない作品にべらぼうな値がつけられるってことも。正当なオークションにするためなら彼の参加は決して悪いことじゃない」

「あなたもそういうオークションには？」

「オブザーバーとしてなら何度かね。うちにはそっちの専門員がちゃんと居るもの」

「彼とは仲がいいの？」

「そんなでもないけど、居れば町の案内ぐらいはしてくれる。だからどうするか早く決めないと。四時間前に連絡しなきゃ帰ってしまう」

「なんだか怖いわ。そういう人が未発見のゴッホの話を嗅ぎ付けたらどうなるかしら。もともとオランダから押収されたものだし」

「敵を増やすことになるだけか」

マーゴも神妙な顔で頷いた。

「気が乗らないわね」

父親がそのことに関係していそうな状況なのでなおさらだ。犯人扱いされて責められる不安もある。

「分かった。行くことになっても彼には連絡しない。敏感だから確かに危ないかもね」

マーゴは何度も首を縦に動かした。

「もっとも、あの連中から洩《も》れる心配はある」

マーゴは裏道を器用に抜けながら言った。

「ゴッホと分かったのは最近なんでしょ。オランダからの押収品なんだからゴッホ美術館に問い合わせることは十分に考えられる。とっくに伝わっているかもね」

「でも、秘密の捜査だとか」

「秘密と言うのは警察に協力を頼まないってことよ。美術館なんて彼らは馬鹿にしてるはずだわ。利用するだけ。私にだって平気で口にしていたじゃないの。なにもできやしないと思っているのよ」

「…………」

「横の繋がりを知らないのよ。ゴッホぐらいにもなると世界のどんな場所でも売り立てに出れば数時間後にはその情報が私たちの耳に入ってくる。警察より何倍も早い。それを知らないなんて……本当にあの連中、美術部調査員なのかしら」

マーゴは首を傾げた。

「普通なら私に話せば秘密じゃなくなると思うはずよ。なんかおかしい」

「私には悪い人間には見えなかったけど」

「馬鹿にも見えなかった」

「じゃあ……なに？」

「分からない。警察じゃないのは確かよね」

　由梨子も同意した。

「ゴッホと知ったのも最近みたいだし……そうなると見当もつかないな。最初から行方を追っていたのなら、正体を隠してユリコから情報を得ようとしたとも考えられるけど」

「まだ経験が浅いだけかも」

「そんな人間ならゴッホと分かった時点で会社の方が別の人間に代えるわ。ヌエネン時代のことをもろくに知らない人間に任せるなんて有り得ない。絶対になにかある」

「マーゴは探偵になれるわね」

　由梨子は感心した。二人の人の良さそうな笑いに由梨子は疑いもしていなかった。

「ゴッホはたまたまのことかも知れない」

「どういう意味？」

「連中が追いかけていたのはスイスの殺人事件かも知れないってこと。その段階でユリコのお母さんとの繋がりが出てきた。ゴッホとの関わりはその後のことよ。そう推理するとあの連中が美術に素人でも不思議じゃない」

「だったらやはり警察？」

「そこが問題よね」

　マーゴは吐息した。

「警察なら偽の身分証を作るとは思えない。ロベールの言い種じゃないけどスイスで殺された人間はマフィアかなにかで、連中はFBIとかCIAと違う？」

「まさか。考えられない」

映画とは違うのだ。由梨子は苦笑した。

「ひょっとすると尾行されてるかもよ」

マーゴはミラーに目を動かして後続の車を確かめた。わざと脇道に入ってみたが怪しい動きの車は見当たらない。

「考え過ぎよ。脅かさないで」

「ユリコが呑気過ぎるのよ。連中がスイスからパリに来たのを忘れないで。背後に大きな組織があることだけは確かなんだから」

マーゴの目は真剣だった。


国境やブリュッセルの渋滞で大幅に時間を取られ、アントワープ郊外のレストランに車を着けたのは十一時過ぎだった。予定よりだいぶ遅れている。それでもここまで来ればヌエネンが近い。あと二時間やそこらで間違いなく到着できるはずだ。四時間もハンドルを握っているのにマーゴは元気だった。

「いいお店」

大きな風車小屋を復元した店で、吹き抜けが心地好い。途中でコーヒーとサンドイッチを食べてきたので空腹感はない。二人はベルギーの名物のアンディーブのスープとライスケーキを注文した。他の客もたいていがスープを頼んでいてコーヒーなど飲んでいる人間は少ない。開け放した大きな窓からは牧草地の清々しい風が入り込んで来る。

「こうして見ると東京って異常だわ」

アントワープのような大都市でも中心から車で二十分も走れば広々とした牧草地や麦畑となる。東京はどこまで行っても住宅地ばかりだ。そのまま千葉県や埼玉県に繋がる。

「アムステルダムは無理ね」

持ち込んだ地図を眺めてマーゴは口にした。

「近くのアイントホーヘンに泊まるしかなさそうよ。九時過ぎにアムステルダムに着いても面白くないもの。食べて寝るだけ」

「運転代わりましょうか」

平らで真っ直ぐな道だから心配もない。

「それならワインも頼んでいいかな」

マーゴはそっちの方が嬉しそうだった。

「大鼾《おおいびき》で眠ってしまいそうだけどね」

「ご遠慮なく。ここからはロッテルダムを目指して行けばいいんでしょ」

「途中でアイントホーヘンへの分岐点があるわ。右に曲がるの。大丈夫よ。寝やしない」

マーゴは笑ってワインを追加した。

「前に日本へ行ったことがあるって言ってたけど」

「大昔のことよ。大学の研究室に居た頃だわ。二十年は過ぎたわね。ユリコはその当時どこに居た？」

「二十五の頃だと東京で会社に勤めていた」

「どんな会社？」

「外資系の商社だったわ」

「美術学校の出身じゃないの？」

「全然。もちろん嫌いじゃなかったけど、本気になって勉強したのはパリに来てから。別れた夫が美術書の出版をしていた関係でね」

「それで修復のプロになるなんて天分ね。私はてっきり若い頃から続けているものだと」

「オリジナルを描くわけじゃないもの。皆が思っているほどむずかしくはないわよ」

「私だってプロよ。大変なのは知っている」

「性《しょう》に合っていただけ」

「別れた旦那とは今もときどき？」

「会わない。本当は日本に戻ろうかと考えたけど、日本だと仕事がないから」

そこにスープとケーキが運ばれて来た。香料に似たアンディーブが食欲をそそった。

「日本の印象はどうだった？」

「今も忘れないわ。京都が中心の旅行だった。木の家ばかりで驚いたものよ」

ワインを美味しそうに口にしてマーゴは微笑んだ。由梨子も笑うしかない。

「奇妙な感じだったわ。あんな狭い道ばかりなら車なんか必要なさそうなのに……日本の車が世界で一番に知られている。あれほどお寺があるのに、私の会った人たちはたいてい仏教を信じていないと言っていた。浮世絵のことだって私たちより知らない。ゴッホのことの方をよく知っている」

「舞妓《まいこ》は見た？」

「見た、見た。とても綺麗だった」

「今の日本人はあの化粧を気持ち悪がっているわよ。そっちの方がおかしいのかもね。文化なんてどうでもいいと思ってる」

「日本は面白い。また行きたいわ」

「一緒に行きましょう。浮世絵のことをよく知っている日本人だって多いんだから」

「それはそうよね。私の会ったのはほんの一握りの日本人」

「約束よ。私の家にずっと泊まればいい」

「ユリコと行けば通訳なしで済むしね」

マーゴはその気になった。

「なんでマーゴと友達になれなかったのかしら。互いに独身なのに」

それにマーゴもにこにことして頷いた。


「エッテン！」

オランダに入り、アイントホーヘンに向けて右折する手前でその標識を見掛けたマーゴは感慨深げに呟いた。

「ゴッホの家族がヌエネンに移り住む前に暮らしていた村よ。ゴッホはここにも何ヵ月か滞在してる。しかも年上の従姉《いとこ》のケーとすったもんだの恋愛騒ぎを引き起こしたりしてね。それで父親との関係が破綻《はたん》したの。ゴッホの人生を追いかけていると哀れで悲しくなるわ。よっぽど他人に愛されるという経験がなかったみたい。だからほんの少しの好意にも過剰《かじょう》に反応する」

「寄り道してみる？」

由梨子は車の速度を緩《ゆる》めた。

「ヌエネンが先。どうせ帰り道にはここを通るんだから」

マーゴは腕時計に目をやって促した。レストランに一時間も居たのでさらに遅れている。

「その話は私もなにかで読んだけど……なんだか嫌な感じがした。ケーって未亡人になったばかりで、子供を連れて避暑を兼ねて遊びに来ていた女性でしょ。身内なんだからゴッホに親しくして当たり前よね。それを恋愛感情だと思い込む方が変だわ。いきなりプロポーズしたんじゃなかった？」

「相手もびっくりしたでしょうよ」

マーゴは苦笑いで応じた。

「慌てて立ち去ったのに、父親が邪魔をしたとゴッホは思い込んだのよね。十六、七の子供だったら分かるけど、立派な大人でしょ」

由梨子は質した。

「確か二十八か九の辺り」

「相手の本心ぐらい察するべきよ」

「その年齢だったからこそ焦って想像力ばかり膨らんだということもあるんじゃない？」

「女性に関する限り私はどうしてもゴッホのことが好きになれない。今だったら典型的なストーカーって言われそう」

「かもね。私は才能に惚れてるから我慢できそうな気がするけどさ。あの頃のゴッホなんてまったく将来がないと思われていたわけだからケーが拒絶するのも当然。あの時代の二十八、九は今なら四十代の感覚かな。それで親掛かりとなればだれも相手にしない」

「だらしないわよ。と言うよりみじめったらしい。あとを追いかけて家にまで押し掛けたんじゃなかった？」

「アムステルダムまでね。ケーは居留守を使ってゴッホと会うのを拒んだ。それでもゴッホは皆が会わせないんだと信じて、皆の見ている前でランプの炎の上に掌《てのひら》をかざした。この熱さに耐えていられる時間だけでいいから彼女に会わせろ、と。手を燃やしたのは画家の将来を諦めてもいい覚悟だったのかも知れない。凄い男じゃないのさ」

「女の立場から見たら迷惑な男」

「でもね」

マーゴはにっこりとして、

「あの時代の女性の立場も考えないと。プロポーズにはびっくりしただろうけど、私はケーがゴッホを嫌いだったとは思えないな。収入もないし、二人は従姉弟《いとこ》の関係だったわけだし、夫を亡くして間もなかった。悪い条件が重なり過ぎてケーとしては周囲の反対に従うしかなかったと見るべきじゃないかしらね。今みたいに好きならなんでも許される時代とは違うもの。ゴッホ一人の思い込みとは言い切れない。現にケーはゴッホが死んで有名になってから、子供にはとても優しく、子供も彼に懐いていたと思い出を語っているのよ。夫を失ったばかりの女にとって子供が唯一の支え。その子が懐いている男に悪意を持っているはずがない。男への愛とは別だったとしても、本当に優しく接していたんだと思う」

「ケーのことはそうだとしても……惚れ過ぎよ。場所を移るたびに必ずだれかのことを好きになっている。呆れてしまうわ。そんな男の愛なんてマーゴは信用できる？」

あははは、とマーゴは笑った。

「私なら嫌だな。勝手にしろって気分」

「男なんてだれでもそうよ。ゴッホの恋愛沙汰があれこれ話題になるのは彼女たちの肖像画が残されているせいだわ。惚れ過ぎと言ってもアーシェラから計算すると……」

マーゴは指折り数えて、

「七人ぐらいのもんだわ。三十七で死んだ独身男にすりゃ適当な数じゃないの。ロベールなんてその倍以上の女の子と付き合ってるはずよ。特別な気はしない」

「なるほどね。肖像画か」

「ゴッホに対して世間の誤解があるとしたら、それこそ死ぬの生きるのと大騒ぎしたケーの問題があった直後にデン・ハーグに移って、たった一ヵ月やそこらで年上の娼婦と同棲《どうせい》をはじめたことね。彼女を描いたスケッチが何枚も残されているけど、どう贔屓目《ひいきめ》に見てもやつれた魔女にしか見えない。彼女は身重《みおも》で男に捨てられて今にも死にそうな状態にあった。しかも子連れときてる。牧師を目指したことのあるゴッホだから同情心からの同棲に違いないけどさ。私たち女から見るとお手軽な感じは否めないわね。失恋の痛手を身近の娼婦で癒《いや》したと見ることもできる」

「マーゴは違うの？」

「私と言うより男どもの見解よ。そのことで一度ロベールとやり合ったことがあるわ。ロベールはゴッホのやり切れない気持ちが分かる、と言った。すべてを投げ捨てて地獄に堕ちて行く相手を求めたんだろう、と」

「それはまた男らしい身勝手なご意見ね。相手が娼婦だから適当な相手というわけ？」

「男はそう感じないみたいよ。ゴッホのプライドはずたずたに傷付けられていた。女は裏切った相手を憎むことができるけど、男はちょっと違うみたい。見返してやりたいという思いの方が強まるんだってさ。だからゴッホは別の女性を捜し出して献身的に尽くした。そうして一緒に困窮《こんきゅう》し、地獄の暮らしに堕ちて行くことで自分の愛の深さを見せ付けようとした、と言うんだけど」

「ケーにそれが伝わったの？」

「そこは分からない。でも親戚なんだからデン・ハーグでのゴッホの暮らしは伝わったと見るのが正解じゃないかしら」

「ばかばかしい。それを聞いたらもっとゴッホのことが嫌いになったわ。自分がどんなにいい人間であるか示したいだけで別の女と同棲して見せるなんて……娼婦の方も迷惑よ」

「でしょうね。あれほど世話になりながら娼婦は半年やそこらでゴッホのもとから姿を消してしまった。ゴッホの愛が自分にはないということに気付いていたのかも」

「まるで子供じゃないの」

「そう。ゴッホは子供と一緒。娼婦と同棲したと聞けば皆はなにか不潔な思いをゴッホに抱くけど、本質は違う。満たされない肉欲を埋めようとしての同棲じゃない。むしろ娼婦をプラトニックに愛せる自分をケーに示したかったのかもね。だから年上の未亡人に対する求婚も肉欲とは無縁のことだったと」

「………」

「そう考えると、確かにヌエネンでのゴッホの不可解な行動も理解できるのよね」

「どんなこと？」

「娼婦と別れてゴッホはまた家族の移住先であるヌエネンに戻って来た。そして新たな恋と巡り合う」

　由梨子は小さく吐息した。

「今度は今までの恋とはまるで違ってた。母親の知り合いでマーゴットという女性なんだけど、彼女の方がゴッホを愛したと言うわけ」

「自殺未遂をした彼女ね」

「ええ。彼女は独身だったからゴッホと結婚してもおかしくはない。けれど彼女はゴッホより十歳も年長だった。四十近かったのよ。当時の田舎の常識ではそんな女性が十も年下の男と結婚できるわけがない。あらぬ噂がヌエネン中に広まって、とうとう彼女はストリキニーネを服《の》んだ。それもゴッホとの散歩途中でね」

「でも助かったんでしょう？　ゴッホはどうして彼女と結婚しなかったのかしらね」

「それが謎なのよ。ゴッホの性格から言うと喜んで受け入れそうなものなのに、距離を置いて彼女との交際を続けている。だけどロベール説を取り入れれば分かる。ゴッホが愛していたのはケーただ一人。娼婦との同棲は愛に根差したものじゃないし、肉欲を目的としたものでもなかった。皆がゴッホのことを誤解してるというわけ。ケーは年上の未亡人。次は娼婦。そして今度は十歳も上のオールドミス。まるで簡単な相手ばかり選んでいるように見えるわ。でも違う。ゴッホはケー以外に心を魅かれなかった。ゴッホは一所懸命に自分の愛を貫《つらぬ》いていたの。マーゴットもそれに気が付いて自殺を決行したんじゃないのかな。ゴッホとの結婚に身内が反対したせいだと言われているけど、ゴッホも本当に好きなら彼女を連れてヌエネンを離れたと思う」

　マーゴは窓を小さく開けてからたばこをくわえて火をつけた。煙が車内に広がる。

「この辺りにはゴッホの青春の思い出がいくつも残されているんだ」

　由梨子はどこまでも青々と続く牧草地を眺めて言った。大きな風車が見える。

「ヌエネンには何度か？」

「それがだいぶ前に一度きり。慌ただしく案内されただけよ。研究してるというのに自分でもだらしがないわね。アルルやオーヴェールなら仕事で何回も行っているけど……オランダはアムステルダムとデン・ハーグ止まり」

「ヌエネンに泊まりましょうよ。マーゴの話を聞いていたらじっくり見たくなった。エッテンだってちゃんと見てみたい」

「そろそろアイントホーヘンね。泊まるならこの町。ゴッホはヌエネンからこの町へ週に何度も通って生徒の指導をしている。彼の絵の弟子が四、五人この町に居たのよ」

「そんなこともしていたの」

「それでなんとか絵具代を捻出《ねんしゅつ》できたというわけ。弟のテオからの仕送りだけでは間に合わなかった。彼は憑《つ》かれたように描きはじめた。未発見の作品の大半がこのヌエネン時代のものだということは納得できるわ。弟子たちに寄贈した可能性はもちろんのこと、描いたと思われる数が半端じゃないもの。彼は絵を描く仲間が側に居ると燃える性質なの。弟子といえどそれは一緒だわ。スケッチも含めれば一日に三点くらいはものにしていたんじゃないかな。二年近くも暮らしていたんだから二千点はあってもおかしくない」

「二千点！」

「現在確認されているゴッホの全作品の数に匹敵するわね。それを思えばゴッホの未発見の作品が発見される可能性は無限にある。ナチスがこの近辺に目を付けたのは大正解よ。私だって一年くらい移り住んでじっくり捜したら何枚かは見付けられるかも知れない」

マーゴは冗談でもなく口にした。

アイントホーヘンの町並みが近付いている。

由梨子は緊張を覚えはじめた。

6

「見ろ！　あの二人じゃないのか」

ヌエネン公園の前にある小さな喫茶店で冷たいソーダを飲んでいたアジムは目を丸くして窓の外を示した。サミュエルも顔を動かす。

「そうだろう？　ユリコとオルセー美術館の女だ。間違いない」

アジムにサミュエルも吐息して頷いた。

「なんでこんなところに居る？」

「我々とおなじじゃないですか？　ゴッホの絵が出てくるとしたらこの辺りの景色を描いたものと思われる。事前に見ておけばなにかと便利だ。美術館の女はでっかいカメラをぶら下げていますよ」

「あの女の方は専門家だぞ。いまさら観光客みたいな真似をするかね？」

二人が入って行った公園の中心にはアジムたちが眺めてきたばかりのゴッホの銅像が立っている。その見物が目的と思われる。

「どうします？」

サミュエルは慌ててソーダを飲み干した。

「まだ早い。接触は二人の様子を見てからだ。ただの観光かどうか見極める」

「尾行して気付かれたら言い訳が利かなくなる。偶然なんだから、こっちも堂々と挨拶した方が自然じゃありませんかね」

「偶然を最大限利用するのも大事だ。素人二人に気付かれるようなヘマはしない」

アジムは立ち上がってソーダの料金を支払った。彼女たちもきっとおなじ駐車場に車を停《と》めている。鉢合《はちあ》わせする前に車を出して遠くから見守るのが賢明というものだ。

「しかし、面白くなってきましたね。世界は本当に狭い」

「ここら辺りから出た絵を追いかけている。ばったり出会っても不思議じゃないがな」

アジムもにやりとした。

「別れた恋人を見付けたような顔をしてますよ。さっきまではくたびれていたのに」

サミュエルがからかった。

「こっちが先に見付けて助かった」

「どうですかね。どこかで姿を見掛けられていたりして」

「それなら声をかけてきたさ。第一、あんなにのんびりと歩いてはいないだろう。声をかけなかったということは、なにか向こうにも隠し事があるってことだからな」

なるほど、とサミュエルは頷いた。

公園を出た由梨子とマーゴはゴッホの家族が暮らしていた牧師館に向かった。狭い町なので迷うこともない。

「いいところね。ひさしぶりよ、こんな気分」

小さいが瀟洒《しょうしゃ》な牧師館の前に立って由梨子は大きく息を吸った。青空が眩《まぶ》しい。

「いい季節ってことよ。冬はだいぶ厳しいみたい。ゴッホの絵を見ても分かる。やり切れなく貧しい印象しか伝わってこない」

マーゴは館の裏庭の方へ由梨子を促した。裏手にはゴッホがアトリエに用いていた粗末な納屋《なや》がある。二人にとっては館より大事な場所だ。

「ここに本当にゴッホが居たのね」

由梨子はレンガ造りの薄汚い小屋を目の前にして思わず溜め息を吐いた。没後わずかにしてゴッホの評価が高まったので保存の処置が取られたのだろうが、でなければとっくに取り壊されていたはずだ。補修が施されているのでなんとか保っているという感じだ。

「ここであの『馬鈴薯《ばれいしょ》を食べる人々』が描かれたの」

薄暗い納屋に足を踏み入れてマーゴは言った。由梨子も頷いて続く。

「まぁ、実際は手直しだけで、大部分は農家にキャンバスを持ち込んで描いたようだけどさ」

「キャンバスを？」

由梨子は聞き返した。てっきり由梨子はどこかでデッサンしたものを下敷きにアトリエで完成させたものだと思い込んでいた。

「相当の自信作だったらしくて完璧《かんぺき》を期していたのね。屋内の照明の具合や細かな調度品を丹念に描き込んでいる。特に全体を支配している緑色の暗がりと言うか、明るさと言うか、それには苦労したみたい。それで何度もモデルにした農家を訪ねたのよ」

「他人の家をモデルにして何度もそこを訪ねて描くなんて珍しいんじゃないの？」

「今はね。ゴッホの時代は現場主義の作家がほとんどだから。風景画を描く感覚で家の中にまで入り込んだんだと思うわ。もっとも、ゴッホにしてもああいう作品は少ないけど」

「よっぽど描きたいテーマだったんだ」

「ミレーを世の中で一番尊敬する画家と思い込んでいた時代よ。あの当時のオランダの画家は大半がそうだった。貧しい農民の暮らしを正確に描写して知らしめることが、すなわちそれまでの主流だった宮廷絵画から脱却する道でもあったわけ。絵画に思想を盛り込んだということね。伝説や歴史を頭で想像して描くことに新しい画家たちは疑問を抱きはじめていた。でも、それすらイギリスやフランスではすでに古臭いテーマになっていた。印象派の画家たちが絵画に別の方向性を見出しかけていた頃だった」

「…………」

「ゴッホはその流れを知らずに黙々と農民の生活をテーマにしていた。間違いなくゴッホは『馬鈴薯を食べる人々』で評価されると信じていたのよ。確かにあの作品は力がある。あれより二十年も前に描かれていたらゴッホはオランダの国民画家の地位を若くして手に入れていたに違いないわ。私はミレーの作品よりずっと好き。深い魂《たましい》が感じられる。でも、ほとんど黙殺されてしまった。古臭い作品としか見られなかった。ゴッホが生前に評価されなかった最大の理由はオランダに生まれ育ったという不幸だったんじゃないかな。もしフランスに生まれていたら、もっと早い時期に大成できたと思う。フランスではもう時代遅れと目されていたバルビゾン派がオランダではまだまだ持て囃《はや》されていたんだもの」

「生まれた国の不幸か……」

「フランス、イギリス、イタリア、そして今はアメリカも含まれる。結局、そこで評価されない画家は、画家としての地位を与えられない。おかしいとは私も思うんだけどね。でもそれが現実だわ。浮世絵だってフランスで評価されたから日本の中の民俗画から抜け出すことができた。私がこんなことユリコに言えば嫌味に聞こえるかも知れないけどさ」

「ゴッホも描写してくれているし」

素直に由梨子は同意した。もっとも、今の由梨子は世界の評価などそれほど重要視していない。修復を通じて中世の名もない職人の手による壁画に深い感銘を覚えることもしばしばだ。美術は結局自分自身の好みに集約されるものではないかと思いはじめている。

「なぜゴッホは生前に評価されなかったのか。それが私の終生のテーマ。評価されなかったのは事実なんだから、それをあれこれ論究したって無意味だと皆は笑ってる。でも私にはどうしても不思議な気がする。彼の絵をだれもが理解できなかったなんて信じられないわ。それとも……私の方に先入観があるのかな。私にとっては物心ついたときからゴッホは世界で一、二を争う有名画家だった。名作という目でしか見たことがないから、過大評価しているのかもね。ゴッホが生きていた時代にタイムスリップしてみたいと切実に思うわ。先入観なしにゴッホの作品と向き合って、今の私とおなじ感動を得られるものかどうか、それを確かめてみたい」

「マーゴって、本当に好きなのね」

「だからオルセーに居るんじゃないのさ」

マーゴは苦笑いして、

「でも、そういう不思議な画家ってゴッホ以外に居るかしら？」

逆に由梨子に質した。

「生前に評価されずに死んでから絶大な人気を得た画家？」

「ゴッホが居るからなんとなく当たり前のように思っているだけで、実は珍しいと思うの。生前にたった一枚しか絵が売れていないのよ。そういうのは職業画家と言わないわ」

「日本だと結構居るけどな。松本竣介《まつもとしゅんすけ》とか佐伯祐三《さえきゆうぞう》なんて、マーゴは知らないでしょうけど今の日本では最高の評価を与えられている」

「ユーゾー・サエキなら知っている。パリの風景ばかり描いた画家じゃないの。でも、彼の場合はちゃんと画家として生前に認められていたはずよ。ゼロじゃない。ゴッホとは全然違う。シュンスケ？　そっちの方はどうなの？　一枚も売れなくて困窮《こんきゅう》してた？」

「よくは知らないけど、そこまで酷《ひど》くはなかったようね。何度も展覧会で特選に選ばれていたらしいから」

「でしょう。ゴッホは世界でも特殊ケースよ。趣味で何十枚か描いた作品が死後に日の目をみるということはあるけど、五、六千点も描きながら一度も評価されなかった画家なんてゴッホ以外に存在しない。その孤独が想像できて？」

「確かにね。五、六千点は半端じゃない」

由梨子はあらためて感じた。

「その苦悩や絶望を私たちはゴッホの手紙がすべて言い尽くしていると思い込んでいる。本人の言葉なんだからこれほど確かなことはない。だから手紙に代弁させて研究者の見解をあまり挟まない。でも、私はなんだか違うんじゃないかと思いはじめた。いくら肉親や知人に宛てた手紙だって嘘が混じっていないとは言えないわ。見栄を張ったり、強がりを並べていないとは限らない。特に弟のテオには生活の面倒を見て貰っているという負い目もあった。ゴッホの真実が手紙に言い表わされているなんて信じられない。それを突き止めるのが私たち研究者の仕事だと思う」

「ゴッホって面白いわ」

本心から由梨子は口にした。図書館や書店に行けばゴッホの画集や研究書がそれこそ棚を埋めるくらいに並んでいる。完璧な伝記や謎の解明がとっくになされていると思い込んでいた。なのにマーゴと話をしていると興味をそそられることが次々に出てくる。手紙に嘘が混じっている可能性など由梨子は考えたこともなかった。本人の書いたものさえ疑いはじめたらいっそう混沌とする。

「私の書いた論文、読んでくれる？」

「もちろん。ぜひ読ませて」

「パリに戻ったら持って行くわ。仲間内では評判悪いけどね」

「どうして？」

「テオに力のなかったのが一番の原因じゃなかったのかと断言してるのよ。ゴッホにとっての不運は、お人好しには間違いなくても無能な画商だったテオとコンビを組んだことだと私は思ってる。でも、それは一種のタブーに等しい。テオとゴッホの美しい兄弟愛を否定することにもなるでしょ。そういう論文を発表したってだれも喜ばない。テオがゴッホを支えていたのは事実だもの」

「テオは有能な画商だったと評価が確定していたんじゃなかった？」

　由梨子は小首を傾げて、

「まだだれも印象派の凄さを認識していないときに彼らの才能を見極めたんでしょ。ゴーギャンだってテオが発掘したとか」

「画商の才能とは、商売にしてやることよ。才能を認めたって、売ることができないんじゃ意味がない。ベストの批評家であるのは認めるけど、ベストの画商ではなかった。ゴーギャンも次第にテオから離れていったわ。どんなに褒《ほ》めちぎられても、その言葉だけで暮らしてはいけない。人生は厳しいんだから」

「そういうことか」

　由梨子も納得した。

「画商の才能があったのは、むしろテオの奥さんのヨハンナだったかも。ゴッホが亡くなって十年やそこらで彼の名前を世界に広めることに成功したんだから」

「テオも苦労したんだ」

由梨子は思わず吐息した。


続いて二人はゴッホが描いている教会を訪れた。観光客たちが教会を囲む芝生にのんびりと座って夕焼けを楽しんでいる。

おもちゃのように小さな可愛らしい教会だ。

「ゴッホの絵とそっくり」

事前にヌエネンを描いた作品を何点か見直してきた由梨子は思わず声にした。

「上手いでしょ。ゴッホに対して上手いなんてのは変だけど、実際に彼が描いた場所に立って見ると、いつもそう思う。寸分違《たが》わないくらいにきちんと描いているのよ。それなのにどうしてか私たちはゴッホの作品を眺めるとデフォルメがきついと感じる。アルルの糸杉の絵にしても、あの通りなんでびっくりしちゃうわ。ゴッホはデフォルメなんかしていない。だれよりも忠実に写しとっている」

「色遣いの問題かしらね？」

「でも、それだって気持ちのいい色遣いだわ。アブノーマルな感じは受けない。だから悩んでいるのよ。デッサン力は一流。色遣いも文句はない。構図も抜群。これで理解されないなんて有り得ない」

マーゴは苛立ちの顔をして、

「その才能がテオにしか伝わらなかったなんて考えられない。これがピカソとかカンディンスキーだったら分かるわよ。抽象画なら感性の問題だもの。でもゴッホの絵ならだれでも理解できるはずだわ。それとも絵の見方って百年やそこらでこんなに差ができるものなのかしら。評価されなかったということは、当時の人間たちがゴッホの絵になにも感銘を受けなかったことになる」

「………………」

「日本じゃどう？　百年前には嫌われていて今では大絶賛されている画家は居る？」

「写楽がそうじゃない？」

「写楽はあの当時でも人気があったのよ」

「そうなの？」

由梨子は思わず訊き返した。人気が得られなかったので一年やそこらで筆を絶ったと思い込んでいた。

「歌麿や清長と並ぶ人気を博していたというのが現在の定説。写楽にはおなじ作品で何種類もの色違いのものが発見されている。それだけたくさん刷り直ししたということだわ」

「恥ずかしいわね。日本のことなのに」

由梨子は肩をすぼめた。

「反対に、昔はずいぶん人気があったのに、今眺めると詰まらない作品はどう？」

「私個人の感想でいいなら、あんまりないな。やっぱり人気を得た画家にはそれなりの力を感じる。どうしてこんなものが、と思う作品は滅多にない。昔も今も一緒よ」

「そうでしょ。私もそう思う。レンブラントやフェルメールは今も凄い。ギリシャ時代の彫刻にも美を感じる。いつだって人間の美意識にそれほど大きな差はない」

「それなのになんでゴッホは否定されたのか、ってことね。言われてみると不思議」

由梨子にも奇妙さがつのってきた。


「あの連中、なにか気にならんか？」

アジムが後部座席で呟いた。

「気になる？」

サミュエルは首を傾げた。特に不審は感じられない。ゴッホに関わりのある場所を順に巡り歩いているだけである。

「ユリコたちのことじゃない。あの芝生に寝転んでいる二人の男だ。牧師館でも見掛けた」

言われてサミュエルは捜した。

「確かに牧師館に入って行った連中ですね」

サミュエルは頷いた。しかし、怪しい様子でもない。寝転んで夕焼けを見ている。

「公園にも居たんじゃなかったかな」

「二人を尾行しているとでも？」

「いくら観光地と言ったって、回る順番が全部おなじというのは妙だろう」

「けど……狭い町だ。牧師館と教会の他に見るところは少ない。順番が重なるってことも考えられますよ」

「かも知れんが、あの連中の車のナンバーもパリのものだった」

「いつ見たんです？」

「牧師館でさ。ユリコたちに続いて直ぐ連中の車も駐車場から出た。パリのナンバーが二台重なったんで記憶に残った。途中で連中の車は左に折れた。それで気にもしなかったが、今はまたユリコたちの近くに居る」

アジムは言ってたばこに火をつけた。教会の庭とは通りを隔《へだ》てた場所に居るので二人の細かな表情までは見えない。だが、由梨子たちの入った教会に時折顔を動かしている。

「観光客という感じでもないですね」

どちらも地味なスーツ姿だ。カメラもない。

「仕事の途中に休憩してるんだと思っていた」

「尾行としたら……なにが狙いだ？」

アジムは煙をぼんやりと吐き出した。

「我々と同じでしょう」

「ゴッホ絡みならアムステルダム検事局ぐらいしか思い付かんが……それだったらパリのナンバーってのがおかしい。ここは連中の本拠地だぞ。目立たないように入れ替わる」

「そこまでの態勢を取っていないかも知れませんよ。それにここはまだ国境近くの町だ。アムステルダムとは違います」

「アムステルダム検事局はどうやってユリコの存在に気付いたんだ？」

「先輩の睨みが的中したんですよ。ハルダーの屋敷に忍び込んで金庫を探ったのはやはりムッセルトだったということでしょう。ユリコの母親とハルダーを結ぶ明確な証拠でも見付けたんじゃないですかね」

「としたなら彼らの動きの方がずっと早いということだな」

「そうでしょうね」

「妙じゃないか。それならユリコが今度のことに無縁だと分かったはずだ。母親は確かに怪しいがユリコはなにも知らん。いまさら尾行してなにが得られる？　日本に行ってユリコの母親の身辺を探るのが当たり前だろう」

「ユリコのことで我々がなにか見落としているということでしょうか？」

　サミュエルは不安そうに質した。

「分からんな。まったく分からん」

　アジムは困惑していた。だがサミュエルの推測に頷くしかない。アムステルダム検事局も暇ではない。なにかの目当てがあってこそ監視を続けているとしか思えない。自分たちが突き止められなかったものを握っていると見るのが自然だ。

「あれでゴッホを隠し持っていたとしたら相当な食わせ者ですね」

「バカな。有り得んよ。第一、そんな物を持っていたらいまさらこんな町に来るわけがなかろう。派手な動きも慎む」

　アジムは首を横に振った。

「彼女たちが出て来ました」

　どうするか、という顔でサミュエルはアジムを振り向いた。芝生に寝転んでいた連中も欠伸《あくび》をしながらゆっくり立ち上がる。距離を置いて二人のあとを歩きはじめた。

「下手な尾行だな」

またまたアジムは首を捻った。二人が振り返れば嫌でも目につく。

「あの連中、二人に関心を持っているだけじゃ？」

サミュエルは薄笑いを浮かべた。

「ユリコはあの通りの美人ですしね」

「なんで教会に入らん？　あの狭い教会ならいくらでも話しかける機会がある。誘う気だったらその方が簡単だろう」

「それでもプロとは思えない」

「次に行くとしたら水車小屋辺りだな」

アジムはたばこを消して言った。ゴッホが描いた場所で観光案内にも掲載されている。

「あの連中の方をマークしよう」

「関係なかったときはユリコたちを見失ってしまいますよ」

「仕方ない。こっちもユリコを追って来たわけじゃない。ユリコたちがただの観光と分かっただけで十分だ」

「残念じゃないんですか？」

サミュエルはアジムをからかった。

だが――
アジムの想像は当たった。連中の車がいきなり速度を緩《ゆる》めたので勘が外れたと思ったのだが、そこから先は一本道で水車小屋に通じている。見物のあとはおなじ道を戻って来るしかない。それを見極めての行動と取れた。彼女たちの車が間違いなく水車小屋に向かうのを見定めるようにして連中はUターンするとガソリンスタンドを目指した。アジムたちはだいぶ通り過ぎてから車を停めた。

「この時間では観光客も少ない。危ないと思って遠巻きにしたんだな」

アジムはまたたばこをくゆらせた。

「やわな連中みたいだった」

擦れ違うときに顔を見やったサミュエルは笑いを洩らして、

「少し脅しをかけてやりますか。ムッセルトの名を出せば飛び上がる。あんな見え見えの尾行で恥ずかしくないもんですかね。こっちが追いかけているのにも気付いていない」

「尾行者はえてしてそういうもんだ。自分の役目ばかりに夢中になる。素人とは限らんぞ。水車小屋に行くと見当をつけて帰りを待ち構えるところは賢明だ。よほどの自信がないと、もっと近くまで追いかける」

「ユリコに教えるという手もあります」

「薄気味悪がらせるだけだろう。我々がずっと尾行していたのも知れる。そうなると偶然とは思わなくなる。二台の車に監視されていたとなれば俺だって怖い」

「そりゃそうだ」

「ユリコたちがこれからどこに行くにしろ、町の公園の前を必ず通る。我々はそっちで待とう。こんな寂しい田舎道でパリナンバーが三台並べばおかしい。ユリコより連中に気取《けど》られる」

「まさか襲われるなんてことは？」

「あの連中にか」

　アジムは笑って否定した。

「そのつもりなら水車小屋までついて行く。真っ直ぐヌエネンのホテルに入るのかも知れんのだぞ。わずかのチャンスも逃しはしないさ。のんびりガソリンスタンドで待つような真似はせん。様子を見守っているだけだ」

　頷いてサミュエルは車を発進させた。

「脇道があったな。ガソリンスタンドの前は通りたくない。迂回《うかい》しよう」

「どこに通じているやら」

「森の中とは違う。町の方角は分かる」

　アジムは浮かせていた尻を座席に収めた。

「ユリコに監視がついているとなると日本行きは少し見合わせた方がいいかも知れん」

　アジムは呟いた。

「なにか起きそうな予感がする」

「と言って、なにをするんです？　我々にはなんの材料もない」

「あの連中をずっと追いかけて見るさ。そうすれば目的が見えてくるだろう」

「大外れでなきゃいいけど」

「なにがだ？」

「アムステルダム検事局ですよ。ユリコが深く関わっているなんて、やっぱり信じられないじゃありませんか」

そうだな、とアジムも頷いた。

7

由梨子とマーゴがアイントホーヘンのホテルに落ち着いたのは七時過ぎだった。丸十二時間動き詰めで、ツインの部屋に入るなり二人はベッドに服のまましばらく転がって足の疲れを取った。うっかりすると眠り込んでしまいそうになる。

「歳ね、私たちも」

マーゴが笑ってのろのろと半身を起こした。

「アムステルダムまで足を伸ばせる状態じゃなかったわ。身も心もぼろぼろ」

「昨夜、興奮して三時間しか寝てないの」

由梨子も椅子に移動してたばこを喫《す》った。アイントホーヘンの賑《にぎ》やかな町並みが窓の下に広がっている。ヌエネンとはだいぶ違う。

「ルームサービスの取れるホテルにすりゃよかったわね。服を着替えて食事に出るなんて面倒じゃない？」

由梨子も頷いた。どうせ女二人だけだからと気軽なホテルを選んだのだ。一階には喫茶室に毛が生えた程度の店しかない。

「このまま出て、なにか買って来ようか。知らない町だもの、美味しい店も分からない」

「フロントに訊けば教えてくれるでしょうけど、その方がいいかも」

由梨子もさほど空腹は感じていない。ずっと車に乗っていたせいだろう。

「近くに中華料理屋があったでしょ。持ち帰りができるって書いていたわよ」

「あの店ならこのままで十分よ。どうせでき上がるまで待たなきゃいけない」

「じゃ、そうするか。さっさと切り上げてワインとチーズでも買うことにしよう」

マーゴは化粧を直しもせずにバッグを肩に下げた。女同士だと気楽でいい。


小さな店だが活気はあった。八つのテーブルの六つが埋《う》まっている。厨房《ちゅうぼう》から顔を覗かせた太った主人が由梨子の顔を見て親しげな笑いを浮かべた。同国人と思ったに違いない。

「なんだか急に食欲が出てきたわ」

焼きソバの匂いにマーゴは張り切った。

「注文はユリコに任せる。詳しくないの」

「上手く言えるかな」

オランダ語と中国語、どちらも話せない。

「大丈夫。フランス語がきっと通じる。あとは料理の材料と作り方を言えばいい」

マーゴに言われて由梨子は注文した。その通りだった。それに、たいていの料理は他のテーブルの上に出されている。見渡して示すだけでこと足りた。老酒《ラオチュー》はマーゴが頼んだ。

「飲んだことあるの？」

「ないけど、皆が飲んでる」

「結構強いわよ。ワインとは大違い」

「人生はすべからく挑戦よ」


簡単に切り上げるつもりだったのに二人のテーブルには料理の皿が一杯に並んだ。蝦《えび》のチリソース、細切り牛肉と筍《たけのこ》の炒《いた》め物、春巻、焼きソバ、野菜のクリーム煮。順に運ばれて来ると思ったのだが、ほぼ同時に出来上がった。しかも小盆とは思えぬ量だ。

「私の体付きを見て量を決めたんだわ」

マーゴは呆れながらも喜んだ。氷砂糖を溶かした老酒も気に入ったらしい。

「しかし、私たちって色気がないと思わない？　こんな格好で男並みに料理を頼んでさ」

こんな店で、とはさすがに言わない。由梨子も笑って同意した。マーゴはたどたどしい手つきで箸《はし》を使って料理を取り分けた。なにを口にしても美味しいと一声上げる。お陰で由梨子の箸もどんどん進む。

「病み付きになりそう。麺《めん》類ぐらいしか食べたことがなかったから」

「ここは美味しいわ。大当たり」

「ユリコと一緒だからかも知れない。前に食べた焼き肉も美味しかった。今度は日本料理の店に行きましょう」

「パリは高い店ばかり。まずくはないけどね」

「ユリコは自炊《じすい》でしょ？」

「それでいいならご馳走《ちそう》するわ」

マーゴはにこにことなった。

満足してホテルに戻るとフロントにマーゴへのメッセージが入っていた。マーゴはメッセージを受け取っても怪訝な顔だった。

「だれから？」

「知らない名だわ。どうして私がここへ泊まっていると分かったんだろ」

マーゴは由梨子にメッセージを示した。由梨子も首を傾げた。このホテルを予約したのはヌエネンの牧師館からである。

「この雑誌は例の？」

由梨子はメッセージに書かれてある雑誌の名前を見て思い出した。

「そう。ゴッホ他殺説が掲載されている雑誌」

「どういうことかしら？」

「私に言われたって……電話してみようか」

メッセージには明朝もう一度電話すると書いてある。だが、その下に当人のものらしい番号もメモされていた。

「朝と言っても何時にかかってくるか分からないんじゃ縛《しば》られるわ。まだ早いし」

マーゴはフロント脇の電話ボックスに向かった。由梨子も一緒にボックスに入る。

相手は直ぐに出た。

「シュワルツさんですか？　オルセー美術館のマーゴ・アルヌールと言います」

相手の陽気な返答が由梨子にも聞こえた。マーゴも緊張を緩める。安心して由梨子はボックスから出た。ガラス窓の中にマーゴの笑い顔が見える。やがてマーゴも出て来た。

「これから会うことにしたわ」

「どこで？」

「ホテルの前のカフェ。三十分後だけど着替えはどうしよう？」

「どんな人なの？」

「声の感じだと若そうね。ま、いいか」

マーゴは少し考えて髪だけを直しにトイレに誘った。

「どうしてこのホテルを？」

トイレで鏡の中のマーゴに由梨子は質した。

「牧師館よ。あそこで仕事先と名前を言ってホテルを予約して貰ったじゃないの」

「それはそうだけど……」

「それがヌエネンのゴッホ研究者に伝わったみたい。研究者と言うより郷土史家かな」

「そうか。マーゴの名は知れ渡っているから」

「一応、専門家の間ではね」

マーゴはまんざらでもない顔で頷いて、

「それで回り回って彼の耳にも。彼は私がずっと捜していた例の雑誌を持っているんですって。先日アムステルダムから問い合わせがあったときは捜せなかったと言っていた」

「ラッキーじゃないの！」

「これが調査の面白いところだわ。パリに居座《いすわ》っていたんじゃ発見が少ない。オランダまで足を運んだ甲斐《かい》があった。シュワルツはドイツ系なの。だから親があの雑誌を大事に残していたんじゃないかと。でなきゃナチスの宣伝同然の雑誌をだれも保管しない」

「マーゴの運が呼び寄せたのよ」

「彼は雑誌を売りたいみたいだけど……その勘違いはある」

マーゴは苦笑いして、

「雑誌捜しを依頼した私が知らなかっただけで、オランダじゃ結構な騒ぎになっていたようね。パソコン通信でもだいぶやり取りがあったんだって。本当に今は情報が早い。図書館でも見付けられない雑誌だから、よほどの貴重本だと思われたんだわ。シュワルツの手元にはバックナンバー十六冊が全部揃っていると自慢してたもの。私が捜しているのは一冊だけで、コピーでも構わないと言ったらがっかりしてた。あの口調だと前に捜せなかったという話も怪しい。少し様子を見てたんじゃないのかな。私がヌエネンまで来たのだって雑誌捜しが狙いと見たのね」

「ずるそうな男」

「どんな男だっていいのよ。あの雑誌に掲載されている論文が読めるなら」

口紅もついでに引き直してマーゴは言った。

客のあまり居ないカフェで酔い覚ましのコーヒーを飲んで待つ。そこにシュワルツらしい男が現われた。こちらは女の二人連れと言ってあるから分かりやすい。男は片手を上げて近付くと二人の前に立った。額が禿《は》げ上がっているので歳の見当がつけにくいが三十五、六といったところだろうか。

「重いから表紙と目次のコピーだけを」

挨拶《あいさつ》もそこそこにシュワルツはマーゴにコピーを見せた。間違いなくマーゴの捜している雑誌だった。ナチス好みの色気の感じられない裸体画が表紙の大方を飾っている。スポーツ選手のような健全な体にこそナチス精神が育《はぐく》まれるというわけで、今の目から眺めれば妙に安っぽいイメージがある。

マーゴは目次を捜した。ゴッホ他殺説の論文は九号と十号に掲載されている。九号の論文の一部は由梨子からコピーを貰ってある。

「この二つの論文が読みたいの」

マーゴは胸の高鳴りを抑《おさ》えてシュワルツに指で示した。電話で何号と言えればよかったのだが、持っているのは切抜きコピーだったのでそこまで分からなかったのだ。

「せっかく全部揃っている。その二冊だけを売るわけにはいかない」

シュワルツは舌打ちした。

「だからコピーでいいのよ。ゴッホ関連の記事や論文がもっと入っているならオルセーで購入を考えてもいいけど、この内容だと私も約束できない。むしろオランダの美術館か図書館に掛け合う方がいいわ」

「いくらぐらいで売れます？」

シュワルツはマーゴの目を覗いた。

「分からない。私は資料購入の専門じゃないもの。他の内容は目次ばかりじゃ見当もつかない。

オランダの専門家を紹介しましょうか」

苛々《いらいら》とした顔でマーゴは応じた。

「古書店に持ち込んだら安い値しかつけてくれなかった」

シュワルツは値段を口にした。日本円に直せば全揃いで二万円前後になる。図書館にもない幻の雑誌にしては確かに安い。

「少なくてもその五十倍は欲しいな。買い手を見付けてくれたら金と引き替えに本を渡しますよ。相手に届ける前に好きなだけコピーすればいい。その条件でどうです？」

マーゴは目を円くした。

「あなたの方が顔が利くはずだ。それ以下だったら売る気がない」

「五十倍なんて無理よ。オランダならともかくフランスでどうやって買い手を捜すの？」

マーゴはシュワルツを睨み付けた。思惑が外れた怒りも含まれている。

「それに、そんな偏《かたよ》った雑誌、いまどきだれが興味を持つと思う？　私は数ページを読んでみたいだけ。足元を見ないで」

「だったらこの話はなしだ。こっちは金に困っているわけじゃない。正当な値段で売りたかっただけだ。見解の相違さ」

シュワルツも憮然《ぶぜん》とした顔でコピーをバッグにしまった。マーゴは呆気にとられた。

「祖父が関係していた雑誌だよ。あんたに偏ったただのと言われる筋合いはない」

「…………」

「あとで後悔しないように。さっきの電話番号もぼくの自宅と違う。二度と会わない」

シュワルツは付け足すと席を立った。

「なによ、あいつ」

マーゴはシュワルツが店を出て行くのを啞然《あぜん》として見送った。

「頭がおかしいんじゃないの？」

マーゴは由梨子に同意を求めた。由梨子も言葉が出ない。偏った雑誌という言い方が気に食わなかったのだろうが、それにしても唐突な態度だった。

「五十倍だなんて、馬鹿にしてる」

マーゴはワインを頼んだ。

「すっかり気分が台無し。連絡してきたのはあいつの方なのよ」

「でも、そのぐらいはやっぱりするんじゃないの？　珍しい雑誌なんでしょ」

日本円で百万。冷静に考えれば特に高いとも思わない。ひょっとすると全揃いは世界にあの一組しか残されていないかも知れない。

「高いわよ。戦時中の美術雑誌なんて印刷も悪いし、研究のレベルも低い。資料的価値しかないわ。古書店がつけた値段はそんなに外れちゃいない。祖父が関係してたと言うから思い入れが強いだけ」

マーゴは自分でワインを注いで一気にグラスの半分を喉《のど》に流し込んだ。

「後悔しない？　あんなに読みたがっていた論文なのに」

「あんなやつはこちらからお断り。私が心配してたのは雑誌が廃刊になって論文が半端になったんじゃなかったかということ。雑誌が出ていたと分かっただけで大収穫だわ。いつかは必ず捜し出せる」

由梨子は頷いた。負け惜しみでもないらしい。二人は気分を取り直して乾杯した。

「それに、どうせまた連絡が入るような気がする。自宅の番号じゃなかったということは隠しごとがあるのよ。売れると分かったらこっそりと家から持ち出す気だったかも。あの喧嘩腰は駆け引きと睨んだわ」

「また連絡してきたときは？」

「たとえ半分に下げてきても乗らない。私にできるのはアムステルダムのゴッホ美術館を紹介する程度」

「ゴッホ美術館が購入すれば、あの論文も貴重なものじゃなくなるわね。研究者のだれでも簡単に読めるようになる」

マーゴは押し黙った。

「もしそれにマーゴが推測している通りの仮説が書かれていたら？」

「仕方ないわよ。それはそれで」

マーゴは諦めた口調で言った。

「同志が居たと喜ぶしかないわ。まさか論文を私が買い取って知らない顔はできない。前に書いた論文の仮説は私のオリジナルじゃなかったと公表するだけね。そもそも、私がその仮説を思い付いたきっかけはオランダにそういう説を主張する人間が居たと耳にしてからなんだから、そこに犯人として私の推測通りのガッシェとマルグリット父子の名前が挙げられていても恥にはならない」

「研究者なら当たり前のことでしょ」

「潔《いさぎよ》いんだ」

マーゴは笑って、

「それより、論文を発表した人間の名前……マコト・ハルダーとあった」

由梨子を見詰めた。マーゴが由梨子から入手した論文は途中からのもので、著者の名がこれまで分からなかったのである。

「ハルダーですって！」

「スイスで殺された男の名がハルダーよね」

マーゴに由梨子は大きく首を縦に振った。

「マコトではなかったような気がするけど、どう考えても偶然じゃないわ」

「もちろんよ。有り得ない」

「そうなるとユリコのお母さまとハルダーはやはり繋がることになるわね。その切抜きを大事に持っていたんだから」

「母じゃなく父だわ。母は父の遺品を保管していたに過ぎない」

「お父さまは戦時中にオランダに暮らしていたと言ってたでしょ。その時代にハルダーと親しかったのかしら。お父さまは確か画家だったとか？」

「よくは分からないの。あれだけの腕があったから素人ではないと思うけど……父はなぜかオランダ時代のことを口にしなかった。きっとナチスに協力していたんだと思う」

辛そうに由梨子は打ち明けた。マーゴはそれもとっくに想像していたらしく頷いて、

「協力しなければ生きていけない時代だったのよ。気にすることはない」

由梨子を慰めた。

「同姓ということは親戚の可能性もあるわ」

マーゴはたばこに火をつけて続けた。

「あの雑誌がオランダ美術の押収の窓口となっていたことも十分に想像される。美術関係者が編集にずいぶんかり集められていたんでしょうからね。あの雑誌がほとんど見付からなかったのはそのせいもあると思うの。ナチスの協力者だったのが発覚しないように関係者たちが図書館辺りから徹底的に回収して処分したんじゃないかな。でないとおかしい」

「そうね」

「たぶんユリコのお父さまもその編集に関わっていたか、ブレーンの一人だった。その過程でゴッホの作品群と巡り合った。その作品の中にゴッホの他殺説を裏付けるものが混じっていたというわけよ。それを元にしてマコト・ハルダーがあの論文を書いた」

「私もそう思う」

「ナチスはゴッホ神話を書き替えようとしていたかもね。退廃芸術だと決め付けただけじゃ足りなかった。自殺なら芸術家の精神的な苦悩の表われとして評価のマイナスにはならないけど、しつこく女に付き纏って、その相手に殺されたとなれば神聖化が薄れる。オランダの誇《ほこ》りではなくなるわけ」

「汚いやり方」

「嘘ならその通りだけどさ……そういう意図があったならナチスも論文に協力したと思う。きっと論文にはそれを証拠立てる例の絵も掲載されているんじゃないかな」

マーゴは言って溜め息を吐いた。

「あいつの要求した金額で私が買い取ればよかった。さっきはそこまで気が付かなかった。買うフリをして雑誌をホテルに持ってこさせる手もあったのに」

「また連絡してくるわよ」

「こなかったら？　あいつの言った通りよ。一生後悔するに違いない。どうしてそんな簡単な手を思い付かなかったんだろう。証拠の絵が掲載されていたら、その倍でも買ったわ」

マーゴは拳を握り締めた。

「あいつの要求なんて知れた額じゃないの。これだから私は駄目ね」

マーゴはすっかり落ち込んだ。

「さっきのところに電話してみたら？　自宅じゃなくても連絡は取れるかも」

「あいつのことだから値を吊り上げる」

「一生の後悔よりはましよ」

そうね、とマーゴも素直に頷いて席を立った。そして間もなく戻った。

「だれも出ない。まだ寝る時間じゃないのに」

「事務所かなにかの電話だったのかしら」

「明日は土曜よ。きっと休みだわ」

そうなるとこのアイントホーヘンに居る間に連絡は取れないことになる。マーゴはまた暗い顔に戻した。

「あの論文が、なんの価値も見出せない男の手にあるなんて神様も意地悪ね」

マーゴはワインを追加した。


「呑気なもんだな」

いつまでもカフェでワインを飲んでいる二人を外の車の中で見やってアジムは大きな欠伸をした。あとはホテルに戻って眠るだけだろう。サミュエルも飽きた顔をしている。

「中華料理の店にもあの連中が居たということに気付いていない。呆れたもんだ」

アジムの目は二人の直ぐ後ろの席に座ってコーヒーを飲んでいる男たちを見ていた。ヌエネンからずっと二人を追いかけている連中だ。常に背後の位置に陣取っているので死角とも言えるが不用心としか思えない。周りのことなど気にならないほど熱中して話し合っているらしい。

「席を立ったぞ」

由梨子たちではない。男たちだ。

「あの連中も飽きたと見えますね」

サミュエルはくすくす笑った。

「女の長話に付き合ってはいられないってことですか。どうします？」

「あの連中のお陰でこっちの動きも制限されたな。とんだ余計者だ」

なにをしでかすか気になって釘付《くぎづ》けになってしまった。由梨子たちが会った男がどんな素性なのかも突き止めていない。本来なら男の住まい程度は尾行して確かめる。

「どうせ連中も明日には現われる。下手に追いかけるよりは明日の様子を見よう。今夜のところはなにも起きないはずだ」

「我々も引き上げるということですか」

「飯も食っていない。明日は六時ぐらいからホテルを見張ってないと心配だ」

店を出た二人の男が間違いなくチェックインしたホテルの方角に消えるのを見定めてからアジムはサミュエルに発進を促した。

「さっきの男も怪しいやつでしたね」

「あっちの方が気になったな」

「オルセー美術館の女と口論していた。知り合いでしょうか」

「そんな感じでもなかったが」

「なんだか、ただ振り回された気分ですよ」

「監視があると分かっただけでありがたい。だれかがユリコに目をつけているのは確かだ」

「アムステルダム検事局とは違うという気がしてきました」

サミュエルにアジムも頷いた。

「ヌエネンならともかく、これだけの大きな町ならいくらでも応援が頼めます。警察を動かすこともできるでしょう。付きっきりで二人が離れないってのはおかしいですよ」

「ゴッホを狙って他の連中も絡んできているってことか」

「あるいはムッセルトが私欲に走ったかです」

「私欲?」

「ゴッホを見付けても国家に返却するだけでしょう。追いかけているものがゴッホと分かって気持ちが動いたとも考えられる」

「なるほど、それは有り得るな。アムステルダム検事局はダイヤ・シンジケートとも接触がある。その連中に声をかければいくらでもムッセルトに協力するだろう。ハルダーの屋敷で得た手掛かりを上に報告せずにムッセルトが一人で動いている可能性が強い」

「なにしろ途方もない価値でしょうからね。ムッセルトは我々とは違う」

国への忠誠心の差をサミュエルは口にした。

「アムステルダム検事局でないとしたらユリコの身も危ういな。適当なところで保護策を講じないといかんかも知れん」

アジムは本心から案じた。ダイヤ・シンジケートにはマフィアも絡んでいる。女一人が立ち向かえる相手ではない。

「と言って今の段階では無理でしょう。全部が憶測です。一時的に保護はできても何年もはとても……おなじ結果になります」

「分かっている。上も認めてはくれんさ」

「連中を締め上げても無駄でしょうね」

「意味がない。別の人間を繰り出してくる」

「なにか起きてくれた方が楽だ。我々だってこんな調子でいつまでもうろうろしているわけにはいきません。ユリコの監視だけでなにもできなくなります」

「明日はやはりユリコたちに接触するか」

アジムは溜め息とともに言った。

「なんの芸もないやり方だが、ユリコの安全が大事だ。これも乗り掛かった舟というやつだ。まさか放って日本に行くことはできん」

「それなら今からでも？」

「少しでも自然に見える策を練る」

アジムは怒ったように返した。

8

アムステルダムに行く予定を取り止めて由梨子たちはパリへの道を辿った。昨日の強行軍に酒の飲み過ぎが重なって体調がなんとか戻ったのは昼近くだったのである。それから向かえばアムステルダム到着が午後遅くになる。ヌエネンが主目的だったのだから、のんびりと帰ろうということになった。

「老酒が効いたみたい」

マーゴに由梨子も頷いた。女二人だけなので気兼ねなく杯《はい》を重ねた。まだ頭が重い。

「エッテンはどうしよう。寄る？」

「マーゴに任せるわ」

「ユリコには悪いけど、気が抜けちゃった」

「いいわよ。このままパリで」

由梨子は笑った。

「シュワルツのせいよ。あいつのこと考えると観光って気分じゃなくなる。朝のうちにまた電話してくると睨んでたのに……昨日は駆け引きじゃなく本当に怒ったのかしらね」

「まだ分からないでしょう。オルセーの方に連絡してくると思う」

「私も間抜けよ。あいつの連絡先をちゃんと確認してから話をすべきだった」

「仕方ないわ。メモの電話番号が彼の連絡先だと私だって思ったもの」

「シュワルツなんて名前、聞いたこともない。捜し当てるのは面倒ね。やっぱりあいつからの連絡を待つしかないか」

マーゴは軽く舌打ちした。

「でも……彼はヌエネンの牧師館からの情報で私たちの泊まっているホテルを知ったんだから、反対に牧師館に問い合わせたら彼の自宅とかが分かるのと違う？」

「それを早く言いなさいよ」

マーゴは速度を緩めて言った。

「今、思い付いたの」

「それは理屈だわ。確かに言えてる」

マーゴはどうすべきか悩んでいた。今ならまだヌエネンに戻れる場所でもある。だが、高速道路に入っているので電話がむずかしい。

「パリに戻ってからにするわ」

やがてマーゴはまた速度を上げた。

「焦ると足元を見られる。やっぱり嫌なやつ。あいつに頭なんか下げたくない」

「二、三日のうちになにか言ってくると思う。彼が持っていてもなんの価値もない雑誌よ」

「と思うけどね」

マーゴはたばこに火をつけた。


「どうやら戻る気らしい」

ベルギー方面に向かう由梨子たちの車に従いながらアジムは一安心した。由梨子の様子を探っているのが睨み通りダイヤ・シンジケートの連中であるなら、その本拠はアムステルダムである。こうして由梨子がオランダから離れてくれるのはありがたい。

「しかし……あの連中の気配がなくなったのはどういうことですかね」

サミュエルはミラーで背後を確認して口にした。彼女たちがホテルを出て以来、それらしき姿を一度も見ていない。

「油断はできん。それこそ別の人間と交替したんだろう。敵がだれか分からぬうちは下手な接触は禁物だな。もっとも、このまま二人が真っ直ぐパリに戻ってくれれば問題ない」

「敵はユリコがゴッホを隠し持っているとでも見ているんじゃ？　馬鹿なやつらだ」

「それだけ敵も手掛かりに乏しいってことだろうな。ひょっとして我々がユリコに近付いたことも知られている可能性がある。マークを強めさせた原因は我々のせいかも」

アジムは暗い顔で言った。

「ユリコがパリを留守にしたのは絶好の機会です。恐らく彼女のアパートは隅々《すみずみ》まで調べられているでしょうね」

「その方がユリコの安全に繋がる。なにも出なければ無縁と見て手を引く」

「本当に無縁ならいいけど」

「………」

「我々は徹底的に探ったわけじゃない」

「だとしたら今頃こうしてオランダなんかに来やせんだろう。パリから逃げている」

「ユリコ自身がそうとは知らずに手掛かりを所持していることも有り得ます」

「たとえばどんな手掛かりだ？」

「それこそマコト・ハルダーですよ。ムッセルトは殺されたヒロシ・ハルダーがマコト・ハルダーと同一人と見ていたようでしたが、別人の線も十分に考えられる。ユリコの母親がヒロシ・ハルダーと知り合いだったことを思えば、マコトの方とだって……」

「それは分かるが……いまさらマコト・ハルダーを突き止めてどんな意味がある？　ゴッホの作品はもう消えてしまっている」

「全部がスイスに送られたとは限らない。ムッセルトの話ではマコト・ハルダーが美術品の押収に絡んでいたらしかった。まだいくつかがマコト・ハルダーの手元に残されているということも……いくつかと言ったって、なにしろゴッホですからね。二、三点でも莫大《ばくだい》な価値がある」

「五十点近くを諦めて、そっちに鞍替《くらが》えする連中じゃなかろう」

「まずは楽な方から手をつける。金儲けの鉄則じゃありませんか。一獲千金を夢見ているやつは金持ちにゃなれない。細かな金を積み上げていくのが秘訣なんだそうです」

「だれから聞いた？」

「イザクから」

「あいつは人の顔を見るとたばこをせびるやつだ。金持ちにゃなれんよ」

アジムは同僚の顔を思い浮かべて笑った。

「まぁ、しかしゴッホともなれば確かに二、三点でも細かな物とは言えんな。マコト・ハルダーの手掛かりでも得られれば俺も追いかけたくはなる」

アジムは笑いを止めて頷いた。

9

翌日。

由梨子は一日をぼんやりと過ごした。疲れが残っている。食事を作る気にもならない。明かりもつけずに窓からの夕日を楽しんでいるところにマーゴからの電話が入った。

「休まなかったんだ」

仕事場からの電話と分かって由梨子はマーゴの体力に驚いた。

「日曜は逆に休みにくいのよ。二日ものんびりさせて貰えただけでありがたいわ」

「マーゴが遊びに来ると言うなら食事の支度でもするけど」

今夜は外に出る気にはなれない。

「さっそくあいつから連絡があったわよ」

マーゴの声は浮き浮きしていた。

「祝賀パーティでも開きたい気分」

「じゃ、向こうも折れてきたのね。いくらで話がついたの」

「無料よ。ただし私が貰えるのは論文のコピーだけどさ。こっちにすれば読めればいいんだから文句なし」

「どういうこと？」

「あいつは口を濁してたけど、私の名が利用されたみたい。雑誌の論文を引用するときは貴重な雑誌だと明記してくれとしつこく念押しされたわ。きっと私が高く評価したと触れ回って買い手を見付けたんじゃないかな。その買い手から私に問い合わせがあったりすればまずいんで先手を打ってきたんだと思う。コピーをくれて恩を売ったつもりなのよ」

「いくらぐらいで売ったのかしら」

「いくらでも私には無関係。問い合わせがあっても、私はゴッホの研究論文を高く評価したんだと言ってやれる。だいたい、あんなやつの口車に乗る方もバカだと思わない？」

「それはそうね」

　由梨子はくすくすと笑った。

「せいぜいあいつの言っていた額の半分程度よ。よほどの人間でもない限りあんな雑誌に興味を示さない。それでびくついて私のところへコピーの提供を申し出てくるんだから、案外小心者なのかも知れないわね」

　半分程度と言えば日本円に直して五十万前後。オランダでは大金であろう。シュワルツがマーゴの対応を気にしたのも不思議ではない。もし買い手が問い合わせてなんの価値もない雑誌と伝われば詐欺《さぎ》で訴えられかねない。

「それでコピーはいつ？」

「早ければ明後日には届くと思う。ファクシミリなら今直ぐにでもと向こうは言ったけど、カラーコピーが欲しかったから断わった。挿入図版は白黒だけど何点かカラーの口絵があるそうなの。恐らく全部がゴッホよ」

舌なめずりしているマーゴの顔が由梨子の頭にありありと浮かんだ。

「下手をするとあいつを増長させるばかりなんで詳しくは聞かなかったけどさ……間違いなくユリコの持っていたリストに掲載されている作品だと思う。想像が当たっていれば歴史的な大発見になる。本当は今日にでもまたアイントホーヘンまで駆け付けたい感じ」

「我慢したわけだ」

「信じられないわ。論文だけなら見過ごされる可能性は高いけど、新発見の作品がそんなに掲載されていて話題にもならなかっただなんて。戦争でそういう余裕もなかったのね」

マーゴはしみじみと口にして、

「それにドイツ語で書かれた雑誌なんて、まともなオランダ人は見向きもしない」

「マーゴの登場を待っていたということよ」

「そういうこと」

マーゴは上機嫌で電話を切った。


その真夜中に枕元の電話が鳴った。

本を読んでいたので飛び起きはしなかったものの、この時間の電話は苦手だ。

「まだ二時かそこらだろ」

電話は兄の正樹からのものだった。

「仙台《そっち》は？」

「朝の十時。まったく不便だな。いつ電話していいものか悩む。それに近頃留守勝ちだ」

「この二日、オランダに出掛けていたの」

「オランダにはなにしに？」

「ゴッホの暮らしていたヌエネンという町を見て来たわ。オルセーに勤めているマーゴという友達と一緒にね。彼女はゴッホの研究者」

「親父のことと関係あるのか？」

「たぶん。でも、まだ全然だけど」

「こっちもさ。やっぱりこの前の大地震で古い記録が散逸《さんいつ》して未整理の状態だ。貿易商だった木村健蔵という手掛かりだけで問い合わせてもろくな返事がない。市役所じゃこれ以上は望めない。神戸の興信所に頼んだ」

「木村健蔵……」

父親を養子に迎えてくれた神戸の人間であるが、由梨子はこれまで木村とだけ耳にしていて名の方は初耳である。

「おふくろの住所録や手紙類を調べた。名と住所だけなんで、その人が本当に親父の養父かどうか分からんが、神戸で木村となればまず間違いないはずだ。親父の名前の健介とも共通する。戦後間もなくの住居表示だから今とはまるで別だが、六甲山《ろっこうさん》の近くのようだな」

「その住所録にスイスのハルダーは見付からなかった？」

「ない。おまえを除いて全部日本のものばかりだ。親父の住所録を捜して見たが、そっちはどこにも……おふくろがとっくに処分しちまったんだろう」

「お父さんが残さなかったのよ。それがあれば必ず母さんが大事にしたと思う」

「そうか。かも知れん」

「完全にオランダの肉親とは縁を切ったのね」

「その前に家族が死に絶えていたことだって……戦争中だったんだ」

「家にあったお父さんの絵……兄貴は知らない？　母さんの寝室にあったやつ」

「この前も言ってたな。ミレーの模写か。いや、俺は知らんよ」

「前はそんなだと思わなかったけど、今考えると達者な腕。あったらきちんと修復してみたいの」

「そんなに上手いのか」

「私の記憶ではね。外国だと模写でもそれなりに評価されるけど日本じゃ贋物扱いでしょ。それで母さんが片付けたのかしらね」

「片付けたんならどこかから出て来るだろう。あれから一度東京に出掛けて整理をしたが、見ていない。だれかにあげたのかも」

「だれに？」

「知らんよ。おふくろの付き合いはあれで結構広かった。ミレーなんてのを欲しがるのは年寄りに決まってる。短歌の会とかの仲間じゃないのか」

「お父さんの形見よ。あげるなんて……」

「せまい家だ。あれば見付かる」

「信じられない。天井裏は捜した？」

「おいおい、本気か」

　正樹は呆れた。

「手放すわけがないもの。それに寝室に飾ってあったんだから人の目に触れるはずもない。欲しいとせがむ人間なんて居ないわよ」

「そりゃそうだがね……他に考えようがないだろうさ。ないものはないんだ」

「盗まれたのと違う？」

「なにを言ってるんだ」

　正樹は声を上げて笑った。

「本物と勘違いしてか。第一、盗まれたとしたらおふくろが騒ぎ出す。仙台にも必ず電話してきたさ。俺は聞いてない」

「あの日のことなら？」

「あの日？」

「母さんが亡くなった日のこと」

「………」

「その日に盗まれたものなら、母さんも兄貴にそれを伝えられやしない」

「やっぱり殺されたんじゃないかと疑っているのか？」

正樹は辛そうな口調で問い質した。

「なにを吹き込まれているか知らんが、俺には信じられんね。おふくろは静かに暮らしていた年寄りだ。警察も簡単に自殺と断定した。日本の警察はそれほど間抜けじゃない」

「ゴッホのことを知らないからだわ。スイスのハルダーという人間と母さんがなにか関わっていたのは疑いない。兄貴がのんびりしてるのも無縁で居られるから」

「なんのために盗む？」

「え？」

「親父の絵だよ。仮におまえの話にわずかなりとも信憑性《しんぴょうせい》があったとしてもだな、親父の絵とどう繋がるんだ。あの絵の裏側に宝の隠し場所でも書いた地図でもあったか」

「そんなこと分からない」

「何度も言うようだが、三十年近い年月が過ぎている。なんでいまさら……俺が親父のことを調べる気になったのは、おふくろの死を疑ってのことじゃない。俺自身が親父と吹っ切れたいと思ってのことだ。たとえ戦争中に親父がオランダでなにをしていようと、きちんと知っておきたい。それだけだ」

「でも、母さんに自殺の理由はなかった」

「俺もそう思いたいが……人の心は分からん。遺書がないだけで決め付けはできない。他人から見ればしょうもない理由で自殺する人間がいくらでも居る」

「兄貴は他人なわけ？」

「詰まらんことを言うな。俺にも責任があることだが、おふくろはたった一人で暮らしていたんだぞ。どんな寂しさを抱えていたかだれにも分からない。残酷な言葉に聞こえるか知れんが、おまえもおふくろに対して後ろめたさを感じているんじゃないのか。だから自殺とは認めたくない。違うか？」

「違うわ」

思わず由梨子は声高《こわだか》となった。

「母さんは私が帰るのを楽しみにしてた」

「そいつが延期になった」

「……………」

「ほんのちょっとしたことで気が滅入る。もちろん、おまえのせいとは思っていない」

「私が全部悪いのね」

由梨子の目からどっと涙が溢《あふ》れた。

「私が母さんを残してこっちへ来たから」

「泣いてるのか……」

「泣いてなんかいないわよ」

由梨子は受話器を遠ざけて嗚咽《おえつ》した。

「日本には戻って来れないのか？」

正樹は声を沈ませて、

「仕事のことは承知してるが、暮らしだけのことならなんとかなる。二人きりの兄妹じゃないか。考えてくれ」

「仕事だけが今の私の支えなの」

「…………」

「ありがとう。もう少し落ち着いたら、それも考えてみる。義姉さんにもよろしくね」

「興信所の調査は半月くらいかかるらしい」

「分かった」

「また来週は東京に出掛ける用事がある。天井裏でも捜して見るか」

由梨子は笑って電話を切った。兄の言葉に他意がないのは分かっている。しかし、辛さはしばらく治まらなかった。

〈本当に……〉

自分の後ろめたさが母の自殺を否定することに繋がっているのだろうか。母はいつも電話口で元気にしていた。寂しいだろうとは思いつつも、それで申し訳なさを頭から追いやっていたのである。帰国の延期を伝えたときだって、母はむしろ大きな修復の仕事が舞い込んだことを喜んでくれていた。けれど……内心ではがっかりしていたのかも知れない。

由梨子はベッドから出てワインを片手に居間のソファに腰掛けた。

冷えた白ワインが渇いた喉を潤す。

〈絶対に違う〉

母親の寂しさを見抜けないほど馬鹿ではない。由梨子は自分に言い聞かせた。後ろめたさを感じているのは反対に兄の方だろう。だから簡単に他殺説を受け入れる気になれないのだ。殺されたとなれば死の責任が薄れる。兄はそれが嫌なのだ。母の死と真正面から向き合うつもりになっている。

〈なにかとんでもないことが起きているのよ〉

兄はそれを少しも知らないでいる。

〈感情の問題なんかじゃないわ〉

ワイングラスに手を伸ばした瞬間、電話の呼び出し音が鳴り響《ひび》いた。寝室と違って居間のベルの音は高くしてある。由梨子はグラスを倒すところだった。

また兄からのものだろう。

受話器を取るとマーゴの声が聞こえた。

「ごめん、もう寝てた？」

「まだ。ワインを一人で飲んでたとこ」

「そっちに行っていい？」

「いいけど……なにか起きたの？」

不吉な予感に由梨子の胸が騒いだ。マーゴのいつもの様子とは違う。

「たった今、アイントホーヘンの警察から電話があったの」

「アイントホーヘン？」

「シュワルツが行方不明なんだって」

「どういうこと！」

「私もよく分からない。でも……状況を聞いた感じだと殺された可能性も……」

「まさか」

「起きててね。直ぐに出る」

マーゴは慌ただしく電話を切った。由梨子は落ち着かなくなった。マーゴの今の説明ではなんにも分からない。もう少し詳しく教えてくれればこれほど不安にはならない。よほどマーゴも動転していたに違いない。

マーゴは三十分ほどで到着した。真夜中なので道も空いている。マーゴはソファに腰を下ろしてしばらく無言だった。由梨子の差し出したワインをするすると飲み干す。

「どんな電話だったの？」

「アイントホーヘン郊外の森の中でシュワルツの車が発見されたそうなの。夕方にね」

「それなのに、さっきまでシュワルツが見付からないということね」

そうそう、とマーゴは頷いて、

「深い森らしいわ。今夜はもう捜索を諦めたみたい。警察も焦って私のアパートへ何度か電話したそうだけど、私が戻ったのは真夜中だったから……びっくりした」

「どうして？　オルセーの方に居たんでしょ。連絡は簡単なのに」

「警察は私がオルセーの人間だと知らないもの。知っているのは私の住所だけ」

「………」

筋道が読めずに由梨子は戸惑った。

「その車のダッシュボードの中に私の住所と名前を書いたメモが入っていたというわけ。言ったでしょ。今日の昼にシュワルツから連絡があったと。そのときにコピーを郵送する住所を教えたわ。オルセーにすればよかったんだけど、なんとなく自宅の方を……」

「だから連絡が付かなかったんだ」

「警察も私と連絡が取れるまで、行方不明になっているのがだれなのか分からなくて苛立っていた。車は盗難車で、手掛かりになるようなものがいっさいなかったようなの」

「だったら、どうして行方不明だと？」

「座席が血塗《ちまみ》れになっていたそうよ」

ざわざわと由梨子は寒気を覚えた。

「殺されてどこかに埋められているんじゃないかと警察は見ている。どういう関係なのかとしつこく聞かれて……怖かった」

「疑っているわけ？」

「オルセーの職員で、今日は朝から美術館に居たと答えたら急に態度が変わったけどね。最初はそうだったかも知れない」

マーゴも震えを抑えていた。

「でも、なんだってシュワルツが……」

「私にも分からないわよ。まだ死体が発見されていないから、殺されたのが本当にシュワルツなのかもはっきりしない。反対にシュワルツがだれかを殺した可能性もある。車がシュワルツの乗っていたものと定まっただけ」

「そうか、そうよね」

「パリに逃げて来たらどうしよう。それを考えたら恐ろしくなって電話したの。あいつは私のアパートを知っている。あいつの異常な感じ、ユリコにも分かるでしょ」

「まさかとは思うけど……」

「しばらくはここに居させて。こんなことはじめてだわ。もし例の雑誌の売買がこじれてのことなら私にも責任がある」

「マーゴに責任なんてないわ。考え過ぎよ。だいたい雑誌程度のことで殺人なんかが起きるわけがない。殺されたとしたら別の理由に決まってる。たまたま重なっただけ」

「そうかしら」

マーゴに安堵の色が広がった。

「あるいは大金を手にできそうだと悪い仲間にでも吹聴したのかもね。どっちにしろシュワルツがパリにやって来るなんて考えられない。ここに居るのはかまわないけど、マーゴの深読みよ。コピーをくれると言ったのはシュワルツの方からでしょ」

「なるほど……言えてる」

マーゴはほっと吐息した。

「でも……盗難車だなんて」

由梨子は何度も首を横に振って、

「連絡先が曖昧《あいまい》だったのもそれでなんとなく分かる。まともな人間じゃなかったんだ」

「信じられないわよ、まったく」

マーゴはがっくりと肩を落とした。

「だったら、あの雑誌はどうなるわけ？」

マーゴは溜め息とともにワインを飲んだ。

第三章　殺　人

1

二日後の夕方に由梨子はマーゴからの電話を受けた。シュワルツが怖いのでしばらく泊めてくれと言ったのに、一夜明けたら杞憂《きゆう》に過ぎないと思ったらしく、自分のアパートへ引き返したのである。

「届いたわよ！」

マーゴは興奮していた。

「例の雑誌のコピー？」

「そう。びっくりした。無理だと諦めていたもの。たった今オルセーから戻ったばかり。シュワルツが約束を守ってくれていたのよ。信じられる？　あいつ、思っていたより善人だったみたい。疑って悪いことをした」

マーゴの喜びはコピーが入手できた以上にシュワルツの恐怖から解放されたことの方が大きそうだった。シュワルツの行方は依然として突き止められていない。

「そうなると……やっぱり殺されたのはシュワルツということかしら」

「私もそう思う」

マーゴも同意して、

「無料でコピーをくれるような人間が殺人者だなんて考えられない。なんで殺されたか知らないけど、可哀相なことをしたわね」

「それで、コピーは見た？」

「封を切っただけ。間違いない。わざと見ていないの。この感激はユリコと分かち合いたいじゃないの。食事はまだなんでしょ。今夜はル・レジャンスにでも行く？」

「ずいぶん張り切ってるのね」

由梨子は笑った。ル・レジャンスはシャンゼリゼのホテルの中に入っている高級レストランで、近頃はトゥール・ダルジャンに引けを取らない名声を得ている。

「ご馳走するわよ。雑誌を買い取ったと思えば食事代なんて軽い、軽い」

「そんなお店でコピーを広げて見るなんてできないでしょ。もっと気軽なとこにしようよ」

「だったら……少しうるさいけどシャルティエはどう？　あそこならオルセーの顔が利く」

「うるさ過ぎない？」

オペラ座近くにあるパリ一有名な大衆レストランだ。創業してから百年以上は経っている。内装も当時のままなので観光客にも人気があって、いつも人でごった返している。開店当初は貧乏画家の溜まり場だったそうで、食事代の代わりに持ち込んだ絵が今も壁に飾られている。だから美術サロンの趣《おもむき》もある。

「じゃあユリコが決めて」

「いいわ、シャルティエで。ラムステーキとエスカルゴが食べたくなった」

それが自慢の店である。

「直ぐに出られる？　予約するから」

「途中でマーゴを拾って行こうか？」

「タクシーで来るつもり？　駄目よ。モンマルトルの駅まで地下鉄で来なさい。そっちがずっと早い」

「豪勢なディナーじゃなかった？」

由梨子はくすくす笑った。


慌てて支度をして、タイミング良く地下鉄に飛び乗ったが、やはりオペラ座周辺となると結構遠い。由梨子がシャルティエに着いたのは八時近かった。中に入ると笑いが大方のざわめきに包まれた。高い天井と店の広さが喧噪《けんそう》を増幅している。だが、この雰囲気は嫌いではない。こちらの気分も陽気になる。浅草のビアホールの賑々《にぎにぎ》しさを思い出す。

マーゴはとっくに来ていて、奥の席で手を振った。テーブルを掻き分けるようにして由梨子は向かった。さまざまな食べ物の匂いが食欲を刺激する。

「ロベールも誘ったわ。あと三十分もしたら来ると思う。今夜は残業してるの」

「おなかペコペコ。昼にうどんを拵《こしら》えて食べたきり」

由梨子の目はメニューに注がれた。マーゴはチーズとサーモンで白ワインを飲んでいる。

「なんでも注文して。今夜は私の生涯で一番大切な夜になりそうよ。この中からなにが飛び出すか、我慢するのが大変だった」

「無理しないで見ればよかったのに」

「せっかくそう決めたんじゃない。早く注文しなさい。もう限界」

マーゴはギャルソンを呼んだ。由梨子はとりあえずエスカルゴと季節のサラダを頼んだ。マーゴがテリーヌを何種類か追加する。

「とにかく乾杯。信じられない僥倖《ぎょうこう》に」

マーゴは白ワインを注いで微笑んだ。

「資料を前にしてこんなに興奮するなんてはじめて。絶対に凄い発見がある。私の勘よ」

「マーゴの熱意が神さまに通じたんだわ」

由梨子はワインを口にした。冷えた白ワインの爽《さわ》やかな甘みが喉に心地好い。

「さてと……いよいよその瞬間」

マーゴは大きな封筒から厚いコピーを丁寧に取り出してテーブルに置いた。ゴッホのものらしい作品がいきなり目についた。綺麗なカラーコピーである。マーゴも思わずにこにことして見入った。

「ヌエネンの景色ね。水車小屋の近く」

「見たことがあるの？」

「とんでもない。新発見よ」

マーゴは自分のもののように胸を張った。

「この一枚を発表するだけでも大騒ぎになる。なんだか心臓がどきどきしてきた」

マーゴはコピーに指を伸ばした。その指が顔の余裕とはうらはらに震えている。

二枚目のコピーには三点が掲載されていた。マーゴは顔を近付けて点検した。農民の貧しくも生き生きとした暮らしが描かれている。

「全部見たことのないものばかり。なんだか眩暈《めまい》がしてきた。どうしてこれが発表されたときに世界に伝わらなかったんだろ」

マーゴは大きな溜め息を吐いた。思い付いたようにバッグから紙を取り出す。由梨子が提供したリストだった。マーゴはコピーの作品名と照らし合わせた。

「どんぴしゃり。これで確定した。リストの方に全部ある。この論文に使われている作品はすべてナチスが押収したものね」

マーゴに由梨子も頷いた。エスカルゴとサラダが運ばれて来た。由梨子は脇に置いたままコピーを捲《めく》った。現われたのは人物画だった。今までの風景画に比較して線が粗い。けれどゴッホの特徴がよく示されている絵でもあった。人物の背後の眩《まぶ》しいほどの青空に白い雲が流れている。この明るさはまさしくゴッホにしか描けないものだ。それに黄金色に輝く麦畑。季節は真夏であろう。重苦しい冬枯れのような風景画を続けて見たあとだけに印象が際立つ。人物の白いスーツも清々《すがすが》しい。

が――

そう感じたのは最初ばかりだった。

しばらく眺めていると、どこか禍々《まがまが》しい寒気が由梨子を包みはじめた。

〈この雨雲と烏《からす》のせいね……〉

麦畑の黄金色に隠されて最初は気付かなかったが、人物の後ろに夥《おびただ》しい烏が舞っている。そして、青空の真上に、まるで黒いカーテンでも下りてきそうに雨雲が広がりかけている。

あらためて見詰めると人物の顔に浮かんだ笑いは冷たく凍《こお》り付いていた。無理に拵えた笑いとしか思えない。

〈これは……幸福な絵じゃないわ〉

思わず由梨子はマーゴに目を動かした。マーゴも由梨子の存在を忘れたように凝視《ぎょうし》している。怖いくらいに真面目な横顔だった。由梨子はワインを口にして気持ちを鎮《しず》めた。

マーゴの緊張が伝わって落ち着かない。

やがてマーゴも吐息を一つして椅子にゆっくりと腰を沈めた。

「なんだか怖い絵ね。狂気とも違う。絵を描いているゴッホと睨み合っているような顔」

「これよ、この絵だわ」

「なにが？」

「下の部分に日付が入っている」

え、と由梨子は声にして目を戻した。麦畑の黄金色に隠されていたが、確かに記載されている。由梨子はその日付を読んだ。

「１８９０・７・27」

口にしながら由梨子は鳥肌の立つのを覚えた。ゴッホが自殺を決行した、その日である。

「それなら……この男が？」

「ええ。ゴッホが恐らく最後に会った人物」

マーゴは言ってコピーを裏返しにした。何種類かのテリーヌの皿盛りが運ばれてきたからだ。

マーゴは赤ワインを追加した。

「ガッシェ博士でしょ。口髭《くちひげ》が似てる」

由梨子はガッシェを描いた肖像画を思い出しながら訊ねた。それならマーゴの想像していた通りの人間である。娘のマルグリットのことで諍《いさか》いが二人に生じ、それが拳銃での喧嘩に発展したのではないかとマーゴは推察していた。恩人でもある上に、自分の恥ともなるのでゴッホはその事実をひた隠し、自殺だと言い張って死んだのではないかというのである。その場にはマルグリットも居合わせたのかも知れない。これがガッシェの肖像だとしたら、マーゴの仮説は見事に証明されたことになるのだ。

なのに、マーゴの表情は暗かった。

「ガッシェよ。そっくりだもの」

慎重なマーゴに由梨子は請《う》け合った。落ち窪《くぼ》んで、とろんと垂れている大きな目玉にも見覚えがある。それにオーヴェールという鄙《ひな》びた農村に、こんな洒落《しゃれ》たスーツを着こなす人間は少ないはずだ。医者のガッシェ以外に思い付かない。

「確かに似ているけどね」

マーゴも認めつつ、

「顎鬚《あごひげ》が違う。ガッシェは唇の下のところに少し蓄《たくわ》えていただけで、顎には生やしていない。ガッシェとは別人よ」

マーゴはカラーコピーをまた表にして示した。短いけれど顎鬚がはっきりと見える。

「だったら、だれなの？」

由梨子は胸の高鳴りを抑えて質した。

「ここで断言はできない。この時代の紳士たちはおなじように髭を生やしていたからなかなか見分けがつかないのよ。ロートレックの顔にも似てるじゃないの」

「ロートレック！」

「たとえばの話。彼じゃないわ。体のバランスが違う。第一、どこを捜したってロートレックとゴッホの間に殺人まで発展するような動機なんてないわ」

「びっくりさせないで」

「でも、間違いなく私はこの男を知っている。何度も見た顔。なのに、どうしても思い出せない。なんでだろ」

マーゴは眉間に皺を寄せた。

「オーヴェールの住人？」

それにマーゴは首を横に振った。

「どこからかゴッホを訪ねて来たわけ？」

「住人じゃなければそういうことね」

「偶然に会った相手ではないわよね？」

「もちろんよ。ゴッホの筆は速かったけど、ここまで描き込むには最低でも一時間はかかる。その間、互いに無言でいるはずがないわ。他人だったとしても、ゴッホの自殺のニュースを耳にすれば必ず名乗り出る。事件に関わりがある知人だからこそ、その場から消えたとしか考えられないでしょ」

「しかも相当に親しかったのかも」

「どうして？」

逆にマーゴが訊き返した。

「下宿先か村のだれかにゴッホの居場所や道順を訊ねたら、客があったと言い伝えられていそうなものじゃない。この人物ははじめからゴッホが麦畑に写生に出掛けていると知っていて真っ直ぐ向かったんだと思う」

「有り得る」

マーゴは大きく頷いた。

「その日、晴れていれば麦畑の方に行っているとでもゴッホが知らせておいたのね」

「ユリコも名探偵だわ」

マーゴは喜んで、

「ゴッホは手紙マニアだったから十分に考えられる。麦畑は内密の話をする場所としても最適。ゴッホが呼び寄せた可能性もある」

「としたら、だれ？」

畳《たた》み掛けた由梨子にマーゴは詰まった。

「混乱してるの」

マーゴは由梨子を制してワインを一気に飲み干した。

「いいこと、この男はゴッホに拳銃を突き付けた人間かも知れない。それならゴッホを殺すに足る動機も持っているはずよね。でも、今の私にはガッシェ親子以外にそういう人間が一人も思い当たらない。そこが問題なの」

「………」

「なにがなんだか分からなくなってきた。これからオルセーに立ち寄ってゴッホと関わっていた人間全部の顔写真と照合することは簡単。私には見覚えがあるんだから、直ぐに特定できるような気がする。でも……その男がどうしてゴッホを殺したかとなると、正直言ってさっぱりだわ。私たちに知られていない動機があるとしか言えない。けど……それなら私にどんな論文が書けると思って？　この作品の存在だけじゃ無理よ。私はずっとガッシェに違いないと思い込んでいたんだもの」

マーゴは苛立ちを隠さずに言った。

「こんな結果になるなんて……だれなの、こいつ？　ゴッホとなにがあったの？」

「落ち着きなさいよ」

由梨子は微笑んで、

「正体が分からないからマーゴも戸惑っているだけ。分かれば動機だって見付けられる」

「そうだ、忘れてた」

マーゴはコピーを慌てて捲った。ここにはゴッホが殺された可能性について論じている文章もある。カラーコピーはその仮説の補足に過ぎない。

「あった」

マーゴは論文のコピーを手に取って読みはじめた。途中で眼鏡をかける。ドイツ語をほとんど読めない由梨子も脇から覗き込んだ。マーゴはよほど気が急いているのか、結論部分を捜した。ゴッホと最後に会った人物がだれなのか気になるのだろう。

「やっぱり未完の論文」

マーゴは舌打ちした。

「それで仮説が広まらなかった理由が分かる。論証のない仮説なんて、どんなにユニークでも研究者は認めない。素人の思い付きに過ぎない。雑誌が潰れたわけじゃないんだから、論証の段階で行き詰まったのね。時間を置いているうちに戦争が終わって論文も半端になったのよ」

「じゃあ……この著者もさっきの男がだれなのか分かっていないというわけ？」

「ここのところを見て」

マーゴは指で数行を示した。と言われても由梨子には理解できない。

「新発見の作品群はすべてがテオのコレクションだったと書いてある」

「…………」

「当たり前の話よ」

マーゴは笑った。

「生前にゴッホの絵はたった一点しか商売にならなかったんだから、残りは全部弟のテオの手元にあったことになる。このマコト・ハルダーって人間は本当にゴッホのこと分かっていたのかしらね。興味もないのにナチスに命じられて仮説に取り組んだだけかも」

「それほど単純な意味？」

由梨子は首を傾げて、

「商売にはならなくてもゴッホはたくさんの人間に作品をあげたんでしょ。現にガッシェ博士もずいぶん貰っていたみたいだし……ヌエネン時代の作品の大半が未発見ということも、ゴッホ自身が気前よくばらまいたせいだとマーゴが言っていたじゃないの。たとえ貰ったものでもコレクションには変わりがない。ガッシェのところから出てくれればガッシェ・コレクションと呼ぶはずだわ」

「なにが言いたいの？」

マーゴは当惑を浮かべた。

「テオのコレクションという言い方は少し不自然じゃないかしら。彼は兄弟とは言え画商のわけでしょ。それは在庫であってコレクションとは言わない。それに、この論文が発表された時点ではとっくにテオも死んでいる。確かに一度はテオの手元にあった物かも知れないけれど、それを単純にテオと結び付けるとは思えない。その時点で所有していた人物のコレクションと命名する」

「だったら……偶然ゴッホの弟とおなじ名前の人物が持っていたということ？　まぁ、これはオランダからの押収物なんだから、それも有り得るか。テオは珍しい名前でもない」

「そういう意味でもないけどな」

由梨子は苦笑いした。

「私の言ったのは、テオが商売にはするつもりがなくて、特別に隠し持っていたコレクションじゃなかったかということ」

「そんなの、あるわけがないじゃないの」

マーゴは声を上げて笑った。

「テオはゴッホが死んで一年もしないうちに後を追うようにして亡くなっているのよ。その間、テオは兄の才能を世間に認めさせようと必死だった。手元にある全作品を並べる回顧展《かいこてん》まで計画している。結局それは実現せずに終わったけどね。そこまで考えていたテオに、別のコレクションがあったとは思えない」

「そうなの……」

専門家のマーゴに断定されれば由梨子も頷くしかなかった。

「仮にそれがあったとしても……妻のヨハンナが公開したに違いないわ。ヨハンナはゴッホと夫であるテオの認知に一生を捧げた。よほどの遺言でもない限り、発表したと思うの。隠し通すような女性じゃない」

「でも——」

由梨子は反論に回った。

「ヨハンナも知らない場所に隠していたとしたらどうなの？　それを告白する前にテオが死んでしまったとは考えられない？」

「なぜテオが隠すのよ」

マーゴは珍しく不快そうな顔をした。

「分からない。でも、私にはどうしてもテオのコレクションという言い方が気になる」

さすがに由梨子の口調も弱まった。ここでマーゴと言い合いをしても仕方がない。

「ヌエネン時代の作品がテオには納得がいかなかったということ？」

マーゴの方も少しは折れてカラーコピーに目を戻した。丹念に風景画を見詰める。

「まぁ、その気持ちも分からないわけじゃないけどさ。パリ時代以降の画風とはまるで違う。テオは印象派の作風が好みのようだったから、内心ではオランダ時代の作品を認めていなかったのかも知れない。兄のことだから手紙などでは持ち上げていただけでね。こういう作品が同時に公開されればゴッホの力量を疑われると心配した可能性はある」

それに由梨子も頷いた。

「これはヌエネンの牧師館辺りに残されていた作品だったかも。テオがゴッホの死後に見付けて、わざとパリに持ち帰らなかったとも考えられるわね。パリの自宅には傑作が腐るほどあったんだから、テオが興味を持たなかったとしても不思議じゃない。父親もそのときはとっくに亡くなっているし……それで知人のだれかに預けたということも……」

「きっとそうよ。だからテオのコレクションということで伝わったんだわ」

「だったら、これはどう説明するわけ？」

マーゴは例の人物画を抜き出した。

「これはオーヴェール時代の作品。ヌエネン時代のものと一緒に葬《ほうむ》り去る理由はない」

「なにか別の事情があるのね」

応じたものの由梨子にも見当がつかない。第一、この作品をテオはどこで手に入れたのだろうか。

「それはゴッホからに決まっているじゃない」

その疑問をマーゴは一蹴《いっしゅう》した。

「テオは自殺の知らせを受けて直ぐに駆け付けている。死ぬまでの間の一日ほどを付き添っているのよ。そのときに預けられたと考える他にない。あるいは遺品の整理をしている最中に見付けたか……いずれにしろテオの手元に残されたと見るのが一番自然だわ」

「テオはこの作品の意味するものがなにか分かっていたのかしらね」

「ゴッホを殺した犯人の肖像かも知れないってこと？」

「ええ」

「知っていたら告発していたでしょうよ。兄を殺した犯人を庇《かば》う理由はない。テオは兄が自殺だと信じ込んでいた。この作品も、ただの肖像画としか思っていなかったはず」

「なぜ隠したの？」

「なに？」

マーゴは怪訝な顔をした。

「ただの肖像画なら隠す必要はない。兄の最後の作品なのよ。ある意味では記念だわ。売る気にはなれなくても、回顧展の目玉にはできる。それが当然の考えでしょ」

うーん、とマーゴは唸った。

「となると……どうなるわけ？」

マーゴは苛立った様子で、

「ユリコの言う通り、ただの肖像画と見ていたら回顧展の軸《じく》に据《す》えようとする。隠すはずがない。だったらテオはここに描かれた人物を世間に知らせたくなかったことになる。とすると当然、殺人の可能性もテオは承知だったことに……そんなの有り得ないわよ」

マーゴは激しく首を横に振った。

「実の兄を殺した犯人を庇おうとするなんて。二人はかけがえのない兄弟だったわ。だれよりもテオは兄が大事。どんな事情があろうとテオなら犯人を許さない」

「死ぬ直前のゴッホの頼みだったとしても?」

「もちろん。テオは怒りに震えたはず」

「テオには似てない?」

由梨子はまさかと思いながらも質した。

「なにが?」

「この肖像画」

マーゴはきょとんとした。

「だって、そうなれば私にはテオとしか思えなくなったわ。別の人物なら、たとえだれであろうとテオは告発する。そういうことなんでしょ?」

「なに言ってるのよ! これがテオだなんて、それこそ荒唐無稽《こうとうむけい》だわ」

だが——

しげしげと人物画を見詰めたマーゴの表情は強張《こわば》った。目を近付けて確認する。マーゴの唇は小さく震えていた。

「どうなの？」

由梨子にもその緊張が移る。

「かも……知れない」

マーゴの目には恐怖が見られた。

「この顎鬚……テオにそっくり」

「じゃあ、自殺直前にゴッホと会ったのはテオだったということになるのね」

「そんな馬鹿なことがあるわきゃないわよ」

頑《がん》としてマーゴは否定した。

「テオはパリに居た。電報で自殺を知らされてオーヴェールに駆け付けた。他人の空似《そらに》よ。この男がテオであるはずがない」

「テオの到着には時間がかかったと読んだ記憶がある。テオの居所がしばらく摑《つか》めなかったんじゃなかった？」

由梨子の言葉にマーゴは耳を塞《ふさ》ごうとした。信じたくないのだろう。

「自分の肖像画ならテオも必死で隠そうとする。殺人の証拠品なんだもの」

由梨子は言いながら身震いを覚えた。

2

落ち着かない食事となった。自殺直前にゴッホと会った人物が弟のテオではなかったのかという疑念が生じたせいである。その場には資料がなに一つないので、それ以上の追究がままならない。ロベールが遅れて現われたのだが、マーゴはシュワルツからのコピーをバッグにしまい込んでロベールには見せようとしなかった。専門が異なるとは言え二人はおなじ近代美術の研究者である。世界を仰天させる資料を簡単に披瀝《ひれき》したくはないのだろう。それで由梨子もゴッホの話題を避けた。なにも知らないロベールも、時計に何度も目をやって帰りたそうにするマーゴに気付いて、やがて不機嫌になった。誘われたのはロベールの方なのだから当たり前だ。一刻も早くアパートに戻ってテオのことを調べたいマーゴの気持ちも分からないではなかったが、ワインの追加を頼もうとしたロベールに、私はもう飲まない、と一蹴したのはいただけない。

祝いの食事だったはずなのに、最後は気まずい感じで解散となった。

仲のいい二人と見ていただけに由梨子はなんとなく気が塞いだ。地下鉄で帰る気がしなくてタクシーに乗った。アパートに着いて部屋のドアを開けたと同時に、小さく鳴っていた電話の呼び出し音が静まった。きっとマーゴかロベールからのものだろう。

〈まぁ……当然か〉

由梨子はソファに腰を下ろしてたばこに火をつけながら一人頷いた。

まだなんの確証もない仮説だ。そして、あまりにもショッキングな仮説でもある。なにごとにも慎重なマーゴがロベールに口にするわけがない。単純に手柄を横取りされると案じてのことではなかったはずである。

〈それにしても……〉

たばこを深く喫《す》い込んで由梨子はぼんやりと天井《てんじょう》を見上げた。

〈テオだなんて〉

今頃マーゴはゴッホの研究書や書簡集を必死になって調べているに違いない。しかし、それで仮説を証明する手掛かりを得られるとは思えない。ゴッホの研究にはそれこそ何百人もが取り組んできている。なのにだれ一人としてテオに疑いの目を向けていない。不審を招く些細《ささい》な言動もテオにはないということだろう。既存の資料からなにかを発見することはむずかしい。

〈テオはあの日どうしていたんだっけ〉

由梨子は思い出してソファから立った。だいぶ遅れてオーヴェールに駆け付けたという記述を読んだ記憶があるのだが、その理由がなんであったか忘れてしまっている。由梨子はとなりの仕事場の机に重ねている本の山からゴッホの研究書を二冊捜し出して戻ると、日本茶を飲むための湯を沸《わ》かしにかかった。今夜は興奮してなかなか眠れそうにない。湯が沸くまでの間にパジャマに着替える。化粧も落としてしまいたかったが、テオのことの方が気になった。ティー用のガラスポットに日本茶を入れて温《ぬる》めの湯を注ぐ。薄い青磁《せいじ》の茶碗とポットをテーブルに運んでしばらく待つと清々しい日本茶の香りが広がった。心の問題だろうが、フランスで飲む日本茶が由梨子には一番美味しく感じられる。このお茶は母が送ってくれた玉露《ぎょくろ》だ。母がいろんなところで自分を支えてくれていたことにあらためて気付いた。母が居たからこそパリでの一人暮らしにも耐えてこられたような気がする。

仄《ほの》かに甘い玉露を舌で転がして少し楽しんでから由梨子は本を手にした。原書ではない。書店で見付けた日本語の翻訳書である。翻訳されていないものはもちろん原書を購入するが、ゴッホくらいになるとこのフランスでも翻訳書が簡単に手に入る。

その部分は直ぐに見付けることができた。

あれ、と由梨子は思った。

これまでなんの奇妙さも感じなかったのに、テオが怪しいと思って読み進めると、本当におかしい。そもそもテオにはアリバイがないのである。四六時中テオと一緒だった妻のヨハンナと子供は、ゴッホが自殺を決行する一週間も前からオランダに出掛けていて、テオはパリに一人で居残っていた。七月二十七日の行動はまるで分かっていない。無関係だから調べる必要がないと研究者は笑うかも知れないが、テオ自身がなにか言い残していてもよさそうに思える。テオにとって兄のゴッホはかけがえのない存在だったはずである。その兄が自殺を決意したとき、自分はなにも知らずにパリで呑気に食事をしていたとか、日本人ならその程度のことはきっと口にする。口にしていれば必ずだれかが記録しただろう。妻のヨハンナだって間違いなく訊ねたはずだ。兄さんが死のうとしていたとき、あなたはどこでなにをしていたの、と。二人の結び付きが異常に強ければこそ不審を覚える。それとも由梨子の見ている本に記述されていないだけで、テオの行動はきちんと突き止められているのだろうか。この点はマーゴに確かめるしかない。

それにゴッホの態度も気に懸かる。ゴッホは腹部に銃弾を抱えたまま下宿に戻り、家人と顔を合わせたにもかかわらずそれをひた隠して部屋に籠《こも》った。やがて痛みに耐えられなくなったのか、夜になってから告白したのだが、慌てて診察に駆け付けた友人のガッシェ博士に奇妙な応答をする。当然のこととしてガッシェ博士は弟であるテオに連絡を取ろうとしたのに、ゴッホは頑《かたく》なにそれを拒み、住所さえ教えなかったと言うのだ。仕方なく博士はおなじくそこに下宿していた画家からテオの勤務先である画廊の住所を聞き出して知らせた。テオがそれを受け取ったのは翌日である。つまり、ゴッホが拒んだせいでテオへの知らせが遅れたことになっている。この態度が由梨子にはどうにも理解できない。熱に浮かされて住所など口にできる状態ではなかったというなら分かるが、ゴッホは終始冷静でパイプまでふかしていたというのだからゴッホの判断に違いない。死ぬほどの傷ではないと甘く見て弟に心配をかけたくなかったという考えもできる。しかし、その判断は医者がするものだ。医者から身内に連絡を取りたいと言われても、なおかつ浅い傷だと思い込む能天気な人間は少ない。ゴッホとて当然覚悟はしていたと思われる。そもそも死ぬ覚悟がなければ、下宿に戻って真っ先に医者を呼ぶよう家人に頼んでいただろう。その覚悟の上であればゴッホはだれよりもテオに会いたいと願ったのではないか？　それまでの経緯から見てもそれが自然である。生活の面倒を見てくれたことへの礼や詫《わ》びを言い残したかったはずなのだ。なのに会いたがらない。

〈変だわ……〉

自分をゴッホに置き換えても理解できない。テオに対して申し訳ないと思えば思うほど、それをきちんと伝えて死にたいと自分なら考える。それがけじめというものだ。どうしても顔を合わせられないと思ったときは、せめて心情を綴《つづ》った書き置きを残す。ゴッホにはその時間と体力が残っていた。それさえもゴッホは試みていないのだ。たとえ発作的な自殺だったとしても、ゴッホはその夜しっかりと意識を保っていたのだから考える時間がたくさんあったはずなのだ。

会いたくもないし、礼も言いたくない、という思いが真実だったのではないか？　だから咄嗟に拒否反応となって表われたと見るのが正しいような気がする。テオへの感謝の気持ちがあったなら、どんな状況でもゴッホは住所をあっさりと口にしたに違いない。

〈どういうことなんだろう……〉

由梨子の胸は騒いだ。なぜ研究者のだれもがこのゴッホの不可解な態度に首を傾げなかったのか、その方が不思議でならない。結局翌日の午後にはテオも駆け付けて死に目には間に合ったわけだし、二人はそれからおよそ半日を親密に過ごした。だから前夜のゴッホの言動は単なる気紛れとしか解釈されていないのだろうが、もしテオが臨終に間に合わなかったとしたらどうだろう。ゴッホの心理の解明に多くの研究者が興味をそそられたはずである。死を目前にして会いたくないと拒む裏側には必ず明瞭な理由が隠されている。気紛れなどでは有り得ない。

溜め息を一つ吐いて由梨子はまた湯を沸かした。本を読み返しつつ沸くのを待つ。ポットに湯を注いでソファに座り直したところに電話が鳴った。マーゴだった。

「ロベールには悪いことしちゃったわね」

マーゴに由梨子も苦笑した。

「ロベールって、くだらない冗談ばかり。そんな気分じゃなかったのよ」

「私もいまゴッホの本を読んでいたんだけど」

由梨子はテオのアリバイが不明瞭なこととゴッホがテオとの対面を拒んだことを挙げてマーゴに意見を求めた。

「確かにね。テオが怪しいという目で見直せば大いに気になるところではあるわ」

マーゴも認めた。

「住所を教えなかったことについて、研究者たちはどう考えているの？」

「別に。当然のこととして受け入れていた」

「なにが当然なの？」

「それこそ先入観ね。ゴッホの死は自殺以外に有り得ないのだから、たとえ不可解な言動でも、それ以上の裏などあるわけがないとだれもが思ってきた。たとえば自殺寸前のゴッホに、皆が思っているほど狂気はなかったと主張しているマルク・エド・トラルボーだって、そこはあっさりと片付けている。住所を訊ねたガッシェにゴッホは頑として教えようとはしなかった。当然のことなのだった。どれほどテオを苦しめるか分かっていたので、なんとしても会うのを避けたかったのだ……とまぁ、そんな調子よ。そういう風に断定されてしまうと、だれでも、そうかと納得してしまうじゃないの」

「当然のことなのだった、か」

「そのように解釈するしかなかったのよ。今夜まではね」

「テオとゴッホの仲はどうだったの？　自殺直前のことなんだけど」

気負い込んで由梨子は質した。

「今のところ不仲を示すものはなに一つ見付かっていない。遺書ではないんだけれど、死後にゴッホの身辺から発見されたテオ宛ての書きかけの手紙も愛に溢れている」

「そうなの」

由梨子の口調は少し弱まった。二人の間になにかトラブルがあったのではないかと想像していたのである。

「でも……おかしいの」

マーゴは言って言葉を詰まらせた。

「これまでに何度も読んで、ちっともおかしいとは思わなかった手紙なんだけど……不気味だわ。テオは明らかに嘘をついている」

「嘘？　どんなこと」

「その書きかけの手紙ね……テオは七月二十九日にゴッホの懐《ふとこ》ろから出てきたとわざわざ注記してるのよ。だとしたら、たとえ書きかけでも遺書に等しいものだと思わない？」

「でしょうね。大事に持っていたんでしょ」

「研究者やゴッホファンのだれもがそれを最後の手紙と信じている。そこにはテオの画商としての才能を褒めたたえ、画業にすべてを捧げたゴッホ自身の矜持《きょうじ》と苦悶が同時に見られる。あとでファクシミリで送るわ。読めばきっとユリコも感動する。まさに遺書に相応《ふさわ》しい。理性が半ば壊れてしまった、と自殺を示唆《しさ》する部分もあったりしてね」

「そのどこがおかしいわけ？」

由梨子は首を捻った。

「冒頭の文面よ。ゴッホがおよそ一週間ほど前にテオに出した手紙の冒頭とそっくりなの」

マーゴは、ちょっと待ってと言って電話から離れた。直ぐに戻って本を捲る音がした。

「いい？　二つの手紙を読んでみるね。最初だけだから直ぐ済む。はじめはゴッホの懐ろから発見されたという手紙」

マーゴはゆっくりと読みはじめた。

「親愛な弟。親切な手紙と同封の五十フラン札をありがとう。いろいろたくさんのことを書きたいと思うが、書いてもつまらない感じがする。君は君に好意を持っているあの人たちに会ったろうと思う」

　マーゴは一呼吸置いて続けた。

「親愛な弟。今日は手紙と同封の五十フラン札をありがとう。いろいろたくさんのことを君に書きたいと思っているのだが、第一その気持ちがどこかへ消えてしまったので、書いてもつまらぬ感じがする。君は君に好意を持っているあの人たちに会ったろうと思う」

　マーゴは読み終えた。由梨子は続きを無言で待った。マーゴも無言でいる。

「だから、もう一つの手紙の方は？」

　由梨子は急かした。

「なに言ってるのよ。読んだじゃない」

　マーゴは由梨子の勘違いに気付いて笑った。

「え？」

　由梨子は戸惑った。耳で聞いただけなのでおなじ手紙を二度繰り返したとしか思えなかったのである。ざわざわと鳥肌が立った。

「似てるどころじゃないわ。おなじ手紙よ」

「でしょう」

　マーゴは大きく吐息して、

「一週間ほど前に受け取ったばかりなんだからテオは間違いなく気付いたはずよ。これは遺書なんかじゃない。前の手紙の下書きに違いない、とね。それなのにテオはわざわざゴッホの懐ろから出てきたと注記して、あたかもゴッホの遺書のように見せ掛けている。文中には——ぼくの絵に対してぼくは命をかけ、ぼくはそのために半ば壊れてしまった。それもよい——なんて、まるで死を覚悟したと思われる部分もある。これを読めばたいていの人間が遺書の書きかけと思い込む」

「どういうことかしら……」

「テオに届いた手紙はだれも見ていない。それを幸いにテオはゴッホの机かどこかから捜し出した下書きを、懐ろから見付けたと偽ったとしか考えられないわ。ゴッホの死は間違いなく自殺だったと思わせたかったのよ」

マーゴの断定に由梨子は身震いした。受話器を握る手に汗を感じた。

「その事情をテオの妻のヨハンナは知らない。テオはそれから半年後に死んでしまった。ヨハンナは書簡集を編纂《へんさん》するときに、なんの疑いもなく二つの手紙を並べてしまった。恐らくそれが真相ね。もしテオが長生きしていたら、懐ろから見付けたという手紙の書きかけだけを収録して、七月二十三日付けの手紙は処分したと思う。だって、死後に見付けた手紙は下書きに過ぎないと、だれでも分かるもの。これまで一人も言及しなかったのが不思議なくらい。仮に狂気のせいで一週間前の手紙の冒頭とおなじものを書いたとしても、やっぱり有り得ない」

「証明できるの？」

「ゴッホが本当に書いたとしたら自殺の直前ということになる。二十七日からゴッホは知人にずっと見守られていた。二十八日には当のテオが側に居たのだから、五十フランの礼を書くわけがない。書いた可能性があるのはぎりぎり二十七日の朝まで。すると二十三日から四日しか経っていないわね？」

「ええ」

「テオは定期的にゴッホに生活費を仕送りしていたわけだけど、月に百五十フランを三度に分けて郵送していたの。テオの暮らしが厳しいというより、一度に送ればゴッホが使い切ってしまうんじゃないかと心配していたみたい。書簡集を丁寧に読めば、だいたい十日に一度の割合で届いていたことが確認できる。家具を買ったり、アパートを借りたりするときは特別だけどさ」

「四日の間に次の五十フランが届くなんてことは絶対になかったということね」

「もし届いていたらゴッホは狂喜して、もっと大きな感謝を述べるはずよ。二十日ほど前にパリに出掛けてテオの口から今後は生活を切り詰めなければむずかしいと言い渡されたばかりなんだもの」

「…………」

「テオは五十フランなんか送っていなかった。それだけでもこの書きかけの手紙が自殺の直前のものではないとテオには分かったはずだわ。いくら動転していたって勘違いはしない。だから恐ろしいの。テオはどうして嘘をついたんだろう。テオのイメージが根底から崩れていく。あの絵を見たときより恐ろしい」

　その怖さは由梨子にも伝わった。

「ヨハンナによって発表された書簡集のどこにもゴッホとテオの不仲を裏付けるものは見当たらないけれど……」

　マーゴはそこで口ごもった。

「なにか？」

「あれって……結局ヨハンナの取捨選択がなされているのよね。膨大な書簡集だから全部が完全に収録されていると思いがちだけど、ヨハンナにとって都合の悪いことは省かれている可能性が高い。都合の悪いこととは、すなわち夫であるテオのこと」

思わず由梨子は唸った。

「当たり前のことなのよ。自分の夫の悪い部分なんか世間に知らせたくない。テオは生涯ゴッホの支えだったと思わせたいじゃないの。それを私たちは忘れている。もしテオとゴッホがある時期険悪な状態になっていたとしてもヨハンナが隠した可能性はある。彼女は美談を作り上げたかったの。それを責めることはできない。責められなければならないのは、そういう人間の心理を忘れて書簡集を鵜呑みにした私たちの方だわ。その裏側を読み取る努力に欠けていた」

「なにか見付けたのね」

由梨子は察して先回りした。

「見付けたと言うより、その反対。それこそ自殺直前にテオがゴッホに出したはずの手紙が書簡集には見当たらないの」

「テオの手紙？」

「ゴッホ書簡集と言うけど、実際にはテオの出した手紙も収められているわ。ゴッホのところに保存されていたものをテオが全部回収したのよ。もちろん書簡集を刊行するためじゃなかったんだけどね。お陰で私たちはテオとゴッホのやり取りをそのまま見ることができるというわけ。ところがテオの手紙は七月の十四日付けのもので終わっている。それには五十フランを同封したとあるので、七月二十三日付けのさっきの手紙がそれに対する礼状と考える人も居るけど、私はそうは思わない。確かにアルルの病院に入院しているときは情緒不安定もあって送金に対する礼状が遅れたこともあったけど、それ以外は即座に出している。テオ自身がそれを認めている。送金して五日も返事が来ないと、確認の手紙を出しているくらいなのよ。ゴッホが九日も礼状を出さなかったなんて考えられない。テオからの送金はだいたい十日に一度だと言ったでしょ。二十三日付けの礼状は次の送金に対するものだと思うわ」

由梨子も頷いた。

「その理屈から言うと七月二十日か二十一日付けのテオの手紙が残されているはずなのよ。他の手紙はそっくりゴッホの手元に残されていたのに、その時点で言うならつい最近のその手紙が紛失したなんて有り得ない。これはどう解釈すればいいわけ？」

マーゴは由梨子に質した。

「なにか不都合なことが書かれていたので収録を避けたということね」

「そう。そうとしか思えない。ついでに言うなら七月十四日付けのテオの送金に対してのゴッホの礼状も見当たらない。私にはなんだか意図的な工作に思える。それを収録すれば七月二十三日付けの礼状が別の送金に対してのものだとはっきりする。ヨハンナはそれに気付いて前の礼状を省いたんじゃないかな。だから流れが曖昧になってしまった。ユリコは書簡集を読んだことがあるかどうか知らないけど、結構巧妙に編集してあるのよ。ゴッホとテオの手紙はそれぞれ纏めて別の巻に収録してある。二冊を並べて比較して読まない限り、その不自然さにはなかなか気付かない。断言してもいいわ。少なくともこの書簡集から自殺直前のテオとゴッホのやり取りが最低でも一通ずつ省かれている、とね」

由梨子は溜め息を吐くしかなかった。

「ヨハンナは二人の兄弟の美談を作り上げたかった。省いたということは、その二通が二人の兄弟愛のイメージを壊すものだったと想像がつかない？　仲直りしたのであれば問題なかったんだろうけど、ゴッホは死んでしまった。だから躊躇なくヨハンナは削った。そうとしか私には思えない」

「なにが書いてあったのかしら……」

「よほどのことだと思う。テオがゴッホを殺したかどうかはまだ決め付けられないけど、それでテオの精神が錯乱したことの説明がつく。最後の最後で二人は訣別《けつべつ》したのよ。その絶望がテオの狂気を誘ったに違いない」

「…………」

「今はオーヴェールに二人は仲良く隣り合って埋葬《まいそう》されているけれど、最初はそうじゃなかった。ヨハンナはテオの遺体を故郷のオランダに運んで埋葬した。隣りに墓を移したのは二人の美談が知れ渡ってからのことなの。ヨハンナは二人の仲が決裂したことを承知だったからオランダに埋葬したとも考えられる」

「大変な仮説だわ」

由梨子は心底から思った。ゴッホとテオが最後に訣別した可能性があるなど、もちろんどんな本でも読んだ覚えがない。

「あの絵のせいよ。あれが全部をひっくり返した。ユリコの言っていたテオのアリバイのことだって、その通りよ。今まではなんとも思わなかったのに、私にはテオがわざとヨハンナをパリから遠ざけたような気がする。ヨハンナと子供の体調はあまり良くなかった。ゴッホもそれを案じてオランダ行きを中止するよう訴えていたほどなの。なのにテオは無理に決行させたばかりか、自分は仕事があると言ってパリに残った。子供や妻思いのテオには珍しい行動だわ。まるで家族を遠ざけてなにかを企《たくら》んでいたとしか……」

「ゴッホとの決着？」

「かも知れない。一人でオーヴェールに出掛けてゴッホとことん話し合うつもりだったと想像してもおかしくない。あるいはテオ自身が自殺を考えていたとかね」

由梨子は絶句した。

「拳銃をテオが持ち込んだと仮定してのことよ。いくらなんでも私にはテオがゴッホを殺害する目的で向かったとは思えない。考えたくないの。死ぬほど自分が追い詰められているのだと伝えたかったんじゃないかしら」

「それじゃテオが可哀相……」

「テオに未来はなかった。勤めている画廊からは無用扱いされていたし、子供は病弱で転地療養か環境のいいアパートへの引っ越しを医者から促されていた。ヨハンナの体調も勝《すぐ》れない上に自分も気力を失っている。それでも兄への仕送りは続けなければならない。死にたいのはテオの方だったはず。本当に、家族をオランダに旅行に出すほどテオに余裕はなかった。そうよ、テオはヨハンナと子供を遠ざけて死ぬ決心をしていたのかも」

マーゴは確信を持った口調になった。

「テオはゴッホに最期の挨拶をしにオーヴェールまで出掛けたんだわ」

由梨子もそれに大きく頷いた。

3

電話ではもどかしいと言ってマーゴは結局由梨子のアパートに車を飛ばして来た。どうせ興奮して眠れないのは由梨子もおなじだ。世界中のだれ一人として考えもしなかった大問題に二人はぶつかっている。由梨子はマーゴが着くまでの間に真夜中まで開いているコンビニに出掛けて仕入れたチーズや夜食をテーブルに並べた。

「不仲になりそうな原因は？」

ようやく向き合って由梨子は質した。

「よく考えればいくらでもあるわね」

マーゴは苦笑いして、

「と言うより、よくテオが辛抱していたということ。はじめは定期的じゃなかったにしろテオは十年近くも生活費の面倒を見てやっている。豊かな身なら分かるけど、テオが二十四歳の頃だわ。きっと自分の給料の半分近くを兄のゴッホに仕送りしていたと思う。いくら兄の才能を信じていたとしても十年よ。とっても考えられない。独身のときならまだしも、ヨハンナと結婚して子供が生まれれば必ず破綻《はたん》する。ヨハンナが許すわけがないじゃない。ユリコなら我慢できる？」

「どうかなぁ」

すべては才能の問題だ。その価値があると思えば夫の兄に対する援助を認めてやれるかも知れないが……生活費の半分はきつい。ましてや、十年も画家として芽のでない相手だ。

「テオは優しい人柄だからゴッホへの手紙にはそういう葛藤《かっとう》をいっさい表わさないようにしている。でも、自宅では頻繁《ひんぱん》にゴッホの今後のことで言い合いをしていたと思う。子供が死にそうな状態にあったのよ。貧しい暮らしのせいなのは明白。それに耐えてまで兄の面倒を見る義務はない。たとえ親でもあそこまでするのは珍しい。伝記映画なんかだと、その悲惨さを感じさせないようにテオの暮らしを豊かに描いているけどね。そんな状況じゃなかったのは確かだわ。勤めていた画廊からも退職を促されていた。どんなに優しくっても、収入源を断たれたら仕送りはできない。単純な理屈じゃないの」

マーゴはさらに言いつのった。

「変な話、ゴッホはタイミングよく死んだ。テオがどれほど頑張ったところで仕送りはむずかしい状態になっていた。それをなんとか踏ん張っても、テオは半年後に死ぬ。結局ゴッホは暮らせなくなったでしょうね」

「互いにぎりぎりだったわけだ」

「そうなの。だから自殺も有り得なくないんだけどさ。それだとユリコも言ったようにテオに会いたがらなかった理由が分からなくなる。ゴッホの性格から見て、むしろ得意になって呼び寄せたはずよ。ぼくは君たち親子のために犠牲の道を選んだよ、って」

冗談ぽい口調だったが、マーゴには苦渋の色が見られた。

「ゴッホって、そういう男なの。人に対する優しさはもちろん持っている。でも自分の絵がいつも一番大事。仕送りも半分は当然のことと受け止めている。それが弟の都合で断たれてしまう。納得しての死じゃないわ。弟一家に対する犠牲と考えたに違いない。それなら弟に迷惑をかけるどころか……」

「喜ばれる行為になる」

「でしょ。そういう理由なんだと最後に言い残す。それでテオも頷いてくれる」

溜め息を吐いてマーゴはカマンベールを口に運んだ。由梨子がワインを注ぐ。

「重要なのはこれらの手紙」

マーゴは用意してきたコピーを何枚か由梨子の前に置いた。

「自殺するおよそ二十日前の七月六日にゴッホはパリまで出向いてテオのアパートを訪問しているんだけど、その前段階としてまずテオから苦境を訴える手紙が届いた」

マーゴは選んで由梨子に渡した。六月三十日の日付なので、自殺の約一月前だ。


——最愛の兄へ。坊やの具合がひどく悪くて夜もおちおち眠れなかったが、その不安の時期も峠《とうげ》を越したようだ。医者の方でも心配していたが、幸い「もうこれで坊ちゃんをなくされるようなことはありません」とヨーに言ってくれた。このパリで買える牛乳といったらどんな上等のものでも猛毒なのだ。いまはロバの乳をやっているが、これは子供にいいようだ。幾日《いくにち》も幾晩も悲しそうにほとんど泣きつづけているのに、どうしてやればいいかわからず、何をしてやっても病気が悪化する一方だと思われる。こんな身が細る思いのすることをきみは聞いたことがあるまい。牛乳が新鮮でないからではなく、いけないのは飼料と牝牛《めすうし》の扱い方だ。全くそら恐ろしい話だよ。それがいまは快方に向かっているので、ぼくらがどんなに喜んでいるか察してもらえると思う。ヨーが実に天晴《あっぱ》れだったことも想像してもらえよう。いかにも身を分けた母親らしくやってくれたが、げっそりするほど疲れてしまった。彼女が体力を回復してもう新しい試練にあわねばよいがと思っている。幸いいまは眠っているが、眠りながらも呻《うめ》きごえをあげている。ぼくはそれにどうしてやることもできない。子供もいまは眠っているが、子供が何時間かこのまま彼女を眠らせてやってくれれば、二人ともにっこり笑って目を覚ますだろう。少なくともそうあってくれればと思っている。このところ彼女は御難《ごなん》つづきなのだ。

　ぼくらはいまどうしてよいかわからない。問題が山積《さんせき》しているのだ。きみも知っている同じ家の二階の――アパルトマンを借りるべきだろうか。オーヴェールへ、オランダへゆくべきかどうか。明日を思い煩わずに暮すべきであろうか。一日中働いてもヨーに金の心配をさせずにおけるだけ儲けられないのに、ブッソ・ブラドン商会の卑劣《ひれつ》な奴どもはまるでぼくを新米社員のように扱って、ぼくに僅《わず》かな自由も認めてくれないのだ。余分に何も使えず、しかも金が足《た》りないとあっては、こちらだって打算《ださん》一点張りになるのは当然ではなかろうか――こちらも実情を訴えて、しかもなお彼らが受け入れようとしなければ、所詮《しょせん》、こちらもけつをまくって自家営業をやろう、といってやるよりしかたがないではないか。

　いまこれを書いているあいだに、こうすることこそぼくの義務だという結論がでてきたように思う。そして反対に母やヨーやきみやぼくがこのままずるずる餓死するとしたら、とんだ虻蜂《あぶはち》とらずになってしまうと思う。きみやぼくが口を糊《のり》する食物もなく落ちぶれた乞食の道連れのように世間を渡ったところで一体何の意味があることだろう――

「相当深刻ね」

由梨子は唸った。これに続く後半はさすがにテオもゴッホに心配をかけまいとしてか、ゴッホはこんなことに関係なく絵を描き続けて欲しいと願っているが、暗さは払拭《ふっしょく》できない。餓死という言葉の重みだ。

「ゴッホもこの手紙を読んでショックを受けたに違いないわ。パリに出掛けたのはこの一週間後。テオに呼ばれたみたいね。その日にゴッホとテオ、そしてヨハンナの間でなにが話されたか。それはだれにも分からない。同席していたヨハンナはあとになって回想記を書いているんだけど、この日についてはなんだか曖昧にごまかしているのよ。喧嘩なんかちっともしていないようにね。むしろゴッホが上機嫌だったみたいに装《よそお》っている。でも、なにか諍《いさか》いがあったのは確かだわ。数日滞在する予定だったはずなのにゴッホは早朝にやって来て、夕方にはオーヴェールへ引き返している。今ならともかく、この時代にオーヴェールとパリを日帰りだなんて……喧嘩して飛び出したとしか考えられない」

そうね、と由梨子も頷いた。

「それを実証していると思われるのがこの手紙。ゴッホがパリから戻って二、三日後に書いたもの。これで諍いの内容も見当がつく」

別のコピーをマーゴは前に突き出した。

――親愛なテオとヨーへ。まだ帰ってまもないが、普通の状態に戻ってここ二、三日、もうきみにちょっと手紙を書きたくなっている。

しかしそうなったことはなったこととして、あのことを考えてみると――ほんとに――テオもヨーも子供も少々疲労困憊《こんぱい》しすぎていると思う――そういうぼくだってとても平静な状態にかえっているとはいえない。

ぼくはよく、しょっちゅう甥のことを思い出す――彼は元気だろうか。ヨーはぼくのいうことを信じてくれるかしら――もしもあなたがさらに子供を産むとしたら――それを願っているが――町で産まず田舎でお産をなさい、そして子供が三、四歳になるまで田舎で暮しなさい。現在、子供はまだ六ヵ月にしかならないのに、もう乳が少なくなり、あなたももう――テオのように――疲労しすぎていると思います。何もあなたが憔悴《しょうすい》しているなどと好んでいうわけではないが、とまれ煩いが大きすぎ、多すぎて、あなたは苦労の種子《たね》をかき集めています。

だから今年はオランダへ行かないように考えなおしてほしいと思います。旅行すれば非常に高くつくし、決して得にはならない。もちろん子供をみたがっている母にはいいともいえるでしょうが、母だってわけがわかるだろうし、子供に会う喜びよりは坊やの幸福を望むでしょう。

それに彼女に迷惑がかかるわけでなし、またいずれ子供に会えるのだから。しかし――もうそんな話はたくさんだといわずに――いずれにしたところで、父や母や子供がひと月の間田舎で休息をとる方が絶対にいいと思います。

ぼくの方もまたどうなるものやらとひどく案じています。それにどういう条件で、かかるのか――以前のように月百五十フランを三度に分けて送ってくれるのか――それが全くわからないというのは妙です。テオは何もはっきり決めなかったので、初めはまごつきながら、いまの生活に入ったわけです。もう一度もっと落ちついて会う方法はないものか——と思いますが、オランダ旅行をされるとなると、ぼくらみんなにとっていよいよ動きがとれなくなるのではないかと恐れます——


「どう感じた？」

ざっと目を通した由梨子にマーゴは訊ねた。

「これ……テオとヨーへと書いてあるけど、ヨハンナへの手紙ね」

「やっぱりユリコは鋭い。そうなのよ。明らかにそうとしか思えない。つまり、七月六日にゴッホがパリを訪問して大喧嘩した相手はヨハンナだったということ。きっとテオは二人の間に入っておろおろしていたんだと思う。もうそんな話はたくさんだといわずに、ってとこがあるでしょ。ヨハンナは聞く耳を持たなかったんじゃないかな。ヒステリックになって、仕送りも今後はさせないと喚《わめ》いた」

「有り得るわね」

確かにそんな感じだ。ゴッホの方が遥かに落ち着いた調子で筆を進めている。

「オランダに行くんだとヨハンナは頑なに言い張った。これもひょっとすればテオとの離婚を仄《ほの》めかしてのことかもよ。子供の看病疲れでヨハンナはまともな精神状態じゃなかった。我慢していた洗いざらいをゴッホにぶちまけた可能性はある」

言われて由梨子は唸った。

「悲惨な喧嘩よね。テオも失業寸前だから二人を安心させることができない。ゴッホは耐え切れずにそこを飛び出してオーヴェールへ舞い戻った。それが真相だと思う。ヨハンナも喧嘩は自分とゴッホの間に起きたことだったんで回想記では曖昧にごまかした。こんな手紙を書いたゴッホがパリで上機嫌だったなんて絶対にないわよ」

マーゴは言い切った上で、

「いよいよ最後の手紙」

三枚目のコピーを由梨子に持たせた。

「これを読めばゴッホの気持ちが安定したことがはっきりと分かる。きっとさっきの手紙を見てヨハンナも少しは折れたんだと思う。詫びの手紙を出したのね。当然ながらその手紙もヨハンナは書簡集から省いている。収録すれば喧嘩が歴然となるもの」

頷きながら由梨子は読みはじめた。

——親愛なる弟と妹へ。ヨーの手紙はぼくには実際福音書のようだった。みんなにとっていかにも辛く重苦しかったあのころからの不安——ぼくも劣らず感じていたが——それを手紙はいっぺんに吹き払ってくれた。みんなが日々のパンにもこと欠く危険を感じたのだから、またああいうことが原因でなくとも自分たちの生活の脆弱《ぜいじゃく》さが感じられたのだから、あれはやはりただならぬことだった。

こちらへ帰って来てからぼくもまた気分が滅入《めい》りこんで、きみたちを脅かしているあの雷雨が自分の上にも重くのしかかってくるのを、ずっと感じていた。

どうすればいいというのか——ぼくはこのとおり平素は相当上機嫌になろうと努《つと》めているが、

ぼくの生活は根っ子からやられており、ぼくの足どりもまたよろよろしている。

ぼくは自分がきみたちの呪うべき重荷になっているのではないかと——頭からそうとも思わぬが、それでも多少は——心配になっていた。しかしヨーの手紙を読めば、ぼくの方でもきみたち同様働き苦しんでいる事実をきみたちがよくわかっていてくれることが、はっきりとわかった。

あのとき——ここへ戻ってからぼくはふたたび仕事にかかった——筆がほとんど手から落ちたけれども——それでも自分の欲することがよくわかっていたから——ぼくはあれから三点の大作を描いた。(中略)ぼくは今度の旅行の計画がいくらかきみの気晴らしになればよいと心から願っている——


「自分でも信じられない気分」

マーゴはワインをテーブルに戻して、

「書簡集なんて、それこそ何度読んだか分からない。でも、これまで変だとはあまり感じなかった。テオの窮乏《きゆうぼう》は察しがついていたけど……七月六日になにがあったかなんて想像もできなかったわ。日帰りのことも、精神が参っていたゴッホの単なる気紛《きまぐ》れとばかり。実際多くの研究者がそう思い込んでいる。ひさしぶりのパリに興奮して情緒不安定に陥《おちい》ったんだろう、ってね。確か映画では突然姿が見えなくなったゴッホにテオとヨハンナが肩をすくめて苦笑するんじゃなかったかしら。また兄貴の悪い癖が出たんだって感じ。でも、このゴッホの手紙を読むと正常なのはむしろゴッホの方よ。テオやヨハンナの方が完全に参っている」

「そうね」

「大事なのはゴッホの心理状態。ヨハンナからの手紙を受け取って一気に前向きとなっている。冗談まで言っているじゃない。こういう人間が自殺するなんて……」

由梨子も同感だった。

「自殺説は本当に怪しくなった。実を言うと自殺説を揺るぎないものにしていたのはヨハンナの回想記の中にある一文なの」

「またヨハンナ？」

「彼女は自殺の当日はオランダにいた。事件に無縁なのは間違いない。でも、その数日前に夫のテオから変な手紙を貰ったと書いてある。ゴッホがテオのところにわけの分からない手紙を送りつけてきたと言うのよ。それでゴッホがなにをしでかすか不安だ、ともね。いかにも自殺を匂わすものだわ。それで研究者もゴッホの精神状態がひどく落ち込んでいたと推測した。たとえ当日のゴッホに不可解な言動があろうと、その前から徴候があったんだから自殺以外に考えられなくなる」

「わけの分からない手紙？」

「読みたいと思うでしょ」

マーゴは苦笑いして、

「残念ながらその手紙も書簡集から省かれている。果たして本当に存在するのかしらね。テオがそう言ったというだけで、そんな手紙、ヨハンナの創作かも知れない。そもそも隠す理由のない手紙じゃないの。だれが見ても変な手紙なら世間を納得させることができる。なんだかこのところヨハンナのすることなすことに大いなる疑念を抱いているのよ」

「私もちょっと気持ち悪くなってきた。書簡集にだいぶ工作がなされているみたい」

「そう。なのに私たちはゴッホの真実の声ということで第一級の資料として扱ってきた。そこに仕掛けが施されていたらお手上げよ」

「もしかしてヨハンナはテオから真相を聞き出していたのと違う？」

「私が言いたいのもそれなの。死の床でテオがすべてを打ち明けたかもね。あのままゴッホが無名で終われば問題もなかったんだろうけど、ゴッホの人気は急に高まった。となると当然あれこれとほじくり返される。ヨハンナは夫の名誉を守ろうとして取り繕《つくろ》いはじめた。そのくらいの嘘をついたって当然という気持ちがヨハンナにはあったと思う。ゴッホの面倒を見続けたのはテオだもの。最後の最後で訣別したとしてもテオの思いに報いてやりたかった。私がヨハンナの立場でもその程度は考えそうだわ」

「………」

「夫の名誉を守るためにはゴッホを自殺と信じ込ませるしかない。二人の不仲を匂わせるような手紙は全部抹殺《まっさつ》して、反対にいろんな注記をつけて、ゴッホの精神状態が自殺直前にはおかしかったと思わせる。大変そうだけど、そんなにむずかしいことじゃない。テオとヨハンナの子供が病気に罹《かか》る前までは本当に皆が親密だったんでしょうからね。膨大《ぼうだい》な手紙のほとんどはまったく手を加えずに発表できる。九十九パーセントまで嘘がなければ、残りも真実と思い込む。実際そうなのよ。ヨハンナは手紙を改竄《かいざん》していない。ただ不都合なものを省いただけ。それで私たちの前にはありありと二人の兄弟愛ばかりが浮き上がってくるというわけ。けれどヨハンナもさすがにテオ自身が施した工作には気付かなかった。例の懐から出て来たという遺書のことよ。あれはヨハンナも事実と信じてそのまま収録した。それが真相だと思う」

「さすがなのはマーゴの方よ」

由梨子は圧倒されていた。

「テオはひどい錯乱状態で死んだということだから、もしかするとヨハンナも半信半疑で告白を聞いていたかも知れない。あるいは工作を施しているうちに、ゴッホは本当に自殺だったと思い込んでしまったか……そのときヨハンナはパリに居なかったんだから、曖昧になったとも考えられる。いずれにしろヨハンナの編んだ書簡集は信用できない」

マーゴはきっぱりと口にして、

「書簡集の裏側にあるものをこうして推理していくと、いろいろ見えてくる。テオとヨハンナの生活は恐らく破綻寸前まできていた。それでもテオはゴッホの面倒を見続けようとしている。ヨハンナはたぶんノイローゼとなっていた。二人の間に喧嘩も絶えなかったんだと思う。ヨハンナは離婚を決心していたとも想像される。そこにゴッホが自分の仕送りだけを心配して駆け付ける。どんな展開になったか想像がつくわ。なのにテオはなんの解決策も持っていない。テオは兄も妻も好きなの。どちらも失いたくないから、どちらの側にもつけない。ヨハンナの怒りは絶頂に達した。ゴッホはいたたまれなくなってオーヴェールに逃げ帰った。そしてヨハンナの気持ちが鎮まるのをひたすら待っていた。ヨハンナの気持ちは変わらない。離婚する覚悟がついている。だからゴッホに詫び状を書いた。テオと別れる決心をつけたあとなら無縁となるゴッホに形だけの詫び状も書ける。けれどテオはヨハンナの気持ちを見抜いていた。ヨハンナがオランダへ出発したあとテオは一人でアパートに居る。テオにもはや未来などない。最愛の妻と子を失ってまで兄の面倒を見なければならないのか……これって相当に苦しい選択だわ。しかも画廊も辞めなければならない状況でもある。追い詰められたテオの心は自殺に傾いていく。飛躍した想像じゃないと思うのよ。餓死することまで案じていたテオなんだからね。テオは若い頃からゴッホと違って順調な人生を歩んで来た。そういう人間ほど挫折《ざせつ》には弱いものよ。一からやり直すには重荷が多過ぎる。ノイローゼの妻を抱え、病弱な子供を持ち、生活の面倒を見てやらなければ今にも死にそうな兄が居る他に、故郷には老齢の母が居る。そのすべてがクビになりかかっている自分に伸し掛かっているの。どうすればそこから抜け出せる？　世の中には今挙げたいくつかの理由の一つだけでも自殺する人間は居るわ。しかも本人自身がなにか病気に罹っていたという証言もある。熱がずっと続いていたらしいの。これでなにごともなしに頑張れるとしたら超人よ。テオはそんな人間と違う。兄を失った衝撃で精神錯乱に陥る人間だもの、間違いなくこのときは自殺を考えたと思う。そして拳銃を手に入れた」

マーゴは一息入れてワインで喉を潤した。由梨子はひたすら次の言葉を待った。マーゴの推測が当たっているとしか思えない。

「テオの弱さが次に出る」

マーゴは続けた。

「こんな事態に追い込まれた責任の一端は明らかにゴッホにある。好きだから恨《うら》んでいたとは思えないけど、やっぱり一目会って、いろんな思いを伝えておきたいと思ったんじゃないかしら。生活の貧しさが原因であってヨハンナには悪気がなかったんだとか、自分がいかにゴッホやヨハンナを愛していたかということ。それに……残酷なようだけど、ゴッホは自分が目の前で死んで見せなければ事態をきちんと把握《はあく》しないと思ったのかもね。今の状態だってゴッホは結局理解できずに簡単に立ち直ってキャンバスに向かっている男じゃない。その絶望もテオにはあったんだと思う」

そこで由梨子も大きく頷いた。

「暗澹《あんたん》たる思いでテオはオーヴェールに向かった。ゴッホはなにも知らず嬉々として麦畑で絵を描きながらテオを待っていた。ゴッホはテオの機嫌を取るつもりだったのか、麦畑に立つテオの肖像に取り掛かった。テオの気持ちってどうだったんだろう……その絵が完成した瞬間にテオは拳銃を取り出して今の窮状を訴えた。ゴッホは動転した。テオが死ねば、それはゴッホの死をも意味する。自分が死ぬべきだとゴッホも判断したかも知れない。二人は拳銃を取り合う形で揉《も》み合った」

「………」

「やがて拳銃は暴発してゴッホの腹に当たった。覚悟の上の自殺ならお腹なんて中途半端な場所を狙いはしない。今度はテオが慌《あわ》てた。ゴッホは言ったに違いないわ。これで君の問題も少しは軽くなるはずだ、とね」

「なんだか哀れだわ」

「それでテオも正気に戻った。血を見ればたいてい正気に戻る。テオは取り縋《すが》って兄に謝った。ゴッホは、これでいいんだ、とテオを許した。そしてテオにパリへ戻るよう促したの。それがゴッホがテオにしてやれる恩返しだったというわけ」

マーゴの目には涙が滲《にじ》んでいた。

4

「自殺未遂の知らせを受けてゴッホのところに駆け付けたガッシェ博士が弟のテオに連絡を取ろうとしたとき――」

マーゴは当然という顔をして、

「ゴッホはテオのアパートの住所を頑《がん》として教えなかった。もしも電報を打たれて、テオがまだパリに戻っていなければ周りは後で必ず、どこに居たのかと質問する。ゴッホは弟を庇うつもりでいたから、それはなんとしても避けたいと思ったに違いない。テオがしどろもどろになって真相を告白すれば、ゴッホ自身の死さえ無駄なものになってしまう。ゴッホもまた弟を守って死ぬんだと、その行為に酔いしれていたのかも知れないわ。結局ガッシェはゴッホと同様にその家に下宿していた画家からテオの勤め先の住所を聞き出して翌日の早朝に電報で知らせたわけだけど、これもずいぶんおかしな話よね」

マーゴは苦笑してサンドイッチを摘《つま》んだ。

「その画家は若いオランダ人で、もともとはテオの仲介でオーヴェールにやって来た人間だから、ゴッホとはうんと親しかった。ゴッホが本当にテオに来て貰いたくなかったのなら、その画家にも住所を教えないように口止めを頼める関係にあったのよ。画家はゴッホの身を案じて頻繁《ひんぱん》に部屋に出入りしていた。それを思うと、やっぱりゴッホは時間稼ぎをしていたとしか考えられない。夜明けを待ってゴッホは、住所を教えても構わないと若い画家に頷いたんじゃないかしら」

「ガッシェは本当に知らなかったの?」

由梨子は同意しつつも小首を傾げた。

「問題はそこにもある」

にっこりとマーゴは微笑んだ。

「研究者のだれもが本当は首を捻っているはずだわ。でも、ゴッホは自殺に間違いないという先入観がその疑惑を遠くへ退けていた。それこそ、どんなに奇妙と感じても事実だから仕方ないと深入りを避けたのね」

「深入りを避けたって?」

「ガッシェ博士はオーヴェールにおけるゴッホの身元引き受け人のような立場だったのよ。だれがガッシェ博士との仲介をしてくれたかは確定されていないけど、ゴッホはオーヴェールに到着したその日にガッシェ博士の家を訪ねている。下宿先を紹介してくれたのもガッシェ博士。となると当然のこととしてテオもガッシェ博士の存在を早くから承知していたと思われる。ゴッホは、いわゆる普通の状態にない人間だったんだもの。生活費の面倒までも見ているテオがガッシェ博士のことを知らなかったわけがない。あの筆まめのテオのことだから、兄をよろしく頼むという手紙を何度も出したに違いないのよ」

「そうよね、それが自然だわ」

由梨子は大きく首を縦に動かした。

「ガッシェ博士は有数の絵画コレクターでもあった。一方、テオは画商。その繋がりから想像しても、私はテオがまず仲間のだれかからガッシェ博士の存在を知らされ、頼りになる人間と判断したのではないかと見ている。そこでゴッホをオーヴェールに行かせる決心をつけた。最初にガッシェ博士ありき、なのよ。たまたま選んだ町にガッシェが居たということじゃないわ。テオにとっても大事な相手だったはず。そのガッシェに自分の住所を知らせていないなんて有り得ない。ゴッホになにかあったときは、ここに知らせてくれと、最低でもそのくらいの連絡はしていたと思う」

マーゴは鼻で笑ってから、

「これで、テオとガッシェがゴッホの自殺まで一度も会っていないというなら、私の単なる常識的な想像に過ぎないと認めるけど……テオは家族連れでガッシェの家を訪問している。ランチまで一緒しているわ。その礼状だってテオは必ず出したに違いないし、半日も一緒に居れば勤め先ぐらいは口にする。テオの働いていたブッソ・ブラドン商会は画廊経営を手広くやっていた。名を聞いただけでガッシェは直ぐに頷いたでしょうね。そもそもゴッホがその前に自慢たらしく教えているわよ」

「絶対よ」

由梨子もワインを口にしながら頷いた。

「確定はしていない、と言ったけど、研究者の大半はテオがガッシェに兄の世話を頼んだものと推定している。だから、ガッシェがテオの住所はともかくとして、働き先を知らなかったわけがない。研究者の全員が首を捻っているのはそこなのよ。どうしてガッシェがわざわざ他人から聞き出す必要があったんだろう、とね」

「そして、どう解釈しているわけ？」

「解釈なんてだれもしていないわ」

マーゴはくすくすと肩を揺すらせた。

「きっと、手紙を貰っても興味がなくて破り捨てたか、ガッシェにも極度の動転があったんだろうと見ている程度。そんなことでガッシェが嘘をつく必要がないんだもの」

思わず由梨子は吐息した。自殺と決め付けているから、不審も簡単に遠ざける。

「もしかするとゴッホはガッシェにだけは真実を打ち明けたのかも」

「それよ、そうに決まっている」

由梨子の語気も強まった。

「医者なんだから傷の具合を見て疑惑を抱いた可能性がある。諦めてゴッホは告白した。ガッシェも同情して協力することにした。それで不可解な謎がすべて解決される。その場には警察も事情聴取に駆け付けていた。テオに連絡を取られれば危ない。だからガッシェはテオの住所を知らないと言い張り、ゴッホも嫌がって教えてくれないと警察に訴えた。警察はテオとガッシェの関わりをよく知らないので信用した。それが恐らく真相よ」

「…………」

「なぜガッシェが協力に同意したか……ここが重要なところね。普通に考えるならガッシェはゴッホに協力しそうにない」

「どうして？」

「二人は半月ほど前に大喧嘩《おおげんか》していた。ガッシェはたくさんの絵を蒐集《しゅうしゅう》していた。その中にゴッホの尊敬して已まない画家の作品が交じっていたのね。でも、ガッシェはさほど興味がなかったのか、額装もせずにキャンバスのまま無造作に扱っていた。ゴッホはことあるごとにその扱いの酷さを口にしていた。そしてある日、ゴッホの感情が爆発した。激しい口論になった末にゴッホはポケットに手を入れた。ガッシェはてっきり拳銃を出すものだと勘違いして逃げ回った。それには警察までも駆け付けた。ガッシェは本当に見たと主張したけど、逮捕されなかったんだから、ゴッホが拳銃を持っていたとは思えない。それでもガッシェはゴッホを恐れるようになった。ゴッホは気にせず、その後も何度かガッシェの屋敷を訪ねている。でもガッシェはゴッホを拒み続けた。その事実があるものだから、ガッシェが協力するとは思えなくなる」

「どう説明するつもり？」

「簡単なことよ」

マーゴは自信たっぷりに返した。

「拳銃はガッシェの勘違いだった。それを内心ではガッシェも気にしていたはずだわ。でもゴッホが鬱陶《うっとう》しくなっていたのも確かだと思う。そこに自殺の知らせが入った。ガッシェはもしかして自分との喧嘩に原因があったのではないかと案じる。当たり前のことでしょ。わずか半月前の出来ごとだもの。警察まで呼んでゴッホに迷惑をかけたという思いに包まれていた。でも、どうやら自分のせいではないと分かってほっとする。次にガッシェを襲うのはゴッホに対する同情だと思う。その上、どう見ても助からない状況にある。これ以上、テオまで破滅させることはない、とだれだって思うんじゃないかしら。ゴッホに対して後ろめたさを抱いていたガッシェならなおさらだわ」

由梨子は感心した。納得できる。

「百年以上も前のことだからさ」

マーゴは由梨子のグラスにもワインを注いだ。すでに二本近くも二人だけで飲んでいる。

「のんびりとした時代と考えてしまいがちだけど……やっぱりどこか変だわよ」

「なんのこと？」

「駆け付けて診察に当たったガッシェは、傷の深さを見て、もう助からないと判断した。そこまではいいわよ。実際ゴッホは二日後に亡くなったわけだし、軽い怪我でなかったのは確か。でも、だからって、血止めをした程度で他にほとんど治療しないなんて考えられる？　せいぜい痛み止めを与えただけ。意識がない状態なら分かるけど、ゴッホはぴんぴんしてた。麦畑から歩いて戻る気力もあった。そういう患者に対して、そんなに早く死の宣告ができるほどガッシェは名医だったのかな。そこがどうしても気になる。自分の手に負えないと判断しても、パリから専門医を呼ぶことができたはずだもの。それが死ぬほどの大怪我をしている患者に対する義務だと思わない？　なんだか、まるで自殺幇助《ほうじょ》じゃないの。私にはそうとしか取れない」

「血止め程度しかしなかった……」

「そこに立ち会った人間は少なくて、しかも状況を書き残しているのはガッシェしか居ない。テオが撃ったという仮説を導入するなら、ガッシェの手記にもだいぶ嘘が交じっていると仮定してよさそうね」

マーゴには興奮が見られた。今までに抱いていた疑惑が一挙に噴き出た感じだ。

「前にも教えたでしょ。ゴッホの拳銃についての謎。肝心の拳銃が今に至るまで発見されていない。ばかりか、ゴッホが自殺を図った場所さえ曖昧となっているってこと」

　ええ、と由梨子は頷いた。

「ゴッホが頑として警察に供述を拒んだことが原因となっているわけだけど、ゴッホが亡くなるまでには二日も時間があったのよ。その間、地元の警察はなにをしていたのさ。いくらなんでも呑気過ぎる。普通なら翌日に周辺を当たって現場を特定する。その段階でもゴッホには意識があったんだから、拳銃が見付からなければ、しつこく問い合わせたと思うの。なのに、なぜか無関心。自殺って、警察にとっては大した事件じゃないわけ？」

「そんなことはないと思うわ」

「でしょ。そこが不思議。自殺ということはゴッホ自身が宿の主人に最初から告白しているんで警察も承知の上で駆け付けている。それなのにのらりくらりとした対応。しょせん田舎町の警察ってことも考えられるけど、そうじゃないと思うな」

「もしかして……警察は軽く考えた？」

「そう。それしか考えられないわよ。ガッシェは専門医を呼ぼうともしなかった。血止め程度の処置しかしていない。絶対にガッシェは警察に嘘の報告をしたに違いない。怪我は大したことがなくて、二、三日もすれば歩けるようになるはずだ、とね。尋問はゴッホが回復してからゆっくりすればいい。今は気持ちを落ち着かせるのが大事だ」

「…………」

「医者にそう言われれば警察も引き下がる。拳銃はどこにも逃げていかない。しかも、回復すれば自殺未遂ということになる。頷いてあっさりと引き返した可能性がある」

思わず由梨子は溜め息を吐いた。

「ろくな尋問をしないうちにゴッホが亡くなって警察もさぞかし慌てたでしょうね。ガッシェの方はゴッホから打ち明けられて、警察を単に遠ざけたかっただけだったかも知れないけれど、そのせいで永遠の謎が残った。きっと拳銃はテオが持ち帰ってしまったのよ。だからゴッホは証言を拒んだ。どんなに巧妙に取り繕《つくろ》っても拳銃が出てこなければ嘘であるのが警察に発覚する。それにガッシェが手助けをしたってこと。どうせ助からないと見ての協力だったと思うわ」

「どうしてテオは拳銃を？」

「そこは分からないけど、だれが見てもテオの持ち物という特徴でもあったのかもね。高価な絵を扱う商売をしていたテオなら拳銃を所持していてもおかしくはない」

「ヨハンナは当然見ていただろうし」

「そういうこと。ヨハンナなら自殺したゴッホの拳銃が夫のものだと直ぐに気付く。テオはどうしても持ち帰らなければならなかった」

「そこまで解き明かせば、たいがいの人たちがマーゴの仮説に同意してくれるわ」

「そうか、やっぱりガッシェは警察に嘘を言っているわよ！」

思い出したようにマーゴは口にした。

「最初に宿の主人が呼んだ医者はガッシェじゃなかった。近所の医者。ゴッホがその医者ではなくガッシェにしてくれと頼んだのよ」

「別の医者も診察したんだ」

「そう。ガッシェはゴッホを診察して、傷も急所を外れているし、重傷とは思えないとはっきり断言している。ただ、弾丸が切開して取り出すにはむずかしい場所なので、しばらく様子を見ようと、他の医者に説明した」

「じゃあ、警察も引き下がって当然ね」

「なのに私がどうして勘違いしていたかと言うと、彼がテオを呼び出した電報の文面にある。翌朝のことなのにガッシェはゴッホの病状を危篤だと言って知らせている」

由梨子はきょとんとした。

「ガッシェは夜に診察すると、いったん自分の屋敷に戻った。朝までゴッホの容態を見ていない。その電報に危篤とあるから、診察のときにもおなじ判断をしたと思い込んでいた。間違いないわ。ガッシェはゴッホが死ぬと知りつつ、他の医者や警察には重傷ではないと嘘をついている」

「信じられないことだらけ」

由梨子は笑うしかなかった。そんな事実を知りながら見過ごしてきた研究者たちの甘さも感じる。

「本当に馬鹿な話よ。私にしても、たった今までその矛盾に気付かなかった。医者が身内の動転を案じて嘘をつくという話はときどき耳にするけどさ……これって、そのまったく逆のことだものね。警察には大した傷ではないと報告して、身内には今にも死にそうだと伝える。そんなこと、有り得ない。危篤ならどちらにもそう言うはずだし、軽い傷なら身内に対して心配を与えるような電報は間違っても打たない。残る可能性はテオにのみ真実を伝え、無縁の警察には嘘を言ったということだけ。なぜガッシェが警察に嘘を報告したのか、それを突き詰めていけばゴッホの自殺説に早くから疑問を提出できたはずだわ。それを思うと自分が情けなくなる。解答はゴッホの書簡集やガッシェの回想記の中に最初から隠されていたのよ。自殺の当日にテオを描いた肖像画が発見されなくても、十分に仮説を展開することができた。私って、いったいなにをしてきたんだろう。ゴッホが自殺の前から拳銃を持っていたらしいというガッシェの証言だって、ゴッホが死んでから何年も経ってからのことなのよ。大喧嘩したときの供述調書が警察に残されていたわけじゃない。警察に嘘の報告をしたガッシェの言葉なら、それだって怪しくなる。間違いなく自殺だったと思わせたいために、前々から拳銃を持っていたと回想記に書いたとも考えられる。私たちはヨハンナの編纂《へんさん》した書簡集とガッシェの回想記にすっかり騙《だま》されていたんだわ。それなのに私ったら、ガッシェがもしかして犯人じゃないかと睨んだりしてた」

「それは、ガッシェの態度に怪しいものがあると直感していたせいでしょ。少し違っていたけど、直感はどんぴしゃり」

「へぼ探偵もいいとこよ。ゴッホが喧嘩した相手だから、どこかで好感を持てなかった。それが原因してる。先入観に惑わされていたのは私の方。ガッシェは死んで行く兄と、不幸な弟のために頑張ってくれた人間かも」

「テオが麦畑の中の肖像画を必死で隠そうとしたのも当たり前ね。あの一枚がすべてを露《あらわ》にする」

「燃やせばよかったのに、テオには断じてそれができなかった。最愛の兄の遺作であるばかりか、自分を描いてくれた記念でもある。そこがテオのテオらしいとこ」

マーゴは寂しそうに笑って、

「兄の仕事とは認めたくないオランダ時代の作品群についても一緒よ。人の目には触れさせたくないけど、処分はできない。だから一纏《ひとまと》めにしてオランダのどこかに隠した。テオは母親を案じて何度も実家に戻っているから、その時間はたっぷりあったと思う。まさしく、公開を禁じられたテオのコレクションね」

「ヨハンナもその存在を知らなかった」

「もちろん。だって麦畑の肖像画が含まれているんだもの。テオは死ぬまでその秘密を守り通した。精神錯乱に襲われていなければテオも臨終の床で告白しただろうけど……引き取り手の居なくなったコレクションはそのままどこかの倉庫に眠り続けた。ゴッホの名が高まる前に、預かり人も死んでしまったんだと思う。ゴッホは絵に署名をしなかった人間だから、だれの作品なのかも曖昧となった。オランダ時代の作風は、いわゆるゴッホの作品と違って極端に暗い。よほどの専門家でもない限りゴッホのものとは思わない。ナチスが徹底的にオランダの美術品を押収にかかったせいで日の目を見たのよ。その意味ではナチスに感謝しないといけない。そのままだったら、がらくたとして廃棄されていた可能性だってある。ナチスに雇われた専門家たちがゴッホと認定して救い出したんだわ」

ふうっ、と由梨子は息を吐いた。

「皮肉なものね。ナチスはゴッホのことなんて少しも評価していなかった。むしろこの世から消し去るぐらいの気持ちでゴッホを掻《か》き集めた。嫌いだったからこそ、ちょっとでもゴッホらしいと勘繰《かんぐ》れば押収にかかった。投げた網が大きかったというわけ」

「それならナチスによって燃やされたりしたゴッホもあるわけ？」

「ところが違うのよね」

マーゴは軽く舌打ちして、

「はじめはそういうつもりだったのかもしれないけどさ、もっと得になる方法をナチスは思い付いた」

「…………」

「自分たちは嫌いでも、敵対国におけるゴッホの人気は凄まじい。そこに目を付けたってわけ。燃やすよりも国外に遠ざければ一挙両得と考えた。高く売れれば自分たちの軍事費が増える上に敵対国の資産を減らす結果にもなるでしょ。しかも、その相手国を空襲で燃やせばおなじことになる。そうしてゴッホをはじめとして印象派の画家たちの作品は世界に散らばった。それがまた印象派の存在を世界に広めることになったんだから、世の中って分からないもんだわ。印象派の宣伝にはヒトラーが一役買っている」

「ナチスはそんなことまでしてたんだ」

「でも、オランダの美術品の押収はだいぶ末期になってからのことなので、最悪の結果だけは免《まぬが》れたみたいね。オランダ人でありながらナチスの将校となったピーター・メンテンという人間がゲーリングの命令を受けて押収はしたんだけど、大半はパリに送り出す前に終戦を迎えた。私たちの追いかけている作品群も恐らくはピーター・メンテンの下に残されたものだと思う。ユリコの持っていたリストにも散逸した様子が見られないもの。メンテン自身か、あるいは彼の部下がこっそりと着服して隠したものに違いない」

「マーゴはなんでも知っているのね」

「これでも研究者のはしくれ。その程度のことは知っていないと恥ずかしい」

「それで、マーゴはどうするつもり？」

「肝心の絵は行方不明のままだけど、このオランダの美術雑誌に存在した証拠がはっきりと残されている。小さな写真では本物かどうかの判定は下せないわけだけど、麦畑のテオの肖像画の存在は大きいわ。こんな贋物《にせもの》を拵《こしら》える人間なんて絶対に居ない。常識的に考えて、有り得ない作品なわけでしょ？　この日にテオはパリに居たことになっている。ここまで完全な筆遣いの贋物を作る人間だったら当然のこととしてゴッホの伝記や人間関係を克明に調べる。うっかりこういうものを描くとは思えない。それがすなわち、この作品を本物だと証明しているのよ。と同時に、それと一緒に発見された作品群についてもね。慎重な鑑定家なら、まず麦畑の絵に疑問を抱く。それを本物と見做《みな》したからこそ、他の作品にも疑いを挟まなかった。そういう心の動きがはっきりと見て取れるわ」

「写真でも証拠に使えるということか」

「それよりも、書簡集の改竄《かいざん》の可能性やガッシェの嘘を追及することでゴッホの自殺説は覆《くつがえ》すことができると思う。その過程からテオを犯人と特定することもね。そうなると、麦畑の肖像画はさほど重要でもなくなる。もちろん本物が発見されれば私の仮説の最大の物的証拠になることは疑いないけど、今はそれがなくても世間を納得させられる自信がある。研究者の私が言うんだから間違いない」

マーゴは愉快そうに笑った。

「世界中が驚くんじゃないの？」

「さっそく明日から論文に取り掛かるわ。ロベールには悪いことをしたから、彼にも手伝って貰うことにする。彼はコンピュータの扱いに慣れている。雑誌のカラーコピーからの転載だと画質が粗いから、最初にスキャナーで取り込んでコンピュータによる細かな修整を頼むわ。そうすれば拡大しても見られるし、もっといろんなことが分析できる。ユリコのリストにあったサイズ通りに復元もできる。コピーからの拡大だと見られたもんじゃない」

「もし麦畑を原寸に拡大できたら……」

由梨子はマーゴに、

「模写をして見ようかな」

「やってくれる！」

マーゴは手を叩いて喜んだ。

「あの写真は画像が大きいから筆遣いもしっかり分かる。原寸になったらもっと簡単。色の指定はマーゴが細かく言ってくれればいい。模写は長い間手掛けていないけど、ゴッホならやり甲斐があるわ。挑戦してみたい」

「私にとってはなによりの宝物になる。夢みたい。ユリコの腕はオルセーでも評判よ。ロベールが忠実にコンピュータで再現さえしてくれれば、本物と瓜二つになる。もし本にでも纏めるときはカバーにも使えるし」

「だめよ。本物の写真があるじゃない」

「ゴッホの嘘を暴く本だもの、カバーも模写の方が面白い。私とユリコとロベールの三人で作り上げた本の意味合いも出せる」

「本にしたいと世界中の出版社が申し込んでくるでしょうね。ゴッホが殺されて、しかも犯人が弟のテオだったなんて……」

「全部ユリコのお陰。あのリストを見せられていなければここまでやれなかった」

それに頷きながらも由梨子は目を伏せた。死んだ母のことを思い出してのことだった。

「ごめんなさい」

敏感に察してマーゴは謝った。

「私って、自分のことばかり」

「いいの。母のこととこれは別の話だわ」

由梨子は微笑みで向き合った。

「あのリストなんて、ただの切っ掛け。マーゴの中に最初から答えが隠されていたのよ。おめでとう。本当に凄いと思う」

由梨子は手を差し出した。くしゃくしゃの顔をしてマーゴはその手を握り締めた。

第四章　暗　闇

1

それからおよそ一ヵ月が経過した。

オランダから押収されたゴッホの作品群はまだ杳《よう》として行方が知れない。追いかけていたアジムとサミュエルも手掛《てが》かりをなに一つ得られぬまま、本国からの指示で別の件への応援に回されてアメリカへ渡っていた。ロスの麻薬密売の陰にどうやらネオ・ナチが介在しているらしく、さらにその連中を操っているのが戦後間もなくに南米で再結成されたナチスの生き残りのようだと知らされては見過ごすわけにいかない。

意気込んでロス入りしたものの、アジムとサミュエルはまったく暇な身となった。重要な局面に至ったとき、三人では不安だという判断で回されただけに過ぎない。しかも本来の担当である三人だとてＦＢＩの邪魔をしないようにアメリカ側からきつく釘《くぎ》を刺されている。それではアジムとサミュエルになんの動きも取れないのも当然であろう。下町の安宿に腰を据《す》えて、いざというときを待つしかない。それも仕事とアジムは耐えているが、若いサミュエルは我慢ができないようで愚痴《ぐち》ばかりをこぼしている。だが、殺しても殺しても這《は》い出てくるゴキブリとの格闘にはさすがにアジムも辟易《へきえき》としていた。麻薬捜査は時間がかかる。いったいいつまでこれが続くか、その見当さえもつかない。担当の三人も本国からの指図なので二人をなんとか受け入れているものの、内心では当てにしていないのが見え見えだ。

「起きてますか！」

サミュエルが乱暴にドアを叩いた。

服に着替えてベッドに横たわっていたアジムは慌《あわ》てて起き出すとドアを開けた。まだ階下の食堂に行くには早い時間だ。

「連絡が入ったのか？」

顔を見て、違うな、と思いつつもアジムは質した。それでもいつものサミュエルではない。なにやら興奮していた。

「こいつですよ」

サミュエルは分厚《ぶあつ》い新聞を突き出した。アジムは受け取った。サミュエルも部屋に入る。

「なにがあった？」

アジムは戸惑《とまど》った。サミュエルが開いて手渡した頁《ページ》は社会面ではない。

「あの女です。でかでかと出ている」

サミュエルは写真を示した。アジムも目を動かした。その笑顔の主がパリのオルセー美術館に勤務しているマーゴと気付くまで数秒かかった。が、なんのことか咄嗟《とっさ》には判断がつかない。アジムは動転していた。そのすぐ脇にゴッホのものらしい作品の写真も大きく掲載されている。そちらの方が気になって目があちこちに飛ぶ。

「あの女たちが発見したんです」

サミュエルは苛々《いらいら》と説明した。

「発見したって……あの絵をか！」

新聞を持つアジムの指が震えた。

「本物じゃないですがね。戦争中にオランダで出されていた美術雑誌にゴッホの押収作品がほとんど紹介されていたんです。信じられますか？　この記事を読むと、我々が二人を追いかけていた日のことだ。入手先は、例の男です。ホテル前のカフェで二人が会っていた男。二人にすっかり騙《だま》されていた」

サミュエルは毒づいた。

「くそっ、まったく腹が立つ。俺たちはなにをしてたんです？　なんにも知らないでのんびり見張ってただけじゃないですか」

「騙されたのとは違うだろう。我々はなにもユリコに訊いておらん。少し黙ってろ」

アジムはベッドに腰掛けて記事を丹念に読みはじめた。まだ頭が混乱している。

「ゴッホが弟に殺された？」

アジムはそこまで読んで思わず声にした。

「まさか……なんでそうなる？」

「あの女が発表した論文のダイジェストですからね。詳《くわ》しくは……しかし、大変な騒ぎを引き起こしているみたいじゃないですか。あの女の名前がこうして世界に広まった」

「いつのことなんだ？」

「最初の方にあったでしょう。四、五日前のことです。オルセーの紀要に書いたとか」

アジムは慌てて目を戻した。完全に読み落としている。アジムは舌打ちした。

「信じられん。こいつを読むと、そうとしか思えなくなったが……我々はそんなとてつもない品物を追いかけていたのか」

アジムは深い溜め息を吐《つ》いて、

「にしても、このマーゴという女は大したもんだ。だいぶ前からゴッホが殺されたんじゃないかと睨《にら》んでいたとはな。いったいだれがそんな想像をする？　それほど切れる女には見えなかった。分からんもんだな」

「まったくです」

「この紀要が手に入るか？」

「それならたぶんオルセーのホームページにアクセスすれば閲覧《えつらん》できるでしょう」

「すぐに見られるって？」

「今はそういう時代なんですよ。階下の食堂で三十分ほど待っていてください。プリントアウトして持って行きますから」

サミュエルは笑って出て行った。

〈参ったな……〉

アジムは頭を拳《こぶし》で叩いた。自分らは結局なにも得られずにパリを離れたことになる。

食堂で苦いコーヒーをちびりちびりと飲んでいるとサミュエルが現われた。サミュエルは得意そうに紙の束を突き出した。

「オルセーのトップページにアクセスしただけで見ることができました。オルセーも配慮したんでしょう。ちゃんと英語版も用意してあった。よほど力を入れているとみえる」

「ずいぶんあるな」

アジムはぱらぱらと捲《めく》った。二十枚以上はある。写真も豊富だ。

「その写真……大半がオランダの美術雑誌に掲載されていたものです。つまり我々が追いかけていたやつですよ」

サミュエルは簡単な朝食を頼んだ。

アジムはしばらく読み耽《ふけ》った。

新聞のダイジェストとはまるで違う。ゴッホと弟のテオの書簡もそのまま引用されている。これを読むと確かにマーゴの仮説に頷くしかない。矛盾や隠蔽《いんぺい》が明らかだ。なぜこれまで他の研究者が見過ごしてきたのか、そちらの方が不思議に思えた。特に遺書とされてきたものが、少し前にテオに出された手紙と同一の内容であることには衝撃を受ける。テオがこれを遺書と断定するわけがない。断定したのならテオが嘘をついたことになる。いちいち頷きながらアジムは先に進んだ。

読み終えてアジムも確信を抱いた。

推論のすべてに得心がいく。これなら世界中が驚愕《きょうがく》したのも無理はない。

「大したもんだ」

アジムはまたおなじ言葉を吐いた。

「テオがこの絵を隠したのも当たり前だな。女房に告白していれば、女房は必死に捜し出して処分したに違いないが……」

アジムは麦畑の中に立つテオの悲しげな肖像に目を戻した。このテオのポケットにはゴッホの命を奪うことになる拳銃が隠されているのだ。

「こいつを本部に転送してやれば……」

サミュエルが思い付いた顔で続けた。

「本部もまた考えを変えるかも知れない」

「どうかな。我々の失態に気付いて完全に外される可能性もある」

「品物に関しては先を越されたわけじゃない。別の者に命じてゼロからスタートさせるよりは我々の方をと考えますよ。こんなとこでだらだらしてるよりはずっといい」

「それは俺だってそうだが……」

「悔しくないんですか？　あの日我々はおなじアイントホーヘンに居たんですよ。ユリコたちじゃなく男の方を追っていれば、この美術雑誌だってこっちが先に発見できたかも」

「まぁ……そうかも知れんな」

「接触の手蔓《てづる》もまだ残されている」

「気持ちは分かるが……ここまで作品の存在が知れ渡ってしまえばやりにくくなる。たとえ見付けたとしてもオランダ政府が必ず返還を求める動きに出るはずだ。本部もそこは心得ている。無駄な捜索になる確率が高い」

「しかし、恩を売ることができる。モサドの名も高まるでしょう」

「パリのホテルの……イベットとか言ったか。あの受付けの娘に会いたいだけだろう」

熱心なサミュエルにアジムは苦笑した。

「このロスが性《しょう》に合わないだけです」

サミュエルはにやにやとして返した。

「分かった。本部の指示を仰ごう」

アジムも了解した。

「先輩だってこれでまたユリコと会える」

「くだらんことを言うな。それだからおまえの言うことに信頼が置けなくなる。我々の役目をちゃんと分かっているんだろうな」

「ゴキブリ退治の毎日よりはいいですよ」

サミュエルも負けてはいなかった。

「だが……これでますます捜索が面倒になった。楽な仕事じゃないぞ」

「どうしてです？」

「これだけの騒ぎになれば絵を持っている連中も警戒する。迂闊《うかつ》に市場には出してこない。また数年は隠し持つしかないと諦《あきら》める」

「なるほど」

「移動したのは売買が目的だったと思われる。それがマーゴのせいで駄目になったわけだ。押収品と分かっているものにまともな美術館が手を出すはずがない。下手をすればオランダに返さなきゃならん。と言って個人には手に余る品物だ。今頃はマーゴを逆恨《さかうら》みしているに違いない」

「あの女の命が狙われるとでも？」

「いくらなんでもそれはないさ。殺したところで絵が売れるようにはならん」

アジムは笑ってコーヒーの追加を頼んだ。

2

由梨子は連日ゴッホと格闘していた。

仕事場の壁には麦畑に立つテオの肖像画の写真を何十枚と貼り付けてある。大きさや色もさまざまだ。顔だけの拡大があれば、ほぼ原寸に近い全体図もある。すべてロベールが用意してくれたものだ。拡大は筆遣いを確かめるためのもので、さまざまな色違いの写真は色の重なりの分析用と、オリジナルの色を推測する参考としている。これだけ材料が揃っていれば模写などむずかしくないと考えていたのだが、取り掛かって半月が過ぎた辺りから迷いに襲われた。一度は専門家であるマーゴが唸《うな》ったほどのものを完成させたこともある。だが由梨子は納得できなかった。似せただけで、やはりゴッホとは言えない。技術ではないなにかがゴッホの絵には潜んでいる。それに自分が気付いた以上は、それを完成品として提出するわけにはいかない。出版する本のカバーに用いられるかも知れないと分かっているからにはなおさらだ。

由梨子は一から出直した。

できる限り忠実なゴッホの複製を買い集め、比較的単純な作品を何枚か模写した。そうすることでゴッホを自分のものにできる。それを果たしてからでないとテオの肖像画には取り掛かれないと悟ったのだ。なにしろ本物を見ることができない。それなら自分がゴッホになるしかないではないか。写真は結局参考にしかならないことを由梨子はこれまでの修復の経験から承知している。絵の具はあらゆる条件に応じて敏感に変化する。写真はそういう状況の一瞬を記録したものに過ぎない。教会の壁画などの修復を手掛ける際、由梨子は事前に画集や写真を用意して貰うことが多いのだが、いざ現場に出掛けて対面すると、その準備がまるで無意味だったとしばしば感じさせられる。太陽光、白熱光、曇天《どんてん》、均一照明、さまざまな状況下の写真を揃えて貰っても自分の目とは違う。特に今度の場合、写真は雑誌に掲載された一枚きりなのだから、極端な話、構図以外は信頼することができない。そこをロベールも踏まえて、太陽光や白熱光を当てた状態のものまで写真加工のソフトを用いて作ってくれているのだけれど、元となっている画像がオリジナルにどれほど忠実か判断できないのではあまり役立たない。

弱音を吐く気はないが、なんでこんな面倒な仕事を引き受けてしまったのかと後悔も膨《ふく》らみはじめている。今日の午後は途中まで取り掛かっていたものを完全に破棄することにすべてが費やされた。塗り重ねた絵の具を丹念に削り落として新たな下地を作る作業だ。別のキャンバスが使えれば問題もないのに、それができない。ゴッホのキャンバスはたいがいが手製で市販のものとサイズが異なる。由梨子が作るしかなかったのである。その手間が面倒なのと、布地が関係している。せっかくの模写だからと張り切って由梨子も修復に用いる古い布地を使っているのだ。百年以上も前の布地は決して安くない。

〈これでまた二日を無駄にした……〉

綺麗《きれい》に戻されたキャンバスを眺めても達成感などもちろん湧《わ》かない。由梨子は下地を塗っていた筆を乱暴に置いて切り上げた。

今度こそ描けると思っていただけに、その失望の方が大きい。ゴッホはこの作品を恐らく一時間やそこらで完成させたはずだ。忠実な模写となるともちろんそうはいかないにしても、こちらだって半日程度で仕上げたい。そうでなければ勢いが生まれない。二日かかってもできないものは、すでに違っている。

〈本当に一時間やそこらかしら〉

由梨子は壁の写真と向き合った。

ゴッホはデッサンせずにいきなり筆を用いたそうなので速いのは分かるにしても、細かな色の重なりが多い作品である。ずいぶん手直しした部分も見受けられる。ゴッホの側に余裕がなければこういう風には描けないはずだ。しかし、描かれているテオの方はどうだったのだろう？　自殺を決意して出掛けて来た男である。のんびりとモデルをつとめている気分にはなれなかったのではないか？　その気持ちは当然ゴッホにも伝わる。そこが由梨子には不思議でならない。有名な麦畑の上を飛び交う烏《からす》の絵とそっくりな色遣いではあるのだが、色の密度がだいぶ違っている。実際に模写を手掛けてみなければ気付かなかったことだ。それが由梨子の迷いにも繋《つな》がっている。なんて呑気《のんき》な男なんだろう、と腹立たしささえ覚えるほどだ。弟の苦悩も汲《く》み取れず、淡々として作品に熱中している。筆に乱れはいっさい見られない。これを一時間やそこらで仕上げたのなら、まさに天才だ。由梨子の技量なら、構図が定まった状態からでも半日はたっぷりとかかる。むろん模写ではなく由梨子のオリジナルだとしてもだ。

〈あの『ひまわり』だって……〉

ある程度満足できる模写を仕上げるまでに六時間はかからなかっただろう。昼前からはじめて夕方には終わっていた。なのにこの作品は二日を費やしても満足にはほど遠い。オリジナルを見られない不安ばかりではないような気がする。本当にこの作品には手間隙《てまひま》がかけられているとしか思えない。見た目が簡単そうなだけだ。やはりゴッホのテオに対する愛情の深さの表われなのだろうか。その心が自分には足りないから完成させることができないのかも知れない。

〈それはそうよね〉

由梨子は一人頷いた。自分の命を捨ててまで弟の過失を隠そうとしたゴッホなのである。それほどの愛を抱くことのできる人間は珍しい。自分ならやはり死を恐れて医者を頼る。ゴッホのような人間は一万人に一人だ。

かなわないな、と呟《つぶや》きながら由梨子は居間に戻った。二時間もたばこを喫《す》っていない。

スパゲティを茹《ゆ》でているところに電話が鳴った。マーゴかロベールと思って出たら兄の正樹からのものだった。

「こんな時間に珍しいわね。真夜中でしょ」

「東京に出て来ている。さっきまで飲んでいたんだ。元気か？」

「元気か、じゃないわよ。あれからずっと音沙汰《おとさた》なし。どうなってるの？」

「やっぱり厄介《やっかい》な調べでな。興信所もさっぱりだった。まぁ、諦めちゃいない。必ず突き止めるから、もう少し待っててくれ」

「一ヵ月よ。狭い日本のことじゃないの」

「分かってる。どうもいい加減な興信所を頼んじまったようでな。ろくな調べもせずに日当ばかり請求してくる。こっちもこのところ忙しかった。今日の東京も学会の発表だ」

「母さんの家と違うようね」

「おまえが戻るまで電話も電気も止めて貰ってる。そんな不便なとこに泊まれるか」

「ずいぶん酔ってるみたい」

「おふくろが死んだ家だぞ。俺も辛い」

「そうね」

「おまえの方こそ元気がなさそうだ」

「仕事のことで苛立っているだけ」

「どんな仕事だ？」

「ゴッホの模写。兄さんも知ってるでしょ」

「日本の新聞にも出たよ。紀要も読んだ」

「どうやって？」

「仲間が手に入れてくれた。そいつには前からゴッホのことを耳に入れていたんだ」

「だれ？」

「大学病院の同僚だ」

「妙なことまで教えていないでしょうね」

「妙なことってのはなんなんだよ。おまえこそ妙な方向に話をねじ曲げてるぞ。ゴッホなんか親父やおふくろとは無縁だ。もう忘れちまった方がいい。大昔の話じゃないか」

「なにか分かったのと違う？」

由梨子にはそんな気がした。酔っているとは言え、いつもの兄とは様子が違う。

「利用されてるだけじゃないのか？」

「私が？　だれに？」

「論文を発表した彼女にだよ。あのリストのお陰で解決できたんだろ。なのに紀要の最後におまえの名前がちょこっとあるだけだ。なんとなく不愉快でな」

「馬鹿みたい」

由梨子は声にして笑った。

「リストのことで問い合わせは？」

「マーゴの方にはね……でも彼女が上手く対処してくれている」

「それなら結構だが……飛び火はごめんだぞ。親父のことまで根掘り葉掘り詮索されたらかなわん。あの論文のせいで宝捜しがはじまりそうな按配《あんばい》だって言うじゃないか」

「だれがそんな話をしてるの？」

「俺にだってその程度は見当がつく」

「今は、だれかに聞いたと。逸《そ》らさないで」

「話を逸らしてるのはおまえだろうが。俺たちの周りのどこにゴッホがある？　あるわきゃないよ。確かに貸金庫にあのリストがあったのは不思議だが、だからと言って親父が隠し持っていたことにはならん。妙な噂が広まったら俺の立場もなくなる」

「それを心配してたんだ」

ようやく由梨子も正樹ののらりくらりした言い方に得心がいった。

「無縁と信じてる。心配まではしていないがね。噂ってやつは一人歩きする。スイスで殺されたハルダーとか言ったか？　それとの関連だって口にされないとは限らん」

「それについてもあれ以来なにも言ってこないわよ。安心した？」

「論文を発表した彼女は自分のことだけで我々への迷惑はなにも考えていないだろう。おまえの名前をちょこっと加えるぐらいなら、むしろなんにも書かずにいて欲しかった。ゴッホとなれば目の色を変える人間が世界にはいくらも居る」

「…………」

「論文を発表する前に知らせて貰いたかった」

「マーゴの研究よ。なんで兄さんと関係あるわけ？　やっぱり変だわ」

「失われたゴッホの手掛かりはあのリストだけなんだ。だれがリストを持っていたのか探りにかかる。たった一行でも、わざわざおまえの名前を挙げて感謝を捧《ささ》げている。察しのいい人間ならおまえがリストの提供者だと見抜く。すでにおまえの周辺を洗いにかかっている人間が居るのかも知れん」

「考え過ぎよ」

「日本の金にして最低でも五百億くらいの値がつくそうだな」

それは由梨子も認めた。油絵で二十号以上の作品ばかりである。どれでも一点十億はするとマーゴが言っていた。遺作と証明されたに等しいテオの肖像画は百億の値段がついてもおかしくはない。

「ただ感心して論文を眺めているやつばかりじゃないってことだ。五百億のためならなんでもする。なのにおまえは呑気に模写か」

「兄さんの言う通りかもね」

由梨子も少し寒気を感じた。自分の周辺にはないと承知していたので、それ以上のことを考えもしなかったが、他人がどう思うかは分からない。正樹の心配は当たっている。なぜリストが由梨子の家に残されていたのかを探ろうとする人間もきっと出て来る。

由梨子は溜め息を吐いた。

それを言われたところで取り返しがつかない。マーゴの論文はインターネットを通じて世界に広まってしまっている。

「馬鹿をしでかしたのは私ね」

「俺でさえ親父のことはよく分からん。他人にはもっとだ。そう信じるしかないな」

正樹は慰《なぐさ》めるように口にして、

「しばらく旅行でもしたらどうだ？　仙台に来るのもいい。面倒に巻き込まれてもこんなに離れていたんじゃ手助けもできん。いくらなんでも仙台までは追いかけて来なかろう」

「周りがうるさくなったら考える。今は本当になんにもないの。模写が捗《はかど》らないせいで外にもあまり出ないし……大丈夫。なにかあったらこっちから連絡する」

「凄《すご》い論文だってのは認めるよ。リストのことがなけりゃ、あの論文の中におまえの名があることを誇りに思ったさ」

「どうせなら早くゴッホが見付かってくれればいい。それを祈りたい気分」

「オランダの美術雑誌にあった論文が読めるか？　欲しがっているやつが居る」

正樹はいつもの口調に戻して訊ねた。

「本を出版するまではマーゴも公開したくないみたい。論文には掲載しきれなかった作品の写真がまだまだたくさんあるの」

「隠し球ってわけか」

「出版社の意向らしいわ。写真の転載と言っても新発見に等しいわけだから」

「そういう事情なら仕方ない」

「美術に熱心な友達が居るのね」

「ゴッホは特別だ」

正樹は言って長い電話を終えた。

火を止めたスパゲティがすっかり湯を吸い込んでふやけていた。捨てるしかない。

けれど由梨子の食欲も失せていた。

なにかがこれから起きそうな嫌な予感がする。ただでは済まない気がしてきた。マーゴの投じた一石の波紋はとてつもなく大きい。

〈兄さんの言う通りよ〉

甘く考えていたのである。

由梨子は苦しくなった胸に手を当てた。高鳴りがはっきりと掌《てのひら》に伝わった。

3

三日後。

夜はマーゴの本を出す出版社の小さなパーティに誘われていた。マーゴの本が出るのはまだ先のことだが、彼女の名はあっという間に広まったので出版社もその知名度を他の出版物にまで利用している。彼女へのインタビューが目的で新聞や雑誌の記者が出席の返事をよこしているのだ。なにしろ発売前から英語版、ドイツ語版、そして日本語版の出版契約の申し込みがある。オランダでももちろん翻訳出版されるはずだ。マーゴはフランスにおける時の人となった。それに便乗して出版社は別の本まで売り込もうとしている。

仕事を早めに切り上げて外出の支度を調えていると電話が鳴った。

「おひさしぶりです。アジムです」

咄嗟には思い出せなかった。それが母親の死とゴッホのことで訪ねて来たロンドンの損害保険会社のアジムと分かって由梨子は返事に詰まった。

「いろいろと騒ぎになっていますね」

やはりそのことで電話してきたのだ、と由梨子は緊張した。アジムにはゴッホのリストを持っていたことを隠していた。だが、マーゴの論文を目にすればアジムにもだいたいの見当がついたはずである。

「びっくりしましたよ。お友達の記事はアメリカで読みました。それでパリに引き返して来たんです。私たちの知らないことをお二人はご存じのようです。お母さまの死に関する謎を解くためにもご協力をお願いできませんか？　もはや隠し事をするつもりも……」

「隠し事？」

「電話ではちょっと……もしお時間が取れるようでしたらアパートの方に」

「今夜はこれから外出するんです」

「どちらに？」

「それこそマーゴと一緒。彼女の本を出す出版社のパーティ。小さな集まりなので招待客以外は入れないことに……」

「何時頃に終わりますか？」

「さあ……マーゴに付き合う約束もあるし」

「私たちは何時でも構いませんよ」

「明日では駄目なんですの？」

強引な口調に由梨子はむっとした。

「もちろん明日でもよろしいですが……マーゴさんにもお会いしたいんです。実は昨日の夜にこちらに入りましてね……今日は朝からシュワルツという男のことを調べていました」

「なんのために……」

由梨子は戸惑った。

「そのことも、お会いできたときにきちんとご説明しますよ。しかし……あの男が殺されているかも知れないなんて、まったく考えもしませんでした。それで私たちも打ち明ける気持ちになったんです。なんだか危ない気がしてならない。あなたが考えておられるより深い裏のあることかも……」

「電話では話せないことですか？」

「盗聴されていないとも限りません」

まさか、と由梨子は笑った。

「まぁ、まさかでしょうがね」

アジムも陽気に返した。

「分かりました」

由梨子はその笑いでアジムを信用した。

「それならパーティが終わった後にでも」

「いやいや、ご迷惑でしょうから明日の昼にでもまたご連絡します。会ってくださると約束していただけただけで安心しました」

アジムはのんびりとした口調に戻して電話を切った。


「どうしたんです？」

やり取りを聞いていたサミュエルは怪訝《けげん》な顔をした。不自然な会話だった。

「冗談のつもりだったが、本当にユリコが盗聴されているんじゃないかと思ってな。となると迂《う》闊《かつ》なことは言えん。会ってくれると言ったんだ。パーティ会場の前で待ち構えていたとて怒りはしなかろう。マーゴの本を出す出版社のパーティなら、その会社に問い合わせれば時間や場所が分かる」

「明日電話すると言ったのは嘘ですか」

「もし盗聴している人間が居れば、それで安心しよう。今夜は動きを見せんさ」

「よく一瞬でその判断がついたもんだ」

サミュエルは感心した。

「余計なことを喋《しゃべ》り過ぎた。脇で聞いている者があれば必ず我々に興味を持つ。ユリコの安全のためにも慎重に行動しないと」

「盗聴の可能性は？」

「まるで分からん。パーティ会場に行く前にユリコのアパートを調べよう」

「また忍び込むんですか」

サミュエルは呆れた。

「考え過ぎかも知れんのは百も承知だ。しかし、やっておく必要がある。シュワルツの一件は半端じゃないぞ。これを偶然と見るのは、なにも知らん警察だけだ」

「それはまぁ、そうでしょうね」

サミュエルも頷いた。

「ばらばらのジグソーパズルのピースを眺めているようなもんだな。絶対なにかがユリコの周辺で起きている。なのに我々にはどんな事件なのか見当もつかん。我々にできるのは小さな事実を丹念に集めることしかない。もっとピースを集めるのが大事だ」

「けど、今度のことはマーゴの問題でユリコとはあまり関係がない。違いますか？」

サミュエルはまた首を傾げた。

「すべては確かめてからのことにしよう」

アジムは背広を手にして促した。


それからおよそ一時間後。

アジムとサミュエルは由梨子のアパート近くでタクシーを下りた。部屋の明かりが消えているのはタクシーの中で確認している。

「素人相手のことだ。単純な仕掛けだろう。あるとすれば電話本体に仕込んでいる」

アジムはサミュエルに耳打ちした。

「一人で行けということですね」

サミュエルは舌打ちして向かった。

「今夜は前と違ってゆっくりやれるぞ。ユリコは十時までパーティだ」

アジムは周囲に目を動かしながら言った。

本格的な盗聴なら機械を搭載したワゴン辺りが近くに停車していることもある。

「見付けたときは？」

サミュエルが振り返った。

「当たり前のことを訊くな」

そのままに放置するしかない。アジムは背を向けてぶらぶらと歩きはじめた。

サミュエルが戻るのに十五分もかからなかった。アジムは嫌な予感に襲われた。

「あったらしいな」

「先輩の見込み通りのところにね。ＦＭ発信機ですよ。感度がいい。あれで室内の音を全部拾うことができる。こっそりやったつもりですが、ひょっとして電話に触れた音まで伝わったかも……」

「留守を承知なんだ。そこまで熱心に聞いてはいないだろう」

無理にアジムは自分に言い聞かせた。

「正直言って……あるとは思わなかった」

「こっちもさ」

アジムは吐息した。

「ユリコに教えるんですか？」

「そこが難問だな。忍び込んだとは言えんだろうさ。といって放置することもできない。盗聴の可能性を繰り返してユリコ自身に発見させるしか手はないが……下手にやって敵にそれを気取られれば今度はユリコの身が危うくなる。いったいどうすりゃ……」

アジムはバス停のベンチに腰を下ろした。暗い道をうろうろとしているより自然だ。

「いっそのこと……」

アジムは思い付いて顔を上げた。

「派手にやって我々が取り除くか」

「どうやって？」

「仕掛けた連中とおなじことをするってのはどうだ？　ユリコが例のリストの所有者であることは知られていても不思議じゃない。そいつを狙って侵入したと思わせる。部屋を荒らすフリをして盗聴器を見付ける」

「そんな嘘が通用しますかね」

「少なくともユリコの仕業《しわざ》とは思わんだろう。派手に荒らせば警察も乗り出す。敵も当分は様子を見守る。いくらなんでも直ぐに盗聴器をまた取り付けはしない」

「相手はきっとプロですよ」

「プロだからこそ単純な罠《わな》に引っ掛かる。間抜けな泥棒の役を我々が演じるんだ」

「仕掛けたのはムッセルトかも」

サミュエルはそれを案じた。

「ムッセルトだったら我々の声を知っている」

「違う気もするが……それならそれで構わんさ。ムッセルトは我々が絵を追っていることを知っている。現われても不思議とは思わん」

アジムはベンチから立ち上がった。

二人はユリコの部屋に忍び込むと仕事場やら寝室を派手に捜し回った。この様子は盗聴器を通じて相手に聞こえているはずだ。二人は盛んにリストという言葉を口にした。

やがて盗聴器の仕掛けられている電話のある居間に取り掛かる。

「額も外して確かめろ」

アジムはサミュエルに命じた。自分は絨毯《じゅうたん》の下などを捜すフリをする。

「どこにもない」

苛々とサミュエルが叫んだ。いよいよアジムは電話に手を掛けた。乱暴に電話の底にドライバーを当てる。

「なにしてるんだ？」

「ここに隠してるかも知れん」

アジムはサミュエルに言って底を外した。盗聴器を見付けて驚きの声を上げる。サミュエルも電話の側に駆け付けた。

「こいつはどういうことだ？」

アジムは盗聴器をつまみ上げると、

「驚いたね。俺たちより先にリストを狙ってるやつが居たらしい」

口元を近付けて嘲笑《あざわら》った。

「だれか聞いてるのか？　どこのどいつか知らんが、手を引け。リストは俺たちがいただく。ふざけた真似をすると後悔するぞ」

言ってから盗聴器を拳で叩き付けた。

「よし」

アジムはサミュエルに目配せした。一刻も早く部屋を出ないと危ない。近くでこれを聞いていないとも限らない。アジムは盗聴器をポケットに突っ込んで部屋から飛び出た。

　非常口に回って階段を下りる。

　裏庭の低い塀《へい》を乗り越え、薄暗い道に立って二人はようやく安堵《あんど》した。

「ユリコには可哀相なことをしたな」

「なにがです？」

「部屋を荒らしたことだ。女性の一人暮らしだぞ。ショックが強い。あのアパートにはもう住めないかも知れん」

「仕方ないでしょう。盗聴され続けているよりましだ。そもそも不用心過ぎますよ。今時だれでも勝手に入り込むことのできるアパートなんてね。引っ越した方がいい」

　サミュエルは真面目な顔で言った。

「だれが、なんのためにユリコの身辺を」

　アジムは表通りに向かいながら首を捻《ひね》った。

「やっぱりムッセルトじゃないですか。早い時期からユリコをマークできた人間はムッセルトしか居ない。我々と同様にユリコの母親がゴッホの絵と関わっていたことを知っていたわけだから」

「盗聴器がいつ仕掛けられたか分からん。マーゴがあの論文を発表してからだとすればムッセルト以外にも考えられる。単純にゴッホの行方を追っている連中さ。それだと多少は安心できるんだが」

「ユリコはなにも知らないのに……馬鹿なやつらだ。お陰でこっちも迷惑を被《こうむ》る」

「本部に応援を頼みたくなってきた。ユリコ一人に関わっているわけにはいかん。といって放っておけばこの先どうなるか」

「本部は認めないでしょう。我々がこうしてパリに来ることだって渋々だった」

「人でも死んでみせなけりゃその気にならんということか。部屋を荒らした程度じゃパリ警察も身辺警護までやらん。こうなったらユリコの命を狙ってみるか」

「は？」

「むろん偽装だ。しかし、それでパリ警察は真剣に彼女の保護にかかる。我々二人が守るよりずっと効果があるはずだ」

「狙われているという確証があるならともかく、今の段階じゃなんとも言えない。よっぽどユリコが心配らしい」

サミュエルは笑った。

「殺されてから後悔したくない。我々が追っている連中はすでに二人も殺している。いや、シュワルツもそうだろう。ユリコが狙われないという保証はどこにもない」

「殺すにはそれなりの理由が……」

「だったらハルダーやユリコの母親が殺された理由がおまえに分かるのか？　敵にユリコを殺す理由がないとなんで言える？」

「今まで無事じゃないですか。女一人殺すのに面倒はない。あの通りのアパートだ。それならとっくに殺されていますよ」

なるほど、とそれにはアジムも頷いた。

「わざと見逃しているとしたなら、ゴッホを発見したくてユリコを泳がせているんでしょう。見付かるまでは安全ということじゃ？」

「ひさしぶりにおまえの名推理を拝聴したよ。確かにそういうことだ」

アジムは陽気な顔に戻した。


その頃、由梨子はモンマルトルにある画廊で開催されているパーティに出ていた。その画廊で個展を開いている若い画家の出版記念パーティである。個展といっても出版社が経費を負担している。宣伝が目的なので招待客は美術関係者と記者がほとんどだ。

「詰まらんパーティだね」

マーゴの知人ということでロベールも出席している。ロベールは記者に取り巻かれているマーゴを横目に由梨子に囁《ささや》いた。

「先に出てカフェで待っていないか？　マーゴは当分ここを出られそうにない」

「マーゴに悪いわ。マーゴも知り合いが少ないってがっかりしてたもの」

「退屈はしないさ。あの調子だ」

ロベールは嫉妬《しっと》しているのだろうか、と由梨子は思った。ロベールだって今度のことではだいぶマーゴに協力している。なのに記者たちはマーゴにしか関心を示さない。

「画家も嫌いなんだ」

悪戯《いたずら》っ子のようにロベールが耳打ちした。

「才能があると思うけど」

由梨子は間近に掛けてある絵に目を動かした。明るい色を用いたグラデーションだけで構成されている。絵というより装飾に近い感じだが色の組み合わせが絶妙だ。しかも襖《ふすま》くらいの大きさなので圧倒される。

「まだ画集を出せるほどの人気はない」

由梨子は曖昧《あいまい》に笑ってそれに応じた。

「マーゴから聞いてないか。あの社長に取り入ったという噂をさ」

ロベールは若い画家と肩を寄せ合うようにしてワインを飲んでいる出版社の社長を顎で示した。男同士そこだけ異様な雰囲気で、なんとなく近寄りがたい。

「社長も彼を成功させようと必死らしい。だからここへマーゴを引っ張り出したんだろ。マーゴも断ればいいものを……なんだか俗物になったみたいで寂しいよ。すっかり社長の言いなりになってる」

「でも、前からの知り合いなんでしょ」

「マーゴは男嫌いだからな。その意味ではあの社長と気が合う」

意味深な笑いをロベールはした。相当飲んでいると見える。

「出ましょうか」

ロベールの酔いの方が気になって由梨子は承知した。

「マーゴに言ってくるわね」

由梨子は人混みを掻《か》き分けて向かった。

「ロベールが酔ったみたい」

由梨子はマーゴの肩を叩いた。

「ずいぶん飲んでたもの」

マーゴは眉をひそめてロベールを捜した。ロベールが大袈裟《おおげさ》に手を振る。

「さっき待ち合わせたカフェで待ってる。マーゴは気にしないで。まだ用があるんでしょ」

「例の雑誌を紹介しないといけないわ」

マーゴは記者たちにも笑いながら言った。記者たちもそれが見たくて集まっている。論文には半分もゴッホの作品を発表していない。

本にするまでは公表しないことになっていたのに、それを力説していた社長が自ら禁を犯したのだ。マーゴはむしろ公開したがっていた方だから素直に応じたものの、ロベールの言うように、言いなりになっているという印象は否めない。社長は愛人である若い画家のことを中心に考えている。

「一時間はかかるわよ。そんなに待っていられる？　なんなら先に帰っても……」

「大丈夫。酔っ払いの相手をしてるわ」

由梨子は微笑んだ。

「必ず行くから」

マーゴは由梨子の手を握った。

「ロベールにも悪いと思っているの。ロベールが面白くないのは知っている」

「馬鹿ね。関係ないじゃないの。マーゴの力だわ。それは私が一番よく知っている」

「ありがとう。ユリコが支えよ」

握るマーゴの指に力が入った。

由梨子とロベールは画廊近くのカフェに移った。広い道を挟んで画廊が入っている建物を見ることができる。

「すっかり有名人になっちまったな」

大きなカップのコーヒーを啜《すす》りながらロベールの目は画廊に注がれていた。曇りガラス越しに賑《にぎ》やかな様子が窺われる。

「あまり話をしていないの？」

そんな感じがして由梨子は質した。

「仕事場に滅多に居なくなったからね。この前もテレビの仕事でオランダに行っていた。オルセーの方も本の出版が最優先と心得ている。マーゴは特別扱いだよ」

「マーゴの希望？」

「いや。マーゴは休暇願いを出したんだが、上の方がそういう扱いにした。ゴッホ熱が急に上昇してオルセーを訪ねる賓客《ひんきゃく》が増えている。そのときにマーゴが休暇を取っていればまずい。賓客もマーゴの案内を望む」

「本を執筆する暇もないわね」

「頑張ってるさ。マーゴはそういう女性だ」

「素直になりなさいよ」

由梨子はくすくすと笑った。

「なんのことだい」

「マーゴのこと好きなんでしょ」

「まさか。なに言ってる」

ロベールは慌てた。

「ぼくが好きなのはユリコだ」

「どうかしらね。怪しいもんだわ。一度も本気で口説いたことなんかないじゃない」

「そりゃそうだよ。ユリコの方が相手にしてくれないんだから」

「女の勘は鋭いのよ。白状しなさい」

「参ったな……本当言うと……」

ロベールは困った顔をして、

「自分でも分からない」

「やっぱりね」

「分からないってのと好きとは違う」

「一緒よ。私の歳になると分かる」

「だって……そうなんだろうか」

ロベールは絶句すると腕を組んだ。

「あの意地悪なおばさんにぼくが？」

ロベールは由梨子にすがる目をした。

「ちょっと待って——」

由梨子は道を眺めてロベールを制した。

「どうした？」

「あの二人……」

さっきから由梨子の居る店の前に佇《たたず》んで画廊を見守っている二人の横顔には見覚えがあった。二人とも口髭《くちひげ》なので印象が強い。

「明日という約束なのに」

由梨子は腹立たしさにかられて席を立った。監視されている気分だ。

乱暴にドアを開けると二人は振り向いた。

「こちらでしたか」

アジムは直ぐに気付いて挨拶《あいさつ》した。由梨子は厳しい目で二人を睨み付けた。

「パーティのお邪魔をしては悪いと思って少し様子を見ていたんですよ」

「そんな風には見えなかったわ」

「お帰りになるところだったんですか？」

「マーゴを待っているんです」

「ではご一緒して構いませんか？」

アジムは続いて飛び出して来たロベールにも挨拶をして由梨子に了解を得た。

「なにが訊きたいんですの」

「シュワルツ氏やマコト・ハルダー氏についてのことです。訊きたいと言うより、我々の承知しているこことをお教えしたいということです。もしかするとあなたは危険な状況に置かれているかも知れません」

「聞きたくないと言ったら？」

「あなたのことですよ？」

「私のことだから私が好きに選べるはずだわ」

「お疑いはごもっともですが……」

「明日という約束はそっちが言い出したことでしょ。なのにこそこそとこうして……信用しろと言われても無理だわ」

「盗聴されている可能性がありました。だから咄嗟に嘘をついたんです。今夜会う約束をすればなにが起きるか予測がつかない」

「だれが盗聴なんかするんです？」

ますます由梨子は声高《こわだか》となった。通行人が由梨子たちを避けて通る。

「どういう関係なんだい？」

ロベールは困惑していた。

「前に話した損害保険会社の人たちよ」

「店に入って話し合った方がいい」

ロベールは人目を気にして言った。

「話をする気にはなれないの」

由梨子は首を横に振った。

そのときだった。

激しい爆発音と同時に爆風が由梨子たちを襲った。由梨子は風に押されて転がった。悲鳴は後から出た。アジムたちも石畳に膝をつけている。アジムは振り返った。

画廊から白い煙が噴出している。

「マーゴ!」

由梨子は立ち上がると叫んだ。

画廊から次々に人が飛び出して来た。女たちは泣き喚いている。着飾った服や髪が粉塵《ふんじん》で真っ白になっている。道路まで逃れて倒れ込む者もあった。

「マーゴ!」

よろよろと歩きはじめた由梨子をアジムががっしりと引き止めた。

「ガスに引火する危険がある」

「だってマーゴが——」

その横をすり抜けてロベールが走った。サミュエルが追う。ロベールは画廊の中に飛び込んだ。サミュエルは諦めた。

「なにが起きたの!」

由梨子はアジムに泣き叫んだ。

「こっちもなにがなんだか」

アジムも動転していた。

4

手術室から出て来た医者の表情で由梨子はマーゴの死を察した。状況を聞く気にもなれない。医者も辛《つら》そうに目の前に立った。

「残念でした」

医者は長椅子から腰を浮かせたロベールに一言だけ告げて立ち去った。手術室のドアが開いてマーゴの遺体が運ばれて来る。耐えようとしても無理だった。由梨子の目からぼろぼろと涙が溢《あふ》れた。信じたくない。

ロベールは遺体に付き添う。

「行きましょう」

アジムが由梨子の肩に優しく手を当てた。

「どうしてマーゴが……」

嗚咽《おえつ》で後は声にできない。

「三人も亡くなった。むしろあなたは運が良かった」

アジムは溜め息混じりで口にした。マーゴの他に出版社の社長と画廊主が死んでいる。爆弾が仕掛けられていたのは画廊の事務室で、三人はたまたまそこで記者会見の打ち合わせをしていたのである。むろん被害は事務室だけで済むわけもなく、パーティに出席していた人間にも重傷者が多数出ている。由梨子とロベールはその前に画廊を抜け出ていたので無事だったに過ぎない。

だが、それが由梨子の慰めになるはずもなかった。由梨子は壁に顔を押し付けて泣いた。

「お察しします」

体の固まっている由梨子を促しつつアジムは内心で吐息していた。これでアパートへ戻れば由梨子は散々に荒らされた部屋を見ることになる。自分たちが由梨子の部屋に仕掛けられていた盗聴装置を取り除くためにしたことだが、タイミングが悪過ぎる。

そこにパリ警察の連中が現われた。

「マーゴさんのことでお訊ねしたいことが」

「あとにして貰《もら》えないかね。たった今遺体が手術室から出て来たばかりだ」

アジムが由梨子の代わりに応じた。

「あなた方は？」

若い男がアジムとサミュエルを睨み付けた。

「それもあとで説明しますよ。ユリコさんは動転していて話ができる状態じゃない」

アジムは若い男を睨み返した。

それでいい、と年配の男は若い男を制すると医者を捜しにかかった。

「ありがとう」

由梨子はアジムに小さく頭を下げた。

「私たちは部屋の外で待っています。気が済むまで彼女の側に居てあげるといい。警察のことは気になさらないで結構ですよ」

アジムに由梨子は頷くと廊下を急いだ。

「信じられないことになりましたね」

サミュエルは椅子に腰を下ろして舌打ちした。アジムも明るい廊下の天井を仰いだ。テレビ局の人間が慌ただしく廊下を行き来している。アジムたちにもなにか質問をしたそうにしているが二人に威圧されてか近寄っては来ない。

「不運としか言い様がないな。脅迫を承知でパーティを開いていたとは思わなかった」

「まさか本当に爆弾を仕掛けているとはだれも想像しませんよ」

サミュエルにアジムも頷いた。犯人はまだ捕らえられていないが、だいたいの予測がついている。出版社の社長の愛人の一人だ。社長の心が若い画家に向けられたことで遠ざけられた男が何人も居るらしい。派手な個展を開くと知って、それをぶち壊してやるという脅迫状が社長と画廊の両方に届けられていたというのだ。双方とも警察に知らせなかったのは、相手を侮《あなど》った他にスキャンダルを恐れてのことと思われる。その二人がともに死んでしまっているので脅迫の度合いは今一つ分からないものの、ただの嫌がらせと判断したに違いない。

「リモコンで爆破している。恐らく犯人はパーティ会場の様子を見守っていたんだろう。社長が事務室に向かうのを待っていたのさ」

「会場に居たということですかね」

「考えられる。だれが脅迫者なのか見当もつかん様子だったと画廊の従業員が証言してる。なに食わぬ顔で出席していたのかも知れん。むしろ出席すれば疑いも薄れる。事務室に爆弾を仕掛けるのも面倒じゃない」

「しかし……それだと自分も危険でしょう」

「死ぬ覚悟だったかもな。ゲイの方が思い込みが強いそうだぞ」

「それにしても呆れたもんじゃないですか。見当もつかないほど相手が居たってことだ」

「まったくだ。さすがパリと言うしかない」

「見守っていたのなら、無縁のマーゴが一緒だったのも知ってのことになる」

「チャンスは滅多にない」

「これからってときに……人生ってやつは」

サミュエルはまた溜め息を吐いた。

アジムは立ち上がった。パリ警察の二人がアジムたちの前に足を止めた。

「さっきの連中だ」

「そろそろ遺体を検視に回します」

「ここだけのことにして貰いたいのだが」

アジムは年配の男に言った。

「我々は事情があってユリコ・カノーに接近している。それ以上のことは言えない。イスラエル大使館に問い合わせてみてくれ」

アジムは自分とサミュエルのフルネームと、大使館のどの部署に照会すれば確認が取れるかを丁寧に伝えた。

「ユリコ・カノーがなにか犯罪に絡んでいるということかね?」

「反対だ。むしろ身辺警護していると言った方が正しい。だが、ユリコも我々が守っていることをまだ知らない。言うときは我々が判断する。内密にしていて欲しい」

パリ警察の二人は戸惑った。

「ユリコは今度の事件にまったく関わっていない。それは我々が請け合う。画廊を抜け出ていたのも偶然だ。その後は我々が爆破の瞬間まで一緒だった」

二人は大きく頷いた。

「捜査の邪魔をする気もない。それさえ分かってくれれば問題はない」

「犯人の目星は？」

サミュエルが質《ただ》した。

「まだ全然……重傷者が多くて尋問できる状態じゃない。何人がパーティに出席していたかも確認できんのですよ。なぜか現場から立ち去った者もいるらしい」

「ユリコたちに訊きたいのはそれですか」

アジムは少し安心した。

「爆弾の種類は？」

「それもまだ特定できる段階じゃないが、破壊力をきちんと計算している様子が見られる。事務室側の壁から少し離れただけで相当に安全が確保される。間違いなくプロが拵えたもんでしょう。そういう人間と例の社長が関わっていたものかどうか……」

「プロの仕業ねぇ……」

アジムは首を捻った。

「まったく無責任な男だ」

年配の男は社長の軽率さを責め立てた。

「巻き添えを食ったのがあのマーゴさんと知ってショックを受けましたよ」

「我々もです」

「彼女と面識は？」

「一度だけ。惜しい人をフランスは失った」

アジムは本心から口にした。


警察がマーゴの遺体を預かって立ち去ると由梨子も諦めた顔となった。アジムたちは強引に由梨子への同行を申し出た。拒んでいた由梨子もやがて頷いてそれを許した。

三人はタクシーに乗り込んだ。

ほとんど無言のままアパートに着く。

「お茶でも？」

由梨子は儀礼的に誘った。アジムはその言葉を待っていたように車を降りた。由梨子は笑顔も見せずに先を歩いた。アジムとサミュエルとてこんなときにはそっとしておいてやりたいのだが、部屋の一件がある。

強張《こわば》った顔でアパートのドアを開けた由梨子は直ぐに異変に気付いて立ち尽くした。アジムとサミュエルが部屋に踏み込んだ。

「なんなの、これ！」

由梨子は無残な荒らされように蒼《あお》ざめた。

「ただの泥棒ではない。なにかを捜しに踏み込んだんです」

アジムは振り返って由梨子に応じた。

「恐らくゴッホ作品の手掛かりでしょう」

「そんなの持ってないわ！」

由梨子は声を張り上げた。

「警察に電話しろ」

アジムはサミュエルを目で促した。意味を察してサミュエルは電話を手にした。

「通じません。壊されている」

「通報を邪魔して、少しでも時間稼ぎをする腹か。管理人室に行って電話を借りろ」

サミュエルは頷くと慌ただしく飛び出した。

「だれがこんなことを……」

由梨子はぐったりとソファに腰を落とした。

「気が狂いそう。私にはなにがなんだか」

由梨子は救いを求める目をアジムに向けた。

「警察が到着するまで部屋はこのままに。今夜は留守にしていて幸いでしたよ」

アジムは何食わぬ顔をして電話を調べた。ポケットに隠していた盗聴器をそっと取り出してテーブルの下に落とす。そしてアジムはその盗聴器を踏み付けた。

はじめて気付いたようにアジムはそれを拾い上げた。由梨子は怪訝な顔で見詰めた。

「ごらんなさい。盗聴器だ。きっと電話に仕掛けられていたんでしょう」

「そんな馬鹿な！」

　由梨子は盗聴器を奪って確かめた。

「電話を壊したときに転げ落ちたんだな。私が想像していた通りだった」

「いつから？」

　由梨子は泣きそうな目をした。

「マーゴさんがあの論文を発表してからでしょうな。リストの出所をマークするのが早道とたいていが思う。盗聴器を仕掛けることはいとも簡単です。そして素人相手ならもっとも有効な手段でもある」

「あなたはだれなんです？」

　由梨子は怯えた。

「役目上、身分を偽っていましたが、我々はモサドの者です」

　アジムはもはや限界と見て打ち明けた。

「モサド……モサドって、イスラエルの？」

「そうです。私たちはある筋からの情報を得てオランダから運び出されたゴッホをずっと追いかけていたんです。その過程でスイスのハルダー氏の存在を知りました。もっとも、我々がスイスに到着した直後にハルダー氏は死んでしまい、ゴッホもスイスから別のところへ移されてしまいました」

「なぜモサドの人がこれと関わりを？」

「ナチスが押収した作品ですからね。今でも我々の仕事の多くはナチスの戦犯追及にあります。

「正直に申し上げると、我々はあなたが今度のことに無縁であると判断した。それでパリから引き揚げたのです。しかしマーゴさんの論文を目にして落ち着かなくなりました。あなたの身に危険が及ぶ可能性がある。必要がないと言う上司を説き伏せてパリに戻ったんです。信じてください。我々はあなたの味方のつもりです。だれかは知らないが、あなたの周りには監視の目がある。ゴッホを捜している連中のね」

ああ、と由梨子もそれには納得した。

ネオ・ナチの台頭も見逃せません」

「そのことは日本の兄からも気を付けるように言われていたわ」

「なにか日本で気になることが？」

「ただの心配。遠く離れているからでしょう」

由梨子は微笑んだ。アジムも頷いた。由梨子の強張った表情が今は見られない。

「警察が直ぐに来ます」

サミュエルが足音を立てて戻った。

「真夜中なんだ。他の住人の迷惑となる」

「警察が来れば寝ていられませんよ」

サミュエルは苦笑した。

「ユリコさんに我々のことを伝えた」

「…………」

「盗聴器も見付けた。テーブルの下にあった」

なるほど、とサミュエルも頷いた。

「我々はいったんどこかへ消える方がいいんじゃないかな。警察が妙に思う」

「居てちょうだい。不安だわ」

由梨子はアジムに小さく首を横に振った。

「警察になんと説明します？」

「ただの友人では？　私は被害者よ」

「あなたからそう説明してくれるなら」

アジムは頷いてソファに腰を下ろした。


駆け付けた警察は二時間ばかり由梨子の部屋をチェックして引き揚げた。なにも盗まれた様子はなかった。警察が退散すると三人は部屋の片付けに取り掛かった。すべてが終わったのは明け方だった。

「助かりました」

紅茶を入れて由梨子は二人に礼を言った。

「警察もあの盗聴器を見て半端じゃないと分かったはずだ。当分は安全でしょうが、アパートの引っ越しは真剣に考えた方がいいと思いますよ。ここはだれにも見咎《みとが》められずに入って来れる。一人住まいの女性には危ない」

アジムは熱い紅茶を啜りながら口にした。

「アトリエの広さが必要だし……直ぐには」

納得しつつも由梨子は暗い目をした。

「鍵を取り替えたぐらいでは無理です。あなた自身のことだ」

「ホテルに移ろうかしら」

「それもいい。敵が分からない以上、そうして身を守るしかない」

「あなたたちにもまるで見当が？」

「一人だけ心当たりはありますが、確信はない。我々と組んでゴッホを最初から追いかけていた人間です。彼なら盗聴器も簡単に……」

「だれなんです？」

「まだ名を明かすわけには……しかし、あの男の仕業なら狙いはゴッホだけだ。その意味ではむしろ安全な相手と言える。彼もあなたの手元にゴッホがないことを知っている。下手に手出しはして来ない」

「なのにどうして盗聴器を？」

「細い糸でも、糸には違いない。あなたのところに思いがけない情報が飛び込む可能性だってあるでしょう。この分だとマーゴさんの部屋にも盗聴器が仕掛けられているのかも」

「マーゴ……」

思い出して由梨子は息を詰まらせた。

「間違いなく仕掛けられていたでしょうな」

アジムは断言した。

そこに電話のベルが鳴り響いた。由梨子は飛び上がりそうになった。電話は警察が通じるように修理してくれている。

三人はじっと電話を見詰めた。

まだ夜が明けたばかりである。

由梨子は静かに受話器を持ち上げた。

「なんだ、脅かさないで」

兄の正樹の声を耳にして力が抜けた。

「ずっと電話してたんだぞ。不通だった」

「工事があったの」

咄嗟に由梨子は嘘をついた。泥棒が入ったことや盗聴器のことを口にすればどんなに心配するか分からない。

「それなら安心だが……第一、そっちは何時だ？　相当早いんじゃないのか？」

「朝の五時前」

「なんでそんな時間に起きてる。起こしたわけじゃなさそうだ」

「自分から電話しといて酷《ひど》い言い方ね」

「気になる話を聞いた」

「なんのこと？」

「パリで爆破事件があったんだろ」

「もうそんなことが日本にまで！」

由梨子は驚いた。八時間も経っていない。

「衛星放送で同時にニュースが伝わる。もっともこっちは仕事でニュースを見てはいないがな。仲間が見て知らせてくれた」

「…………」

「あの女性が重態だというのは本当か？」

「マーゴは……死んだわ」

正樹は絶句した。

「私にもまだ信じられない。私もそのパーティに出席していたの。ずっとマーゴとは一緒だった。もう少し居残っていたら私だってどうなっていたか……マーゴが可哀相」

我慢していた涙がまた溢れた。日本語が分からないアジムたちも察して目を伏せる。

「それは彼女を狙ってのことなのか？」

正樹は思いがけないことを質した。

「狙われたのは彼女の本を出版することになっていた会社の社長よ。個展を中止させるという脅迫を受けていたそうなの。マーゴはその巻き添えになった。こんな馬鹿な話があると思う？　これからというときじゃない」

「犯人は捕《つか》まったのか？」

「まだよ。ついさっきのことだわ」

「日本へ戻って来い。パリに居られたんじゃどうにもならん。それが言いたくて何度も電話をかけていたんだ」

「なにをそんなに心配してるの？」

「俺にはとても偶然とは思えん」

「マーゴがどうしたと言うの！」

由梨子は声を荒らげた。

「なんにも知らないくせに指図はよして。マーゴに命を狙われるような理由なんか一つもない。マーゴに対する侮辱《ぶじょく》だわ。マーゴを恨《うら》む人間なんて一人も居ない」

「そういう意味と違う。おまえこそ冷静になれ。これで何人死んでる？　ゴッホのことが持ち上がってからだ。スイスの男やおふくろまでそうだと言うなら三人だぞ。偶然と見る方がおかしいじゃないか」

「マーゴだけは偶然よ。私は直前までマーゴの側に居た。兄貴の考え過ぎ」

だが数を言われて由梨子の口調も弱まっていた。不安が胸をよぎる。

「たまには俺の言うことを素直に聞いてくれ。気晴らしだと思えばいい。仙台なら俺もこうして気にせずに済む」

「無理よ。マーゴのお葬式もあるし……ここで逃げるわけにはいかないの」

由梨子は訴えた。


「日本の兄からの電話」

ソファから身を乗り出した二人に由梨子は説明した。

「と思っていました。それで……あなたのお兄さんはもう今度の事件を？」

「地球が本当に狭くなったのね。マーゴが亡くなったことまでは知らなかったけど」

「それではご心配も当然でしょう」

「日本へ戻れと……マーゴのことを偶然とは考えていないみたい」

「と言うと？」

アジムは困惑の目で訊ねた。

「そう思っているだけのことだわ。爆破事件としか耳にしていないんですもの」

「偶然じゃないとすると……犯人の狙いがマーゴさんにあったということになる」

「そんなの有り得ないでしょ」

腕を組んだアジムに由梨子は力説した。

「もしマーゴが狙いならパーティ会場より都合のいい場所がいくらでもある。爆弾なんて大袈裟《おおげさ》なものを用いなくても……」

「その通りです。考えにくい」

アジムも大きく頷いた。アパートを見張っていて出入りの瞬間を狙えば済むことだ。

「兄貴はなんにも分かっていないの。母のことだって殺されたとは信じていないはず。それなのにこういうことになると数に加えて。父のことも真剣には調べていない」

「お父さまのことと言いますと？」

アジムは遮《さえぎ》って由梨子に質した。

「あなたたちに言われたことが気になって、兄に父の昔のことを調べてくれるように頼んでいるんです」

「結果はどうでした？」

「まだなにも。父は神戸の木村という貿易商を頼って日本へ来ました。そこで日本国籍を取得したんです。私が父から聞いているのはそれだけ。神戸の市役所に問い合わせればなにか手掛かりが得られるのではないかと思ったのに……神戸は大地震の影響で古い資料がずいぶん失われてしまったみたい」

そうか、とアジムは何度も頷いた。

「私が生まれるずっと前のことだわ。木村という人物もとっくに亡くなっている。いまさらあなたたちに隠す気はありません。たとえ父がナチスの手助けをしていたとしても、私は真実が知りたい。もしあなたたちに調べる方法があるなら……」

「キムラという人物がナチスの協力者であった場合、本部にファイルされている可能性があります。それ以外では厄介ですね」

アジムは正直に応じた。

「シュワルツのことはどうなんです？」

由梨子は逆に訊ねた。アジムたちが調査していると聞いている。

「死体は発見されていないが車に残されていた血痕《けっこん》はシュワルツのものと断定されました」

やっぱり、と由梨子は吐息した。

「夥《おびただ》しい量の血痕です。偽装とは思えないので殺されたのは確かと思います……が、あの状況で死体を隠す意図がさっぱり分かりませんな。オランダに行って調べ直さなければならんのではないかと考えていた」

「………」

「ただの強盗なら死体を隠しはしない。別の場所で死体を捨てて、犯人が車を運転したとも思えないでしょう。車の中は血塗《ちまみ》れだったそうです。謎だらけの事件だ」

「彼はどういう人間だったの？」

「白状しますと、我々もシュワルツをこの目で見ています」

「どこで？」

「アイントホーヘンでですよ。あなたと彼女がシュワルツと会っていたときにね」

「尾行していたのね」

由梨子は嫌な顔をした。

「途中からです。我々もたまたまあの日ヌエネンに出掛けていたんです。信じられない顔をなされるのも無理はないが……あなたたちを見掛けて尾行に切り替えました。なぜあなたたちがオランダに来たのか興味があった」

「信じることにするわ」

由梨子は苦笑して言った。

「カフェでシュワルツと会っているのを外で見守っていたんですが、内容までは分からない。あのときにシュワルツの方に目標を移していれば別の展開になっていたかも知れない」

残念そうにアジムは唇を噛んで、

「あなたたちの車を尾行している車もあった。それが気になっていたせいもある」

「まだ他に尾行が！　知らなかったわ」

「だからこそ盗聴されている可能性があると睨んだんです」

「私たちだけが呑気だったということね」

由梨子は呆然となった。

「シュワルツはごく普通の会社員です。まったく問題はない。その彼がどうして盗難車を乗り回していたのか……それも謎だ」

「普通の人間には見えなかった」

「オランダの警察の報告です。調べ落としがないとも限らない。こうなるとシュワルツの事件を洗い直すのが大事かも知れませんね」

アジムは顎に指を当てて呟いた。

5

それから何日も新聞やテレビは爆破事件の話題に集中した。負傷者にマスコミ関係者がずいぶん含まれていたことも原因している。ターゲットにされたと目される出版社社長の私生活の放埒《ほうらつ》さや人生までフランス中に知られることとなった。意識不明でベッドに寝たきりの人間も三人ほど居る。その中に犯人が混じっているのではないかという憶測も広まっていた。嫉妬から行なわれたものと見做されているので、無理心中を図った可能性も捨てられない。ことに三人のうちの一人は社長とごく親しい付き合いがあったと噂されている男だけに警察も注目している。テレビ局は人権侵害すれすれの報道を連日流している。しかし、死んだ社長とその人物が喧嘩別れをしたという事実はまだ確認されていない。もともとひた隠しにしていた付き合いなのだから困難は当たり前であろう。

由梨子はホテルに移って、そうしたニュースを毎日ぼんやり眺めて過ごしていた。外出したのはマーゴの葬儀のときぐらいで、あとは部屋に閉じ籠《こも》っている。自分の部屋に盗聴器が仕掛けられていたという事実が大きい。今もだれかが見張っているのではないかと思うと一人で外に出る気も失せる。ホテルにはレストランやカフェが入っているので籠城《ろうじょう》になんの不自由もない。ロベールやアジムたちも毎日のように訪ねて来てくれる。日本の兄からも電話が頻繁《ひんぱん》にかかって来るので寂しさはあまり感じない。本当は日本に戻りたいという気持ちになってもいるのだが、この爆破事件の解決を見るまではと心に決めていた。

窓際に立って夕日に染められたパリの町並みを見下ろしていると電話が鳴った。一階のカフェに着いたばかりのロベールからのものだった。由梨子はそのままの格好で向かった。

ロベールは疲れた笑顔で迎えた。

「アンジェはどうだった?」

「いいところだったよ。あんな小さな町でマーゴが育ったと思ったら泣けてきた。頑張ったんだな。超一流の研究者になったんだから」

「埋葬《まいそう》は無事に済んだのね」

「ああ。町を見下ろす綺麗な墓地だった。マーゴの姉さんとそこでしばらく話してきた。ユリコが来なかったのを残念がっていた」

「気持ちが落ち着いたら必ず行くわ」

由梨子はロベールに謝った。車で何時間もかかると聞いて躊躇《ちゅうちょ》したのである。

「マーゴはぼくのこと嫌いじゃなかったみたいだ。姉さんはマーゴからぼくのことをしょっちゅう耳にしていたとさ」

「嫌いだったら何度も誘わないわ」

「こんなことになってから分かっても……ずっと年上だったしね。からかわれているとしか思えなかったよ」

ロベールは顔をくしゃくしゃにして、

「特に最近はぼくを避けているようだった」

「好きだったからこそ気に懸けていたのよ。私には分かっていた」

「あんなに出版を楽しみにしていたのにな」

「あなたが続けたら？」

「ぼくが？」

「きっとマーゴも喜ぶ」

「ぼくはゴッホが専門じゃない」

「関係ないでしょ。絵の評価とかじゃないんだもの。あなたははじめから関わっている」

「おなじオルセーの人間じゃなきゃ構わないんだけどね。そうはいかない。たぶんマーゴが紀要に書いた論文を中心にしてジャン＝リュック辺りが纏めることになると思う」

ロベールはマーゴの上司の名を挙げた。

「マーゴはだいぶ書き進めていたはずよ」

「それは姉さんにも話した。アパートのパソコンをチェックして論文を見付けたらぼくのところに転送してくれることになっている」

「私にも読ませて」

「もちろん。マーゴの最後の仕事だからね」

「その論文もジャン＝リュックに？」

「まだ決めていない。どうせ未完だろうし」

ロベールは複雑な顔をした。

「盗聴器のことでなにか？」

「マーゴの部屋のことかい？　いや、姉さんからはなにも……調べてないんだろうな」

「こちらから言うことじゃないものね」

由梨子も頷いた。不快な思いをさせるだけに過ぎない。どうせアパートも解約するはずだ。マーゴ以外には無縁のことである。

「警察から連絡は？」

ロベールは手にしたコーヒーカップを宙に浮かせたまま訊ねた。

「ないわ」

「結局……警察から見れば我々は他人でしかないってことだな。ぼくのところにもなに一つ連絡がない。それを思うと寂しくなるよ」

「マーゴはそう思っていない」

由梨子は首を横に振った。

「他人だってことを毎日のように突き付けられる。マーゴの研究室にも鍵が掛けられてしまった。家族が彼女の私物を引き取りに来るまで限られた人間しか部屋には入れない」

「ロベールでも？」

「ぼくはセクションも違うしね」

由梨子は無言で頷くしかなかった。

「考え過ぎとは思うが……マーゴがああなってホッとしている人間も居るみたいに感じる」

「妬まれていたということ？」

「そうなんだろうな。来賓《らいひん》のだれもが案内役にはマーゴをと指名してきていた」

「でしょうね。オルセーのスターなんだもの」

「休暇を取って故郷に戻って来ようかと思っているんだ」

「そう……それもいいかもね」

「四、五日のことだ」

「故郷にはいつから？」

「許されたら明日の夕方からでも」

「どこなんだっけ？」

「ディジョン。二年は帰っていない」

「なんだか私も帰りたくなってきた」

「あの模写はどうなってる？」

ロベールは話を唐突に変えた。

「中断したままよ」

「マーゴと違ってジャン＝リュックは堅《かた》い人間だから模写を表紙には使わないかも知れない」

「それを気にしてたの？」

由梨子はくすくすと笑った。

「私だってマーゴの本じゃなければ気が乗らない。心配は無用にして」

「出版契約はどうなるんだとアメリカや日本からオルセーに問い合わせがきたらしい。出版社との契約でオルセーは無縁なのにさ。それにジャン＝リュックが飛び付いたんだろうな」

苦々しい口調でロベールは言うとコーヒーを飲み干した。

「あの連中にとってはマーゴが居なくなっても世の中になんの変わりもないんだ」

ロベールは一方的に椅子から腰を上げた。


部屋に戻って、やり切れない思いを抱えていると救いの神のようにアジムたちが訪れた。由梨子は外のレストランに誘った。アジムたちが一緒なら安心できる。

「日本料理にしてみます？」

タクシーに乗ってから由梨子は思い付いた。

「いいですな。日本の人と行ったことがない」

アジムは喜んだ。

「アメリカで行ったのは日本料理店というほどのとこじゃないでしょう」

「どんなお店？」

由梨子はサミュエルに質した。どうやらラーメン屋らしかった。

「あなたのことを懐かしがって先輩が料理も知らずに入り込んだんですよ」

サミュエルにアジムは慌てた。

「それで味は？」

「いや……まぁ、あまり覚えてはいない」

アジムは盛んに首筋の汗を拭った。

「パンを注文して皆に笑われた。少し量の多いスープにしか見えなくてね」

サミュエルに由梨子は声にして笑って、

「他に食べたことのある日本料理は？」

「先輩はないでしょう。私はインスタントヌードルも知っているしスシやテンプラも」

サミュエルは得意そうに応じた。

「美味しい串揚げ屋さんを知っています」

それなら白ワインにも合う。由梨子はタクシーの運転手に場所を詳しく教えた。


白木のカウンターに並ぶとアジムは子供のようにきょろきょろと店内を見渡した。木札の品書きにしきりと感心する。カウンターの奥にずらりと揃えられた日本酒のラベルにも興味を覚えたと見える。それに衣の揚がる香ばしい匂いも気に入ったらしい。由梨子は野菜を中心に五、六本頼み、アジムたちには十五本のセットを注文した。

最初のうちは串揚げのことだけで話が弾んだ。アジムたちも抵抗がないどころか旨《うま》さに驚いていた。フライだから天麩羅の衣よりもずっと馴染みがあるのだろう。

「昨日はマーゴの埋葬の日でした。ロベールがさっき戻って来て報告してくれました」

「そうか。そうでしたな」

アジムは頷いた。

「ロベールは参っていたわ。警察がマーゴのことをなに一つ教えてくれないと言って」

「捜査の途中では仕方がありませんよ。我々も裏に手を回して状況を聞き出そうとしていますが……なかなか」

「テレビなんかでは入院している人間が怪しいと見ているようだけど……」

「まだなんとも。我々の勘では無縁です。プロの使う爆弾を入手できたとは思えません。警察もそう睨んでいるはずだ。マスコミが勝手に決め付けているだけでしょう」

「パーティに出入りした人間の数は限られているでしょ。どうしてこう長引くのか……」

「当日仕掛けたものかどうかも不明です。爆弾のタイマーはリモコン操作できるタイプです。確実に相手を殺すつもりなら間近で見張っている必要がありますが、断定はできません。まだ目星がつかないところを見れば警察も離れた場所からのリモコン操作と見做しているんじゃありませんかね」

「だったらマーゴが巻き込まれたのは完全な偶然ということに？」

「爆発の五分ほど前に事務室に電話がかかってきたそうです。どうやら亡くなった出版社の社長にだったようで……ひょっとするとそれが事務室におびき寄せる工作と考えられます。そしてタイマーのスイッチを入れた」

「ニュースではやっていないわ」

「公表しておらんのでしょう」

「マーゴに運がなかっただけのこと？」

「狭い画廊のことですから、運があったとしても大怪我は避けられなかったと思います」

「怪我ならそのうち治る。全然別だわ」

アジムに言っても意味がないと知りつつ由梨子の口調はきついものとなった。

「ところで……」

アジムは気にしていない顔で、

「我々は明日オランダに行ってきます」

「シュワルツのことで？」

「ええ。パリに居ては情報がさっぱり入ってこんのですよ。けれどなかなかパリを離れる決心がつかなかった。まぁ、今の様子なら大丈夫と判断しました」

「私のことですの？」

「不安でしたら遠慮なくおっしゃってください。オランダは一人でも間に合います」

「気持ちが悪いだけで、心配はないと思うけど……なにも変わったことは……」

「明後日には戻れるでしょう。シュワルツの家まで出掛けて調べてみたい」

「彼の死体はまだ？」

「そのようです。重要な事件とは見ていないんでしょうな。それでろくな情報が得られません。警察の直接情報ではないので顔写真さえ入手できていない」

アジムは苦笑した。

「あなたたちの組織なら警察だって……」

「残念ながらそういう繫がりでは……もちろんアムステルダム検事局辺りに頼めばむずかしくはありませんが、我々がなにに関心を抱いているか知られる結果となります。前にも話したはずですが、向こうを全面的に信用していいかという問題もある。その状態で情報を得ても疑心暗鬼《ぎしんあんき》となるだけです。あなたの部屋に盗聴器を仕掛けたのだって彼らかも」

「また怖くなってきた」

「だったらオランダに行きませんか？」

アジムは由梨子の目を覗き込んだ。

「………」

「その方が我々もパリを気にせずに済みます」

由梨子は悩んだ。明日からはロベールもパリを留守にしてしまう。

「ご一緒します」

やがて由梨子はアジムに頷いた。


遅くにホテルへ戻った由梨子は兄の正樹に電話した。オランダ行きを伝えるためだ。

正樹は大学病院の方に居た。

「危なくはないのか？」

「二人が付いていてくれるから」

「その連中だって結局はゴッホを探し出したくておまえの周りから離れないだけのことじゃない

のか？　俺にはどうも信じられん。モサドってのも本当かどうか……簡単に身分を打ち明けるとは思えん」

「私の身を本当に案じてくれているわ」

「モサドなんて映画や小説の中でしか見たことがない。こっちは電話で聞かされるだけなんだぞ。信じろと言われても無理だ」

「兄さんに相談してるんじゃないわよ」

「なんでそういつもからむ？」

「言わせるのは兄さんよ。私は二人を信頼してる。とにかく二日は留守にする。戻ったらまた電話するわね」

「おまえは女なんだ。無茶はよしてくれ」

またね、と由梨子は電話を切った。

十分もしないうちに正樹から電話が入った。

「家に戻って相談してからのことになるが、そっちに行こうかと思っている」

「飛行機嫌いのくせに」

「そんな呑気なことを言ってられる状況と違うだろ。どんな様子かこの目で見たい」

「観光案内はできないわよ」

「冗談くらいはまだ言えるんだな」

正樹は小さく笑った。

「気持ちは嬉しいけど、兄さんが来てくれたってなんの意味もないと思う。正直言うとマーゴの事件が解決したら一度戻ろうかと考えてたとこ。だから心配しないで」

「そうか……帰る気になったか」

「無茶はしない。約束する」

今度は丁寧に受話器を置いた。ソファに座ると思わず溜め息が出た。

6

早朝に出発してオランダのアイントホーヘンに到着したのは昼前だった。自慢するだけあってサミュエルの運転は手慣れている。

「ホテル探しよりシュワルツの家を先にしよう。場合によってはこの町と違う場所に泊まることになるかも知れん」

アジムは適当なレストランを見付けて向かわせた。途中でコーヒーとサンドイッチを腹に入れているので空腹感はない。野菜の多そうなスープだけを由梨子は頼んだ。サミュエルは店の者に断わって電話帳を借りて来た。

「住所と父親の名は分かっているんですが、電話番号はあいにくと……」

調べはじめたサミュエルの代わりにアジムが説明した。それでこの店に入ったらしい。

「なんと言って電話するんです?」

「シュワルツが勤務していた会社は名の知れたドイツ資本の製薬会社です。あの世界は新薬の開発でいろいろと騒ぎが持ち上がる。シュワルツそのものは工場の管理の役目の方で機密とは関連していませんが、その辺りで接触しようかと思っています。シュワルツはあなたとマーゴに連絡を取って来た二日前から姿を消している。新薬の機密絡みの事件かも知れないと言えば親も納得するでしょう」

「それにどうしてモサドが？」

由梨子は小声で質した。

「そんなことは言いません」

アジムはにっこりとして、

「親会社より調査依頼をされたと言えば済みます。あなたは頷いているだけでいい」

「あった。これでしょう」

サミュエルが電話番号を指で示した。

「一時間後に訪ねると連絡を入れてくれ」

アジムはサミュエルに命じた。

「二日前から姿を消したというのは？」

由梨子には初耳だった。

「借金かなにかで失踪を目論《もくろ》んだのではないかと警察は見ているようだ。彼の乗っていた車も盗難車だった。だから纏まった金が欲しくてマーゴに連絡してきたのでは？」

「確かに焦っている感じはあったけど……」

「殺された状況から想像すると、そうとしか思えないんですがね。そんな人間が無料で雑誌のコピーを送り届けてきた……」

アジムは小首を傾げた。

「それは私にも不思議。そういう親切な人間にはとても見えなかった」

運ばれたスープの匂いに食欲が刺激された。

シュワルツの家はアイントホーヘンの郊外にあった。小太りの可愛い母親が明るい居間に案内してくれた。ごく普通の家庭である。

「さぞかしご心配でしょう」

アジムは大事に使われているる大振りのソファに腰を下ろして頭を下げた。

「警察とは関係ないんですのね？」

母親は由梨子に目を動かして念押しした。

「彼に近頃変わった様子はありませんでしたか？　我々はまだ簡単な書類しか目を通しておりません。お母さまにお聞きするのが一番と思って真っ先にお訪ねしました」

「なにも」

母親は激しく首を横に振った。

「居なくなった日だって父親と翌日の釣りの相談をしてから出掛けました。二人の共通の楽しみなんです」

母親の目が壁に向けられた。そこに何枚もの家族写真が飾られている。由梨子は父親と肩を並べて大きな魚を手に吊り下げているシュワルツの写真を眺めた。笑顔が別人のように感じられる。由梨子が会ったときのシュワルツはいかにもずるそうな印象だった。

「会社に勤めて十三年ですね」

アジムは手帳を見ながら質した。

「十年勤続の表彰も受けました。真面目な人間で無断欠勤は一日もありません」

「失礼ですが賭け事などは？」

「家族や友人とポーカーをする程度よ。警察にも聞かれたけど、たくさんの借金があったなんて考えられません」

「ご結婚を約束していた女性とかは？」

「マギーとは三年も付き合っているようですけど、彼女はまだ若いので結婚までは……」

「その彼女にはなにかお聞きしましたか」

「マギーもまるで意味が分からないと……車のこともさっぱり。半年前に新しいワゴンにしたばかりなんですよ。どうしてそれに乗って行かなかったんでしょう？」

母親は逆にアジムに答えを求めた。

アジムたちも顔を見合わせた。シュワルツになにがあったと言うのだろう。

「彼のお祖父さまはドイツのお方ですね」

「それがなにか今度のことと？」

母親は不審の目をした。

「お祖父さまが大切になさっていた雑誌を彼が持ち出したという話を耳にしております」

「だれからですの？」

「会社の同僚です。まぁ今度の失踪とはなんの関わりもないことでしょうが、無縁のことなので反対に気になりました。古い雑誌などを抱えて失踪するのは珍しい」

「どんな雑誌かしら？」

「戦時中にオランダで発行されていた美術雑誌です。ナチスが裏に関わっていました」

「そんな雑誌がこの家に？」

母親は戸惑いを隠さなかった。

「私は見たことがありませんわ」

「いや、それは間違いないと思います。たくさんの本に紛《まぎ》れて気付かなかったのでは？」

「義父の遺品はそんなにありません。ましてや美術雑誌だなんて……絵にはいっさい興味を持っていない人でした」

「シュワルツさんの口振りでは、その雑誌になにかの形でお祖父さまが協力なさっていたようだと」

「有り得ないわ。私が知らないのにどうしてあの子がそれを知っているんです？」

「お祖父さまから直接聞かされたとか」

「あの子が生まれる前に義父は亡くなりました。義母もあの子が小さいうちに」

「どういうことなんだろうな」

アジムはサミュエルに目を動かした。この母親が知らないだけで、シュワルツが祖父のことを調べる方法はいくらでもあるに違いないが、その結果を隠す必要はないはずだ。

「失礼な質問かも知れませんが」

思い付いてアジムは慎重に訊ねた。

「シュワルツさんがなにか集会に出席していたということはありませんか？」

あるいはネオ・ナチのメンバーだったのではと考えたのである。そこの会合でナチスに協力をしていた祖父の功績を聞かされたとするなら辻褄《つじつま》が合う。

「政治や宗教に興味を持っていたとはとても……むしろ毛嫌いしていた方だと思います」

「そうですか」

「本当に新しい薬のことであの子がなにかの事件に？」

「その可能性は薄いでしょう。工場に新薬の情報が入るのは他よりも遅い。ただ、失踪の理由がまったく不明なので本社の方が気にしただけに過ぎません」

「お祖父さまは戦時中にどんなお仕事を？」

由梨子は口を挟んだ。

「オートバイなどの整備をしていたそうです」

確かに美術雑誌とは縁遠い職業だ。けれどナチスとの繋がりはありそうでもある。

「マギーさんと連絡が取れるでしょうか」

アジムは母親に笑顔で訊ねた。

「それと……よろしければシュワルツさんの部屋を拝見させていただきたいのですが」

「あの子の部屋をですか」

母親は躊躇した。当然であろう。

「探す手掛かりがまるでないんです。我々はその役目ではないが、警察は少しも当てにならない。手助けしたいと思いまして」

母親は頷くと二階に案内した。

ざっと部屋を見回してアジムは内心で首を捻った。ネオ・ナチを連想させるものはなに一つ見当たらない。壁はカラフルな毛針のコレクションや釣り大会での記念写真で埋められていた。健全な匂いがここにはする。さすがに机の引き出しを開けるのは諦めたもののどうせ大した手掛かりはなさそうに思えた。

「あれがマギーさんですね」
二十三、四の若い娘と肩を抱き合っているシュワルツの写真を見詰めてアジムは口にした。釣り用の帽子を被っているので薄い髪が隠されてシュワルツも若く見える。
〈なにか違うな……〉

アジムはぼりぼりと頭を掻いた。

7

「どう思った？」

シュワルツの家を出て車に乗り込むとアジムはサミュエルに意見を求めた。

「あの母親の言っていた通りですよ。なにがなんだかさっぱり分からない。と言ってもシュワルツがあの雑誌を持っていたのは確かなんですから、母親のなにも知らない一面がシュワルツにあるということでしょう」

「しかし……雑誌があの家にあったものとは思えんな」

それに由梨子も頷いた。

「ふと思い付いたことなんですが」

アジムは由梨子に目を動かして、

「別人ということは?」

「さあ……」

暗い顔で由梨子は応じた。

「その顔だと、あなたも少しは疑いを持っていたようですね」

「あまりにあの母親の口にしていたシュワルツと違う感じが……でも、それだけ」

「写真を熱心に見ていたじゃないですか」

「見ているうちに分からなくなったわ。一度しか会っていないし、服装だって……」

正直に由梨子は言った。

「別人ならどういうことになります?」

サミュエルはミラーで後部座席のアジムを見詰めた。

「どういうことになるかこれから考える」

「だれかが名を騙《かた》っただけというならともかく、現実にシュワルツは失踪しているんですよ。第一、名を騙るほどの人間ですか? マーゴとシュワルツがなにか手紙のやり取りでもしていて、それになりすましたというのなら理屈も分かりますがね。シュワルツはいきなり接触してきた。それならだれの名前でも構わなかったはずです。もし別人なら反対にシュワルツの名は使わない。なんのプラスにもなりやしない。それにユリコがあの写真を眺めて断定できないと言うからには似ていた証拠でもある」

なるほど、と由梨子も首を縦に動かした。

「何年も前のことじゃない。別人だったら直ぐに気が付きそうなものだ」

「だが——」

アジムは遮って、

「放置された盗難車の中に血痕ばかりが残されていたってのが怪しくないか？　身元を隠すのが目的と一応は考えられるが、その割には杜撰《ずさん》だ。ダッシュボードにはマーゴとの繋がりを示すメモがそのままになっていた」

「本人の仕業ということも有り得ます」

「本人だと」

アジムは呆れた顔をした。

「シュワルツはなんらかの理由で失踪した。なにかの手から逃れるつもりなら死んだふりをするのも一つの方法でしょう。死体もなしに自分と思わせる気ならわざと手掛かりを残します。あとは血を体内から抜き取って車にばら撒《ま》けばいい」

「シュワルツに失踪する理由など見付からんから言っているんだ」

「いつもの先輩らしくありませんね」

サミュエルは運転しながら苦笑した。

「あの母親の言葉だけで信用するなんて」

「嘘を言っているようには見えなかった」

「私がモサドに所属しているのを知らずに付き合っている人間も多い。もし私がこのオランダで死ねば、その連中はきっと首を傾げる。オランダに行く用事があったなど一度も聞いていないと言ってね」

うーむ、とアジムは唸った。

「ましてや我々は新薬の機密絡みで調査を命じられたと言って母親を訪ねたんですよ。母親が息子のことで不利な証言をするわけがない。嘘はついていないにしても、なにか隠している可能性は否定できないでしょう」

「分かった。その通りだ。家族の証言は当てにできん。予断は捨てよう」

アジムは深々とシートに座り直した。

由梨子たちはアイントホーヘンの中心に位置するホテルに入った。シュワルツと付き合っていたマギーには夕方の約束を取り付けてある。アジムとサミュエルはシュワルツの勤めていた会社を当たることにしてふたたび外に出た。由梨子は部屋で時間を過ごした。

ルームサービスのティーで喉を潤しながら由梨子はシュワルツと会ったときのことを思い浮かべた。けれど大したことは思い出せない。カフェで会っていたのはせいぜい三十分程度のものだ。その前にマーゴと二人でだいぶ飲んでいたから記憶も曖昧《あいまい》となっている。

歳の割に禿《は》げ上がっていた額と、よれよれのジャケットが印象に残っているに過ぎない。

由梨子は諦めて電話を手にした。

手帳を捲ってロベールの携帯の番号を探す。頭に国番号を加えるだけでいい。

「ユリコか」

やがて陽気なロベールの声がした。

「ホテルに電話した？」

「したよ。朝早くに出掛けたと聞いたけど」

「今アジムたちとアイントホーヘンに来てるの。シュワルツのことを調べにね」

「昨日はなにも言わなかったな」

「ロベールが帰ったあとに決めたのよ」

「シュワルツのことって、なんだい？」

「謎が多いでしょ。アジムの考え。私は気晴らしに付いて来たようなもんだわ。ホテルに閉じ籠りきりだったから。ロベールに言わずに出て来たのを思い出して連絡したの」

「それなら安心した」

「休暇は取れた？」

「ああ。明日から田舎に行く。ユリコとこうして連絡が取れてよかったよ」

「私も明日にはパリのホテルに戻る」

「なにか分かったのかい？」

「まだなにも。シュワルツの家を訪ねてきたばかり。アジムは私とマーゴが会ったのがシュワルツになりすました別人じゃないかと疑っているようだけど」

「別人？　ちょっと待ってくれ」

ロベールは車を運転していた最中だったようで、少し間を置いた。

「別人て、どういうことなんだ？」

「例の雑誌ね、家にそんなものはなかったとシュワルツのお母さんが否定したの。お祖父さんという人もナチスに協力していたわけがないと。だったらシュワルツはどこからあの雑誌を入手したのかしら」

「だから別人じゃないかと睨んだわけだ」

「でも別人なら、どうしてシュワルツの名で私たちに近付いてきたのか……」

「マーゴはいつものように録音しなかったのかい？」

「録音て？」

「調査のときマーゴはたいてい相手の話を録音してるよ。メモ代わりにさ」

「持っていなかったわ。見ていない」

「バッグに潜ませているんだ。そうか、ユリコはマーゴと調査に出掛けたのはこの前がはじめてだったものな。オルセーの人間はだれもが知ってる。マーゴは几帳面だからね」

「それならあのときも……」

「可能性はある」

「それを家族かだれかに聞いて貰えれば本人かどうか突き止められるということね」

「マーゴのアパートかオルセーの研究室にあるだろう。警察の要請ならオルセーも嫌とは言えない。アジムに話してみればいい」

「いいことを思い出してくれたわ。分かった、早速教える」

「別人とはちょっと思えないけどな。となるとなにかの罠《わな》ってことが考えられる。でもどうやったらマーゴやユリコの行動を事前に調べられるんだい？　あれって、突然思い立ってオランダに行ったんじゃなかったか？」

「そうよね。シュワルツの失踪はそれより前なんだから有り得ない」

　由梨子は今度こそ得心した。

「ジャン＝リュックがユリコに会いたがっている。君がホテルを留守にしていてよかった」

　ロベールはくすくす笑った。

「正式にマーゴの仕事を引き継ぐことになったそうだ。まさか君を無視することもできないんでぼくに紹介を頼んできた」

「あなたはどういう立場？」

「ぼくになんの立場もないさ。前も言ったろ」

「私だって会っても仕方ないわ」

「マーゴがやっていたときは冷たくあしらっていたくせして、今は大張り切りだ。正直言ってあんな男の手助けはしたくない。内心じゃマーゴの死を喜んでいるとしか思えない」

「私が反対したって状況は一緒なんでしょ」

「……まあね」

　ロベールは低い声で応じた。

「君が雑誌の持ち主ってことでもないからな。オルセーの紀要に論文が掲載された以上、オルセーの判断が優先される」

　それからしばらくロベールの愚痴が続いた。

外から戻ったアジムの連絡を受けて由梨子は一階のラウンジに下りた。

「収穫は？」

座るなり由梨子は訊ねた。

「人付き合いの悪い人間だということが分かった程度です。ゼロに等しい」

「会社にはどういう肩書きで？」

「生命保険会社の調査員。そういう身分証明書なら常に用意してあります」

アジムは疲れた笑いを見せた。

「母親の口振りだと人付き合いが悪いような印象じゃなかったけど……」

「だから家族の証言を鵜呑《うの》みにするのは危険だと言った」

サミュエルは反対に得意そうな顔をして、

「内と外の顔が違う人間はいくらも居る。秘密主義というほどでもないんだろうが、シュワルツの家に招かれたことのある同僚はほとんど居ない。十三年も一緒の職場に働いていてね……変わり者と見ている連中も多かった。母親よりもあの連中の証言の方が正しそうだ」

「それでも皆が口を揃えてシュワルツの失踪する理由には心当たりがないと言っていた」

アジムがサミュエルに言った。

「付き合いの悪い人間の私生活に興味を持つやつはいません。知らないだけですよ」

「ま、それは考えられるがな」

アジムも認めた。

「アイントホーヘンの警察もその辺りは調査済みのはずです。分不相応な釣り道具を持っていたそうじゃないですか。借金があってもおかしくはない。週末はたいてい釣りの旅行に出掛けていたとか。近くの川や湖ならともかく、イギリスやドイツまで足を伸ばしていたらしい。金もかかるに違いない」

「よほど好きだったのね」

「マギーと知り合った切っ掛けもそれでしょう。彼女は旅行会社に勤めている」

由梨子はサミュエルに頷いた。

「だが、そんなに大事にしていたはずの釣り道具を置いて出ている」

アジムはまだこだわっていた。

「自分のワゴンを使わないってこともな」

「だから会社に出ていたときになにかが起きたんでしょうよ。家に戻れない状況だったとすればすべての謎が解けます」

「戻らなかったとしたなら、例の雑誌はますますシュワルツの家にあったものとは思えなくなるな」

「それに関してはそうでしょうね」

「身内にもなに一つ告げず勤務先から失踪するってのは大変なことだぞ。そういう場合、だれかが必ず思い当たることを知っているもんだ。そこが気になるんだよ」

「恋人のマギーとはまだ会っていません」

「母親はマギーも当惑していると言っていた。あまり期待はできんだろう」

「平凡な男じゃないですか」

サミュエルは言い切った。

「先輩こそなんでそこまで深読みするのか。だれかに拉致されるような重要人物とは思えない。どんな筋立てを考えているんです？」

「筋なんて考えておらんよ。平凡な人間だからこそ悩みを打ち明けていそうなものだ」

「生真面目で身内や恋人に心配をかけたくなかっただけのことかも知れません」

「そうね」

由梨子もサミュエルの意見の方に同調して、

「マーゴがシュワルツとの話を録音していた可能性があるらしいんです」

ロベールから耳にしたことを伝えた。

「オルセーの研究室に残されている場合は面倒だな。我々の立場ではなにもできない」

アジムは頷きながらも吐息した。

「警察の要請があれば大丈夫だろうと……」

「警察と我々は無縁ですから。なんとかロベールさんに頑張って貰えませんかね」

「むずかしいと思うわ。セクションが違うと言われて遠ざけられているみたい」

由梨子は今の状況を詳しく教えた。

「彼女じゃないですか？」

話の腰を折ってサミュエルが目を動かした。若い娘がラウンジを見渡している。

アジムは立ち上がって一礼した。

「マギーさんですね」

アジムは近寄った若い娘に質した。娘は警戒しながらも頷くと、

「シュワルツのお母さまが思っているほどの付き合いじゃないんです」

真っ先にそれを口にした。

「あの人に頼まれて……恋人のふりを」

「………」

戸惑いつつもアジムは席を勧めた。

「月に二、三度シュワルツの家に遊びに行きました。嫌いではなかったから……」

マギーは辛そうに打ち明けた。

「なんのためにシュワルツはそんな真似をあなたにさせていたんです」

アジムは厳しい目になった。

「分かりません。もしかするとシュワルツはゲイだったかも……でなければ私なんか」

マギーは身を縮めた。小太りで美人とは言えないが愛嬌のある顔立ちをしている。

「あなたは彼のことが好きだった？」

アジムは見抜いて訊ねた。

「ええ。でなきゃ行きません」

「お母さまは恋人と信じ切っていた」

「いいえ、半分は嘘と分かっていました。立ち入ったことはまるで聞きませんでした」

「そういうことですか」

アジムは深い溜め息を吐いた。

どうやらサミュエルの睨みの方が的中していたと思える。となると問題はシュワルツがどこからあの雑誌を入手したかに絞《しぼ》られる。

「そんなに古い雑誌を？」

問い質すとマギーは怪訝な顔をして、

「第一、彼が美術に関心があったなんて……本当に彼がそんなものを持っていたのを見た人があると？」

「確かです」

アジムは断じた。

「だれです。私の知っている人？」

マギーは食い下がった。

「パリの美術館の人間です。珍しい雑誌を持っているので買わないかと持ち掛けられたんですよ。そしてこのアイントホーヘンの町で彼と会ったそうです。シュワルツの望んだ金額と折り合いがつかずに話は流れた」

アジムは差し障りのない程度に伝えた。

「いつ？」

「家を出て二日後のことらしい」

「ではシュワルツはずっとこの町に」

マギーは動揺を浮かべた。

「もちろん連絡はなかったんでしょうな」

マギーは小さく頷いた。

「あなたなら彼の交友関係をご存じじゃありませんか？　会社以外の人間です」

「釣りの仲間はあちこちに居るらしかったけど……紹介されたことは一度も」

「あちこちとは？」

「いろいろです。外国人も含めて」

「人付き合いが悪いと聞いたが……」

「自分の方から積極的に話そうとしないだけです。釣りのことになれば何時間でも」

「あなたの勤務先には飛行機とかホテルの手配を頼みに来ていたんですね？」

「そうです。ドイツでの大会に参加すると言って来たのが最初でした。その開催地が私の祖母の出身地だったので話を……それから週に一度はふらりと顔を見せるようになって」

「それならやはり好きだったんでしょう」

アジムに由梨子も同意した。

「恋人のふりをしてくれと言ったのだって照れ隠しだな。ゲイとは思えない」

「でも手さえ握ってくれたことが……」

「歳が離れているので告白するのが怖かったに違いない。男の気持ちなら分かる」

「私は好きだったのに」

マギーは涙を溢れさせた。

「友人の名前ぐらいは聞いていませんか？」

これ以上訊ねても無駄と分かってアジムはそれだけをもう一度繰り返した。

「ハンブルクの中学で教えているペーターの名はときどき彼の口から」

「なんという中学です？」

「はっきり覚えていません。シュワルツのお母さまに聞けば分かると思います」

「彼の失踪の原因についてはなにも心当たりがないいんですね？」

「今のところはなにも……」

アジムは頷いてマギーに礼を言った。


「一日じゃ無理のようだったな」

マギーが帰るとアジムは苦笑いした。

「しかしドイツとの接点が出てきました」

「ハンブルクの中学教師か。確かにドイツには違いないが、釣り仲間に過ぎん」

「真っ先に彼女の口から出た名です。相当に親しかったと見ていいでしょう」

「親しいと思ったからこそ無縁と判断した。そういう相手を恐れて失踪はせんだろう。仮に借金をしていたとしても相手はドイツに暮らしている。会社から真っ直ぐ逃げるとは思えんね。失踪とは関係がない」

「捨て置くつもりではないんでしょう？」

「当然だ。連絡は取る。その男がシュワルツの失踪の原因ではないと言っただけだ」

アジムはサミュエルを睨み付けた。

「私はますます分からなくなった」

　由梨子は当惑の顔で、

「シュワルツがいい人間だったのか悪い人間なのか……」

「その判断もあまり意味がないと思いますよ」

　アジムは笑顔に戻した。

「こういう仕事をしていると人がいかに複雑な生き物であるか常に思い知らされる。十人が善人だと証言しても、少し調べれば今度は悪人と力説する十人の証言者を集めることができる。見方は人それぞれということです。結局は自分に対してという判断でしかない。あなたにとってマーゴさんは善人だったでしょうが、さっき伺った上司から見れば……」

「そうね。その通りだわ」

「ただ……得体の知れない裏がありそうなのも事実だ。少なくともシュワルツが美術に関心のない人間だったのは疑いがない。そういう人間が欲に目を眩ませて美術雑誌を入手することは有り得ても、どうやってマーゴさんと連絡を取ることができたのか……ヌエネンの牧師館であなたたちの情報を得たなど嘘に決まっている。失踪中の人間がのんびりと牧師館の見学などするわけがない。オルセーの方に連絡してきたのなら納得もできますがね」

「だれかの指示ということ？」

「としか考えられんでしょう。マーゴさんのオランダ訪問を耳にして咄嗟に仕組んだ人間が居るはずです。自分ではまずいと思ってシュワルツを用いた。その線が妥当だ」

「でも……私たちがオランダ行きを決める前にシュワルツは失踪していたのよ」

由梨子は反論した。

「重ねて考えるからいかんのです。シュワルツが失踪中の身だから都合がよかったということだってある。シュワルツも当座の金欲しさになんでも引き受ける。失踪の理由と美術雑誌の一件は無関係かも知れない」

「そう言えば」

サミュエルはパチンと指を鳴らした。

「彼女たちを尾行していた連中が居たじゃないですか。あの連中だったら彼女たちの宿泊先も知っていた。シュワルツを簡単に送り込むことができます。絶対にそうですよ。それ以外に考えられない」

「いかにもあの連中ならやれる仕事だ」

アジムは何度も首を縦に動かした。

「その人たちは何者？」

由梨子はサミュエルを見詰めた。

「アムステルダム検事局の連中かダイヤモンド・シンジケートの連中辺《あた》りと見当をつけていたが……こうなればどうかな」

サミュエルは考え込んだ。

「シュワルツと通じていたとしたら白紙に戻す必要がありそうだ。連中があの雑誌を持っていたとは思えん」

アジムも顎に指を当てて眉根を寄せた。

「さっぱり分からん」

やがてアジムは吐き捨てるように言った。

「いけると思ったんだが、結局は壁にぶつかる。どこを崩せば壁を破ることができるのか……私の頭ではこれが限界のようだ」

「まだデータが足りないだけでしょう。アイントホーヘンの警察だってなにも突き止めちゃいない。諦めるのは早いです」

サミュエルはアジムの苛立ちを鎮めた。

「忘れないうちにシュワルツの母親に連絡して中学教師のことを聞き出してくれ」

アジムは気を取り直して命じた。サミュエルは直ぐに立ち上がった。

「お誘いした意味がなかった。申し訳なく思っています」

アジムは由梨子に謝った。

「サミュエルの言った通り、私には予断があった。シュワルツになにやら胡散臭《うさんくさ》いものを感じていたんですよ」

「外れたわけじゃないでしょう」

「この程度なら大外れもいいとこです。腑甲斐無《ふがいな》いところを見せてしまいました」

そこにサミュエルが戻った。

「住所録や手紙を探してくれるとは言いましたが、なんだか当てにはできません」

「ペーターの名を知らなかったのか」

「ええ。嘘かも知れませんがね。明日の朝にもう一度電話してくれと」

「警戒されたんだろう。知らないということは考えられん。外国に出掛けるとなれば連絡先ぐらいは教えて家を出る。なにか怪しいな。ただの友達と母親が信じていれば口にする」

「どうします？　また明日押し掛けますか」

「中学の教師なら母親に聞かずとも見付けられる。ハンブルクにある中学に片端から問い合わせてペーターという男を探せばいい。母親に嘘を重ねられる方が面倒だ。本当に知らないときは結局我々で探すしかない。当てにしないことにしよう」

アジムは覚悟を決めた顔で言った。

「どうせなら私がハンブルクに行きます」

サミュエルが言った。

「細い糸かも知れないがドイツに繋がっている。ハンブルクならそれほど遠くない」

少し考えてアジムは了解した。

本当にドイツと繋がるだろうか、と由梨子は危ぶんだ。


（下巻につづく）

©Katsuhiko Takahashi 2002
Printed in Japan

高橋克彦《たかはしかつひこ》

ゴッホ殺人《さつじん》事件《じけん》 上巻

*

第 1 刷発行　2002年 5 月20日

発行者　野間佐和子
発行所　株式会社講談社　〒112-8001　東京都文京区音羽2-12-21
電話　出版部03-5395-3505／販売部03-5395-3622／業務部03-5395-3615
印刷所　凸版印刷株式会社
製本所　島田製本株式会社

定価はカバーに表示してあります。

落丁本・乱丁本は小社書籍業務部宛にお送りください。送料小社負担にてお取り替えいたします。

なお、この本についてのお問い合わせは、文芸局文芸図書第二出版部宛にお願いいたします。

本書の無断複写（コピー）は著作権法上での例外を除き禁じられています。


ISBN4-06-211271-X（文二）
N.D.C.913 344P 20cm